U0085352

滄海叢刊

比較文學的墾拓在臺灣

古添洪
陳慧樺 編著

1985

東大圖書公司印行

中華民國六十五年六月初版
中華民國七十四年九月再版

©

比較文學的墾拓在臺灣

基本定價　肆元

版權所有
翻印必究

編著者　古添洪
　　　　陳慧樺
發行人　莊剛彰
出版者　東大圖書股份有限公司
總經銷　三民書局股份有限公司
印刷所　東大圖書股份有限公司
臺北市重慶南路一段六十一號二樓
郵撥：〇一〇七一七五－〇號

行政院新聞局登記證局版臺業字第〇一九七號

序

古添洪
陳慧樺

本書可說是國內第一本比較文學論文集。

什麼是比較文學呢？簡言之，就是超越國家疆域的文學比較研究。就其研究重心的不同，有所謂法國派和美國派之別。大抵而言，法國因爲歐洲文學的一重心，故初期比較文學學者以法國文學爲中心，而研究歐洲諸國文學的直接或間接的影響，因此形成了以文學影響爲重心的比較文學。美國派的比較文學學者，或鑒於美國文學處於被影響的地位，故提倡諸國間文學的平行研究，探索其類同與相異，一方面展示諸國文學的特色，同時對文學的共通性、文學的本質有深一層的洞察。簡言之，法國派注重文學的影響，美國派注重類同與相異。究其實，兩派實可互補，如能在有文學影響的諸國文學裏，以影響作爲基礎，探討其吸收情形及其類同與相異，豈非更爲穩固、更爲完備？在晚近中西間的文學比較中，又顯示出一種新的研究途徑。我國文學，豐富含蓄；但對於研究文學的方法，卻缺乏系統性，缺乏既能深探本源又能平實可辨的理論；故晚近受西方文學訓練的中國學者，回頭研究中國古典或近代文學時，即援用西方的理論與方法，以開發中國文學的寶藏。由於這援用西方的理論與方法，即涉及西方文學，而其援用亦往往加以調整，即對原理論與方法作一考驗、作一修正，故此種文學研究亦可目之爲比較文學。我們不妨大膽宣言說，這援用西方文學理論與方法並加以考驗、調整以用之於中國文學的研究，是比較文學中的中國派。本論文集所搜集論文，其重心即放於此中國派上，其目的即展示此中國派的比較文學的面貌及其成就，以供進一步發展的參考。

本論文集一共收入十四篇論文。全書分作兩部分，第一部分是關於比較文學的定義，在臺灣的墾拓情形，與及意識型態及文學理論上的探討。第二部分是援用西方的文學理論與方法以研究中國文學。

在第一部分裏，朱立民先生的論文，是一篇事實性的報告，對臺灣比較文學的墾拓情形有最客觀最簡賅的報導。袁鶴翔先生的論文是探討比較文學的淵源、含義、現狀與展望，從其中我們可得一清楚的鳥瞰。葉維廉先生的論文，是探討中西山水美感意識的形成；從其中我們得知對山水之觀感，中西方人大異其趣。西方對山水的意識一直受制於形而上的思維，至晚近才能超脫出來，獲得純粹的美感意識。這充分顯示出中西方心態的差異相當驚人，不啻是對輕率比較者的當頭一棒。陳慧樺先生的論文，是把中西批評上兩個重要詞彙——想像與神思——作一比較並藉此闡發文學的創作過程。古添洪先生的論文，一是關於直覺與表現的問題，一是關於中國文學批評中的評價標準；前者的探討以克羅齊的直覺理論爲討論起點，加以思辨性的批判，並引用中國批評上的相關資料，以求對此課題有一更清晰的洞察；後者是以西方人所歸納出的評價標準類型以歸納中國的評價資料，以獲得一簡賅的綜覽。意識型態及文學理論是文學的基層，有助於對文學之認識及文學研究之進行，故列於第一部分。

在第二部分裏，余光中先生的論文，是對中西文學作一概略性的比較，雖是「點到爲止」，但却提供了中西文學上類同及差異的全盤觀察，提供了可供比較的許多課題，故列於本部分的首篇。侯健先生的論文，是以神話的理論對「三寶太監西洋記通俗演義」一古典小說作嶄新的闡發及重新的評詁。侯先生的闡發不僅使人耳目一新，更是深探文學的根源。侯先生在副題上雖謙稱只是「一個方法的實驗」，此實驗實是值得一再的嘗試。顏元叔先生的論文，是以「伊底帕斯情意結」來詮釋「薛仁貴征東」、「汾河灣」與「薛丁山征西」三部民俗作品中所表現的薛氏父子間的孽緣。以上兩篇的研究，都能透過小說中的故事來探索小說的眞實意義，探索小說中所表現的母題，使小說研究推進一步，不再停留於故事的窠臼中了。王靖獻先生的論文，是探討鳥在屈原「離騷」與史賓塞「仙后」中所擔任的「託意」角色，對託意文學中的象徵運用有深入的闡發。梅祖麟與高友工二位先生合著的論文，是從語言結構的途徑來分析杜甫的「秋興」。以語言結構來分析文學作品，尤其是詩篇，是西方近代的文學批評方法之一，績效甚著。梅、祖二位先生的論文，從語言結構入手，對杜甫「秋興」所蘊含的美感、所蘊含的詩質有可歷歷指陳而成功的闡發。張漢良先生的論文，是以心理分析、神話原型和結構主義的批評方法，討論「楊林」故事系列的主題和結構。文中透過四個相類故事的探討，對這一故事系列的深層結構及諸故事的生動繁複的表層結構有深入的厘辨。溫任平先生的論文是以電影上鏡頭運用的技巧來闡釋中國現代詩的美學結構，例證平實豐富。以上諸論文，雖或未能盡善盡美，但却實實在在地提供了許多研究中國文學的新途徑。我們寄望以後的論文能以中國文學研究作試驗場，對西方的理論與方法有所修訂，並寄望能以中國的文學觀點，如神韻、肌理、風骨等，對西方文學作一重詁。這就是本書所要揭張的比較文學中的中國派。

本書的最後一篇，是屬於比較文學中的法國派，重點放在文學影響上。全奎泰先生的論文，對中國文學對韓國文學的影響有一簡明的綜覽。就亞洲而言，中國文學實是一文學中心，對日本、韓國、越南以及菲律賓等，都有著相當深的影響。因此，以中國文學作爲中心的文學影響研究是大有可爲，也就是本書收入此篇的目的。但文學影響研究，並非止於歷數影響，而是通過這影響，探討文學的吸收情形，並通過此吸收情形，來探討兩國間文學與及文化的類同與差異。

本書的作者除全奎泰先生爲韓國人外，大多是國內受教育並於國內或國外受過外國文學訓練的，這些論文的成就也就是展示國內比較文學成就的大概。本書中的四篇論文原以英文寫作。顏元叔先生的論文是自己以中文重寫的。朱立民先生的論文，是在臺北擧行的第一屆國際比較文學會議上的報告，由古添洪先生譯出；梅祖麟、高友工二先生的論文原發表於普林斯頓的語言學期刊 UNICORN 第一期；由黃宣範先生譯出；全奎泰先生的論文發表於上述比較文學會議上，由李永平先生譯出。謝謝諸作者，諸譯者，更謝謝三民書局讓這本書有機會和讀者見面。

比較文學的墾拓在臺灣　目次

第二部份

比較文學的墾拓在臺灣

朱立民著
古添洪譯

「比較文學」這一課目曾列在淡江文理學院英文系一九六六年的課程擬議表上，可是課沒開成。一九六七年，來自劍橋大學的張心滄博士，以臺大碩士班客座教授的身份，開了一門三學分的比較文學課程，以諷刺文學作爲討論重心。我們希望在課程上繼續有這麼的一門課；可是，張博士一回英倫，課就得停掉，因其時我們的教授陣容中尙無人能勝任這門課程。

一九六八年晚春，我應邀爲中文系碩士論文口試的考試委員。有一位準碩士的論文是研究亞瑟・衞理 (Arthur Waley) 所寫的白居易、李白和袁枚的傳記。她企圖以有關這三位詩人的中文著作和亞瑟・衞理所寫傳記作比較，以評價這位英國學者的成就。這位中國文學的準碩士在大學時唸的是英文系。顯然地，她的論文指導教授希望她能把她在研究所所獲得的中文學識及大學時所獲得英文學識都能派上用場，而產生多少帶有原創性的學術成果，而這學術成果並非一個全然浸淫於中國文學或外國文學的學生所能成功地產生出來的。

雖然這篇準碩士的論文並沒有什麼了不起的學術價值，也沒有什麼批評上的洞察；可是，如此一個相當「離經叛道」的論文題目居然能在固守傳統的中文系裏得到容許，這引起我莫大的興趣。而且，就我所知，在我們的學府裏，英文教授應邀到中文系裏當考試委員，也是前所未有的。此事對我實是一個啓迪。我於是想到，兩個壁壘分明的文學系之間的「校外」合作商議，也許眞能進爲眞正的「校內」合作。

稍後，這希望得到進一步的、富有鼓勵性的機緣。一九六八年，一位英國文學準碩士著手寫「李商隱情詩中的『心象外射』」，由一位中文系教授和一位英文系教授共同指導其寫作。我是負責口試的三位考試委員之一。我記得，在口試中，一半的時間裏，學生幾乎被遺忘了，倒是教授們討論著兩系之間互相合作的種種好處。差不多也是在同一時間，另一篇性質相類的英文碩士論文被認可了。這篇論文的題目是「喻言與幻景：莎士比亞的李爾王和貝克特的等待果陀之比較研究」。我相信就在這些時刻裏，我開始設想要把我們的西洋文學碩士班擴充爲博士班。

接著的幾個月裏，在無數的場合裏，顏元叔博士和我討論及設立一個博士班的種種問題。我們看到了許多困難——教授陣容、研究設施及其他種種實際問題。以當時我們所已有的，加上以後數年間可能得到的，我們大可以開一個英美文學博士班。可是，我們覺得，雖說我們也許會培養出幾個夠格的英國文學教師，但眞要想誘導出一些讓全世界注意的學術性著作，却不大可能。

不論我們會得到什麼樣的滿足，那在本質上只是個人性的而已。在社會上，在我們的國家及文化上，以及在整個世界來說，我們所產生的激盪力是微乎其微的。毫無疑問的，我們的中國文學的學者及作家，很少會受到這些研究的刺激。在另一方面，顏博士和我看到了中文系和外文系間的協同合力有很高的可能性。如果我們能設計出一套計劃，使兩系皆能將其獨特的秉賦發揮出來，那麼，在國內、國外我們都會有些原創性的學術貢獻。

過去廿年來西方對中國文學的興趣已是衆所週知，而國外中國學生在西洋文學或比較文學上有卓越表現者也日增。這兩個現象，加上我們在此地特有的種種便利及種種情形，使得我們相信我國的博士班應是比較文學的，而不是西洋文學的。

叫我們高興的是：一九六九年夏季，執敎於加大聖第牙哥分校的葉維廉博士和即將赴密西根州立大學任敎的胡耀恆博士，接受了我們的邀請，作爲我們臺大一九七〇到一九七一年的客座副敎授。而我們又發現到，臺灣師範大學英文敎授李達三神父一直默默地從事比較文學研究。與葉博士和胡博士的通訊往來以及與李神父和其他人士的討論，對我們臺大比較文學博士班的策劃有很大的幫助。一九七〇年七月，敎育部答應我們開班。也差不多在那時候，淡江文理學院開了一門暑期三學分的比較文學課程，由日本著名的比較文學專家太田三郎博士執敎。一九七〇年二月，顏博士受命爲臺大外文系及外文研究所主任。以臺大外文系主任及淡江文理學院西洋文學研究所兼任敎授的身份，顏博士於是在過去的一年又六個月裏，一直是自由中國比較文學上種種策劃的策劃者及執行者。

鑒於學術的重擔及其影響總要在數年後才會為外界所知，而比較文學的努力既已展開，也就應加強以使我們的主張更能廣泛地為人所知；於是，顏博士採取了一個雙管齊下的辦法：一方面系統地把西洋名家作品譯成中文發行，一方面出版一份致力於比較研究的英文學術性期刊。淡江文理學院張院長，以他的智慧、經驗及慷慨，很快地就答應全力支持這兩個計劃。翻譯方面，初步完成的譯著偏重於現代西洋戲劇，從易卜生到貝克特，全部是六個國家廿位劇作家五十一個劇本。正著手的第二部分也將在同一範圍內。

至於以英文出版的「淡江文學評論」（*Tamkang Review*），在座參與此次比較文學會議的諸君都看到了，也許很多還是它的訂戶哩！我相信發給諸位的資料袋裏，內有前三期各一本。許多論文是研究中國文學，而大多數的作者用的是西方現在流行的批評方法。這就是我們當前所需要的。這份刊物的特色是在於它的兩個主要目標。第一，從非中國的角度來對中國文學重新估價，其目的在提供給那些有志於中國文學創作以及中國文學研究的人們一些幫助。第二，在臺灣建立一可信賴的當代中國文學研究的供應中心。從已出版的「淡江文學評論」舉幾篇有趣味的文章為例吧：

中國詩歌中的青草母題

白話與中國現代詩

詩經在中國古代的政治性使用
薛仁貴與薛丁山：一個中國的伊底帕斯衝突
王國維文學批評的實踐與原則
論「儒林外史」

當然，除了上述各篇，我們還有許多有趣的論文。這些論文都有一新耳目的發現或有用的評價，提供了新的知識或嶄新的洞察。有幾位很聞名的比較文學學者已經寫信給我們，自告奮勇地要在受人重視的期刊上評論我們這份刊物。

「淡江文學評論」有三十以上的訂戶，分布在日本、香港、澳大利亞、紐西蘭、法國、西德、瑞士、英倫、加拿大以及美國。每一期有四百份以上寄往韓國、菲律賓、印度、西班牙、義大利、瑞典、丹麥及前述十個國家的圖書館、文學系及個別人士。國外已有十五個研究機構要求與「淡江文學評論」這份現已列入三種國際性書目裏的刊物交換。一篇關於「淡江文學評論」的特寫報導將出現於一九七一年「世界比較文學年刊」的「消息與簡報」欄上。

我願藉這機會，以「淡江文學評論」編輯顧問的身份，向所有供稿者及讀者，尤其是在國外的，說一聲「謝謝您」。要不是你們的支持，這份刊物就更顯得貧乏了。張院長應該接受一個特別的「謝謝您」，因爲他使這份刊物有異於同類刊物——他眞正付給供稿者稿費，而不像一般學術刊物以抽印本作抵償。因此，帶著相當的信心，我們可以說，自由中國這一份比較文學的刊物已經站住脚了。然而，我們需要更多更多的助力來使我們的比較文學博士班成爲一個饒有意義的策劃。

我願意在這兒簡單說幾句有關那課程的情形，並不僅因爲我們需要外界的幫助，同時也因它或多或少不同於其他國家現存的比較文學課程。我們希望它能成功，我們滿心期望它終能在中國文學研究及中國文學創作的發展上，能扮演一個有意義的角色。

既然中國文學作家及學者們有去了解其他國家的文學理論及其實踐的需要，這個博士班主要的工作便放在文學理論及小說、詩歌、戲劇的處理及其藝術性的比較研究上。

在教育部現行法規下，任何博士班的申請者必須有一個碩士文憑。國立臺灣大學比較文學博士班的申請者必須是下列四系之一的碩士：中國文學、外國文學、比較文學和語言學。學士不必經過碩士階段就直接修博士的擬議正由教育部考慮中；在這兒，教育部是唯一有權頒發博士學位的機構。由學士直接修博士的課程將會更具吸引力，更切實際，且在課程及其他各方面的安排有更妥當的調整。但是，在短期內，我們無法希望它付諸實現。

我們的博士班在一九七〇年七月批準成立以來，就很少再作什麼進一步的公開宣傳，而當年也僅有兩位申請者。我們把兩位申請者都拒絕了，我們不願意收平庸的學生。比較文學是門艱辛的課程，而我們必須收卓越或者優於一般的學生才行。今年的申請剛剛開始，我想我們將會收兩名。一名是英國文學碩士，一名是中國文學碩士。

一般來說，被接納了的博士班學生，如果以前主修的是中文，那麼他就得要選讀相當於十二學分的英國、美國及歐洲文學的課程；主修英文的，得選讀相當於十二學分的中國文學課程。這些是必要的先修課程。主修課程（大多是小組討論）分成三部門：六至十二學分的中國文學，六至十二學分的西洋文學，十六至十九學分的比較文學課程（包括方法學）。此外，準博士還得在外國語文研究所外修讀六學分的課，也許是在歷史、哲學、社會學諸學科上。在最初二年，他必須通過第二外國語考試，如果他專攻的範疇需要第三外國語的知識，他就得參加第三外國語考試。

他的畢業論文（占十二學分）必須用英文寫成。有最佳基礎的學生可以在三年內完成整個課程，但也可以延長到五年。如果這位準博士是我們系裏的教員，那麼他就可以有七年的時間從容不迫地來享受這課程。學期報告及畢業論文的寫作，我猜我們不會鼓勵那樣純粹歷史性綜覽的方式。我以爲，對老作品批評性的再評詁以及對新作品的批評更合乎我們需求。此外，與設立博士班相平行的努力，也許就是去鼓勵作文學的比較研究、翻譯、及詳盡註解原作品的碩士論文之寫作。

爲自己所屢用的詞彙下個界說，是既時髦又有時確實需要的；可是，現在我並不想界說「比較文學」。在我來說，我是有意不求時髦，而同時我想也不必在此提出什麼界說。我剛開始時所提到的那幾篇碩士論文，「淡江文學評論」的許多論文，以及往後五天內中將要在大會上提出來的論文，都是一些實例，在在都足以充分明確的指陳出，在比較文學疆界的劃定上，我們是如何的寬宏大量。我們不願意讓一個界說把我們釘拴起來。我們希望能合情合理地包容涵蓋。

從碩士論文中輕量級的比較研究到今天擁有一份專門性期刊、一個博士班，一個繼續進行中的翻譯計劃的境地，我們的比較文學墾拓工作一共足足化了四年。到今天，我們才有能力召開這由淡江文理學院主辦、亞洲基金會部分贊助的國際比較會議這一個偉大的盛會。能夠有此福氣與這麼多傑出的學者濟濟一堂，共享這歷史性而戲劇性的時刻，我個人感到極爲榮幸。

（譯者附註：本譯稿是據王津平先生譯文對照原作，校勘修訂而成，特此向王先生致最高謝意。）

略談比較文學

袁鶴翔

（一）

初談比較文學，須注意觀念與方法兩個問題。觀念又包括定義、態度、與解釋（interpretation）三點；方法則分問題的分析、研究與歸類諸步驟。前者是抽象的理論，後者屬於實際的應用；二者本質雖然不同，但抽象的理論會影響實際方法的運用，而實際方法運用的結果却能幫助觀念的確立。

比較文學一詞的正式出現是在十九世紀初葉。當然這不是說在十九世紀以前就沒有比較文學存在。其實，由於西方語言及文化的共同基礎，由於西方學者在求知的途徑上的共同認識，比較文學在西方成爲一門正式學問是一個極其自然的趨勢。

西方比較文學初期的觀念以史勒格兄弟（A. W. and Friedrich Schlegel）、史托夫人（Mme de Staël）以及哥德爲代表。史氏兄弟先後提出「文學開放性」與「文學普遍性」的觀念，替十九世紀比較文學的研究建立起一個共同的根基。A. W. 史勒格於一八〇八年在維也納作了一連串的演講，指責新古典主義的排斥性，要求眞實批評應具有普遍性。他認爲人性具有共同的基礎，而文學藝術上不同的表達，就思想而言，只是和諧與對立的結果。這種分辨，把所有不同時空的作品都歸納到兩個範疇之中：理性的與熱情的。前者的代表爲歷史記載與傳記文學，後者的代表是充滿浪漫色彩的詩歌與小說。十九世紀的工業社會與浪漫文學正反映出這兩種作品的風格。

Friedrich 史勒格則將席勒（Schiller）的「和諧觀」應用到詩的評論上去，認爲詩的普遍性與藝術性，在於其能結合主觀心靈與客觀世界而產生和諧。

史氏兄弟既認爲文學藝術具有共同因素，遂進一步提倡共同反應，這種有關作爲文學欣賞者情緒上的論斷，反映出由康德到黑格爾的哲學藝術思想。康德在「判斷之批評」（*The Critique of Judgement*〔一七九〇年〕）一書中，把藝術分爲語言的、形態的、與規格（pattern）的三大類型。語言藝術包括修辭與詩歌；形態藝術包括建築、雕刻與繪畫；規格藝術則是由美感所形成的格調（tone），包括音樂與色彩設計。這一藝術三分論多少反映出他的「影與眞」（the shadow and the essence）的哲學觀。詩歌也好，音樂也好，雕刻也好，都是屬於「形」。它們彼此之間的不同，在於表達的媒介或爲文字，或爲格調，或爲形態。而眞正能表達人對藝術本體(essence)有深刻了解的顯示，還是共同反應。黑格爾却將藝術分爲象徵性、古典性與浪漫性三大類型，分別以東方建築、希臘雕刻和音樂詩歌爲代表。他認爲象徵性的藝術是藝術史的初成階段，人類正試圖把思想與精神從物質的約束中解放出來。這類藝術成品的代表作是埃及的獅身人面像與金字塔，它們都令人有一種「不勝負荷」的被壓迫感。第二期的古典藝術則遠爲成熟，其間意念與物質達到完美的融合。在藝術成品方面，像希臘雕刻家米隆（Myron）的「擲鐵餅者」，正完美地表達出了形體與精神美的理想綜合。浪漫性的藝術固然也有形體或物質，但它與古典性藝術不同，因爲它的「精神」超越過了它的「物質」。因此在音樂或詩歌中，我們所感到的不是物質，而是沛然橫溢的精神。這剛巧是將象徵性藝術中所表現的「物」與「意」的關係顚倒了過來。從這裏我們也可以窺見浪漫主義的精神，從而對史氏兄弟反對新古典主義的倡議有所了解。

史托夫人在"De l'Allemagne"一文中提出文學的研究應以文學史及文學與社會的關係爲中心。她提出了「文學就是社會表現」的口號，把文學演變的程序當成社會狀態與思想的表現，因而建立起文學的社會性，並且把文學的範圍擴展到實際生活的領域中。

哥德也認爲文學的基本性非常普遍廣泛，因此提出了世界文學的口號。他認爲文學的共同性是建立在一個基礎上，即是所有的文學都是爲滿足靈性的需求而產生，都具有地理、心理與美感的因素。前者暗示文學應有沐化的功效，故可滿足靈性的需求。後者表示文學所具有的共同結構，加以分門別類和規律化。這種表徵是古典性的。哥德與法國浪漫主義者爭論時就曾說過「我認爲古典主義是健全的，浪漫主義是病態的」這句話。他的兩部「浮士德」就是很好的代表。

後期比較文學的發展，大致可分兩個時期：一是兩次世界大戰之間，是比較文學發展的黃金時代，其研究以國際間文學的相互影響爲重點，目的在追究各國文學共同的歷史、社會與哲學遺產；第二個時期則以類同性的研究爲中心，其目的在探求諸國文學在風格、結構、情調（mood）以及觀念方面之類同。無論在那個時期，均將比較文學的研究分作兩個層次（dimension），一個是實體媒介階層（the dimension of physical medium），將文學藝術置於時空的範圍內；另一個是知識參考階層(dimension of intellectual reference)，求意象或非意象（symbolic or non-symbolic）的價值觀。在前者我們可以看出雷辛(Lessing)的影響。雷氏在「雷萬康」(Laokoön)一文中以時空因素作爲詩歌與雕刻的分水嶺。他認爲詩是有動作（action）的，因此在時間中開展；雕刻具有實體，故必須要依賴空間才能表達。這很顯然地表示出一種新的衡量態度，是從意義的實質去探討藝術的價值，這也隱約地反映出抽象意識與實際作用的綜合，是比較合乎近代人的觀念。

在方法方面，西方比較文學的研究大約採取三種方式：㈠重要作品研究，㈡美學分析研究，㈢創造過程研究。「重要作品研究」的重心放在主要作品上，其對象爲文學種類與主題。主題研究是抽象性的，種類探討則屬於形式規格（form and pattern）的研究。因此在研究各主要文學作品時，一方面要探討資料來源（source of information）與應用方式，另一方面還要研究二者之間的相互影響與關係。所以在這一方面做比較工作，是求各國文學的共同淵源和表達方式的異同。在淵源方面，西方文學有它共有的宗教、哲學與原始神話。但是對這些原始資料的處理，則每因時代、地域及個人而迥然不同。比方說，不同時代的西方劇作家對希臘神話中的人物像伊底帕斯王、伊蕾克翠等等的處理，在情節、動機以及觀念上都每相逕庭。

「美學分析研究」是以文學批評與理論為依據，對文學的美學價值加以探討、分析與應用。如前所言，這方面的研究重心與觀念，也因時移地遷或人物不同，或哲學及宗教等觀念的差別而大異其趣。比方說，由古典主義到文藝復與時期這一段時間中，從事文藝研究者對文學或藝術作品評價時，多少是以柏拉圖與亞里士多德的模擬觀念為論斷的憑據。可是到了十八世紀後期，就獨重創意與才華，而鄙夷模倣擬似。隨着這種基本觀念的變遷，一個作家受到的評價也就時浮時沉，變動很大。

「創造過程研究」着重文學運動或潮流的發展與演變，從作品中去求心理、知性與風格的發展趨勢，藉以發現各種文學作品共同發展的方向，並探求其最具影響的勢力。故而這一研究的重點放在透視與慧見（insight）之上，其研究方法則免不了和當時學術思潮的傾向和發展有關。比如說，Jones 以伊底帕斯情意結的觀點來分析「哈姆雷特」，Robert Graves則曾以社會人類學的觀點，Mack 又以現代人「求知」的觀點來討論「伊底帕斯王」，近來則又流行以容格（C. G.

Jung）的「原始類型」（archetype）觀念來探討文學的運動。這些立論都涉及對藝術與文學創造過程的特殊認識。

（二）

目前臺灣比較文學的工作，大體上仍限於翻譯與觀念簡介兩方面，獨立性的創新工作僅在起步階段。要加強這方面的工作，我認爲在開始的階段中，不妨將研究重點放在西洋文學對中國文學或中國文學對西洋文學的影響上。譬如說，我們不妨將二十年代的作品好好地讀一下，看屠格涅夫對巴金有什麼影響，看英國的浪漫詩人對徐志摩有什麼影響，看杜斯妥也夫斯基以及白壁德（Babbitt）對那時代的中國文學又有什麼影響。或者把時間再拉近一點，我們不妨研究龐德、歐立德、葉慈與康明士，或焦易士與福克納對中國現代詩人與小說家的影響。

類同性的研究，也是比較文學中一項重要而有趣的工作。目前國內外的比較文學工作者，往往喜歡把中國某一詩人比成西方某一詩人，或把中國某一作品譬之爲西方某一作品，以求兩者相同之處。但是這種比較稍一不愼，就會造成「似是而非」的錯誤。比如說，目前流行把陶淵明與渥茨華斯（Wordsworth）相比，認爲二者都是自然詩人，因此也就都是浪漫詩人。殊不知陶淵明所求的自然是道家的自然而然，而渥氏所求的是大自然的自然。前者追求的是「無爲」、「無惱」與「無着」的理想境界，後者追求的是純樸的自然美境界。前者以精神超脫達到出世的目的，後者以想像通過平凡的人情事物回歸到無邪的大自然懷中。所以陶淵明寫出了「結廬在人境，而無車馬喧；問君何能爾？心遠地自偏」的出世詩句來，而渥氏却寫出了人世的「露西詩」(Lucy Poems I-V)。

正因爲這種種思想、文化背景與價值觀念的不同，在中西文學比較研究時，會導致更大的困難。譬如說，鄭振鐸認爲翟理斯 (Giles) 的英文「中國文學史」，居然對「課花十八法」、「花木類考」及陳扶搖的「花鏡」等毫無文學價值的作品，給予相當多的篇幅去討論介紹，簡直是大錯特錯。問題是，翟氏因爲文化背景的不同，在採取研究資料時持着相異的態度。讀西方文學的人，決不會否認 Hesiod 的 Works and Days 的文學價值，更不會忽略 Virgil 的 The Bucolics 或 Cato 的 On Agriculture 對西方文學發展的影響。深一層看，爲什麼這些描述「日出而作，日入而息」的詩篇，以及敎人如何保持使酒不酸，如何種植果樹的農園藝術之類的作品，在西方一向認爲具有文學價值，而性質相似的「花鏡」，在中國文學史上却被全盤忽略呢？

依此推證，則我們對文學的定義是否比較狹窄？比較之下，我們是否應該擴大「文學」的界線，讓它更能兼容並蓄？

類同性的追求也表現在創作時的模倣上。模倣已是末流，徒在形式上求其類似更是等而下之。從比較文學的觀點看，創作時首先當注意到文字——創作工具——的特性。以新詩爲例：

裁紙刀般裁過來
刷的一聲將夜裁成兩半
一半剛被眼睛調成彩色版
另一半已印成愛鳳床單

是否做到了

When the evening is spread out against the sky
Like a patient etherised upon a table

這一地步，是一眼可見。同樣地，葉維廉的「攸」也不是 E.E. Cummings 的"In Just Spring"。西方語言缺之圖形性，故西詩必須從字句結構安排與意象字的結合來造成形、聲、意的綜合效果，龐德等人的創作企圖正是如此。相反地，中國文字本來就具有圖形性，形、聲、意俱在文字之中，故不須依賴形式上「故意」的安排來達到預期的效果。因此之故，古典中國詩詞中充滿着「清、簡、純、樸」的詩篇，而刻意在形式上追求西化的詩句，反而常有東施効顰的惡果。

在作品翻譯、觀念介紹或類同的追求之中，固然有着以上種種及更多的困難，但我們展望比較文學在我國的遠景，則此三者之外，我們更應當突破萬難，力求了解中西文學的根源及思想背景。唯有依恃這種通盤的了解，我們才能有原則地比較二者歷代所經歷的變遷與演化，才能看清它們之間的關連、影響與特色。一旦如此，我們就可以期待一種左右逢源，融會貫通的境界。

比如說在思想主流方面，西方宗教所提倡的 vanity 與佛教中的「虛空」相似。在枝節應用方面，西方文藝復與時期慣將體態美麗的女人比「天鵝」，這是「長頸、削肩、平胸」的相同語，又與中國的古典美人有何不同？同樣地，莎士比亞在其十四行詩中（一二八首）暗示了調情的手段，（把撫愛的動作以彈琴鍵的比喻表達出來，這中間有指尖的輕拂，有指背的挑逗，有掌心的按摩。）古羅馬的 Ovid 著有「愛之藝術」，印度的*Kamasutra* 及我國的「素女經」都是敎人如何「求愛」、「做愛」的經典。這其中當然各有不同之處，但依據文學「原始類型」的觀點，參照容格的「集體非意識」(collective unconscious) 的假設，我們也許能發現人類生命共通的一面。又譬如夸父逐日，缺水而亡，死後化爲青竹林一片，可否視爲反映原始人對水與生命密切關連的看法，以及宇宙人生生生不息的觀念？這與早期英詩 Beowulf 中人與「秋冬」的代表「水火」(Grendel Fire Dragon) 所象徵的原始人與自然作生存競爭有無相通之處？從中西神話的比較中，我們也許可以找出於其母期人類意識型態的隱示。這是中西文學比較工作中的另一個遠景。

思想與行爲本身的異同之外，我們還可探索中西文學在表達方面的異同，並且追尋造成不同的原因。比方說，爲什麼西方文學除神話外，最早的作品是史詩，而中國文學却幾乎沒有史詩？又爲什麼西方把許多說教的作品視爲文學，而在中國固然「道德」「文章」相提並論，却又分爲經、史、子、集？這些不同之處，豈不正是中國文學的特色？豈不反映着中國民族的特性？

正因爲比較文學的研究有着如上的遠景，國內已逐漸認識到它的重要。中華民國比較文學學會業經於去年正式成立，臺灣大學外文系已有比較文學博士班的創設。我們期待目前猶在起步階段的比較文學的創新工作，能有長足的進步。爲求這個期待早日來臨，首先我們應該大膽地把文學的範圍擴大，使之成爲代表現實精神與理想追求的綜合產品。這個觀念，其實古已有之。「禮樂記」把「文」字解作「五色成文而不亂」，這是「辨（五色）」、「合（成文）」與「序（不亂）」的代表。從篆字的形態來看，「文」字象人形；從「意」的代表來說，由「說文」（交錯畫也）、由「易繫辭」（物相雜故曰文）、由「禮樂記」的定義來看，「文」即人的文化行爲：這是實際行爲的表徵。「說文」把學字解爲「覺悟也；從敎，從冂，冂尙矇也」。從篆字來解，「學」代表三象：㈠象祭祀器皿，㈡象遠界，㈢象幼兒。第一象影射人神之間的關係，第二象代表對將來的憧憬，第三象暗示對下一代的期望；這是對天、對人、對未來的理想。從這個角度看，中國古老的文學觀，正與西方的習習相通。

西方人對文學所下的定義是 polite learning ，是從人本主義（humanism）作出發點來立論。康德的醫生在他去世的前幾天去看他，那時康德已是老眼昏花，身體衰弱之極，見了醫生進來，他馬上從椅子中站了起來，含混不清地說了一句話。幾費思索，這位醫生才明白康德是請他就坐。醫生坐下後，康德才讓家人扶着坐下。經過一陣喘息，他說出一句話：「Das Gefühl für Humanität hat mich noch nicht verlassen (The sense of humanity has not yet left me)。」這一樁事件把人本主義的兩個觀念澈底地表達了出來。一個是價值觀念 (concept of value)，一個是極限觀念 (concept of limitation)。前者是將人與超人相比，把人視為 homo humanus，具有道德的價值觀 (moral values)；後者將人與動物相比，使人感覺到缺乏道德價值觀的人雖屬 homo，却只能算是「野人」(barbarian)。兩個觀念都是比較性的認識。前者使人尊崇理想，追求人生價值更深的認識，以求能成為「善人」(man of pietas)；後者使人抑棄邪惡，以理與知來克制自己，警惕自己，以免淪落為「粗人」(vulgarian)。表達這兩種觀念結合的作品卽是文學。由此我們可見西方對文學的定義是精神與行為的結合。文學作品一方面表示出某一時代對理想的追求，另一方面也代表某一時代的現實狀態。

從這種擴大的文學觀念出發，比較文學研究所的課程卽可分成兩部：㈠基本課程，㈡專門課程。前者應包括批評、方法、文學種類（如小說、戲劇、詩歌等）的比較研究，以求在觀念上對中西文學的發展有一概括的認識，進而始能比較其異同或相互的影響。後者為專題研究，着重在某一個特殊問題的探討上（如神話、時代精神、史詩等是），求由淺入深的研究。這兩種方法的結合，其目的一方面在訓練出一批能教授西方文學或比較文學的人才，再則藉以促進學生對文學的欣賞與鑑識能力。我想這是我們從事比較文學訓練的工作者應當努力的方向，我相信如此培育出來的人才會成爲國內發展比較文學的生力軍。

中西山水美感意識的形成

葉維廉

前言

本文爲演講稿，在我回國不久，材料不全的情況之下，應中國比較文學學會之邀在很短的兩星期內草成，與我原來的構想及最後的定稿都有相當的出入。我計畫中尚有「中西山水詩的結構」「美感距離及移情活動在山水詩的作用」及「理想山水題旨形式化的衍生」諸節，在本文中均未涉及，故本演講稿只能視爲我討論範圍之一環。其次，由演講到出版（比文會的規定）從容的時間不多，無法在注釋上做到完全（按理，所有的引文均應照標準的版本）；又文中引詩，都是臨時譯出，但求達意，均未臻理想的譯藝，幷誌。

我們談山水詩，是指一個特別的文類的詩而言，這個名稱起源於中國，論者通常以「文心雕龍」中明詩篇的「莊老告退，而山水方滋」做爲討論的起點，而拈出謝靈運以還的由行旅到細描山水到感悟其中之天理的詩作爲山水詩的典型。此一探討的方向，單從中國山水詩來看，是直截了當的，沒有太大的疑難。但我們如果要把山水詩的問題擴大到西洋詩來討論，我們必須暫時撇開這一個受了特定時空限制的歷史上的了解，而先探討山水詩作爲一種文類的美學含義，進而比較中西詩裏山水的美感意識歷史上衍生的過程。

由美學上的考慮出發，我們將提出一些與單從歷史出發所提出的不同的問題來。但在進入那些美學問題之前，我們仍然必須先答覆下列的一個基礎的問題：我們如何去決定這一首是山水詩，那一首不是？一首詩中有許多山水的描寫就是山水詩嗎？顯然，詩中的山水（或山水自然景物的應用）和山水詩是有別的。在西方希臘羅馬時代的史詩及敍事詩裏，往往有大幅的山川的描寫，譬如羅馬帝國時期的 Tiberianus 的下列的這首詩我們應否指認爲山水詩呢？（我草譯如下）：

一條河流穿過田野，繞過騰空的山谷瀉下
在花樹參差點綴的發亮的石卵間微笑
深色的月桂在桃金孃的綠叢上拂動
依着微風的撫觸和細語輕輕的搖曳

下面是茸茸的綠草，披戴着一身的花朵
閃爍的百合在地上的番紅花下泛紅
林中洋溢着紫羅蘭浮動的香氣
在春日這些獎賞中，在珠玉的花冠間
亮起衆香之后，最柔色的星
狄安妮的金焰，啊萬花無敵的玫瑰
凝露的樹木從欣欣的茵草中升起
遠近小川從山泉吟唱而下
岩穴的內層結着薜苔和藤綠
柔柔的水流帶晶光的點滴滑動
在陰影裏每一隻鳥，悠揚動聽
高唱春之頌歌，低吟甜蜜的小調
碎嘴的河吟哦地和着簌簌的葉子
當輕快的西風把它們律動爲歌
給那穿行過香氣和歌聲的灌木的遊人
雀鳥、河流、颸颳、林木、花影帶來了神蕩

詩中所呈露的景物盡是河川瀑布流泉園林蕙風花鳥，從一個廣義的角度來說，我們似乎無法不稱之爲山水詩，但了解西方中世紀的修辭學的歷史的，便知道這是由當時的一種推理演繹的法則轉用到描寫自然的一種修辭的練習，是根據修辭的法則（包括數字奇偶的規定）去組合自然山水，而非由感情溶入山水的和諧以後的意識出發。這種詩和我們所了解的山水詩有相當大的差距。同樣的，荷馬詩中的山水，詩經中的溱洧，楚辭中的草木，賦中的上林，都是用山水作爲其他題旨（如歷史事件，人類的活動行爲）的背景；山水景物在這些詩中只居次要的位置，是一種襯托的作用。

我們要討論的山水詩，是當山水解脫其襯托的次要的作用而成爲主位的美感觀照的對象。在我們的探討中，我們要進一步的問，山水自然景物在詩人的筆下是否可以成爲自身具足的物象，作純然的傾出。

所謂美感意識的形成，顧名思義，當指中西歷代詩人對山水漸次轉變的態度及其取山水爲詩的素材時所面臨的表達上的抉擇問題，其間既是歷史的也是美學的。詩人由現象界的認識與感受到尋求語言去迹近自然現象的律動的整個運思行爲（卽現象、經驗、表現這三重表裏不分，互爲因果的想像及創作過程），由於出發的基點的歧異，中西詩的傳統中產生了許多我們無法預料的微妙的演變。所謂出發基點的歧異，固然牽涉到中西兩個思維傳統的繁複的差別，在此，我不打算、也無法全面的處理。現在讓我們先作一次粗略的比較，拈出異點再作細論。禪宗裏有幾句話良可以作我們討論的起點：

老僧三十年前來參禪時，見山是山，見水是水，及至後來親見知識，有箇入處，見山不是山，見水不是水，而今得箇體歇處，依然見山只是山，見水只是水。

第一個「見山是山見水是水」是稚心、素心、凡心或未進入認識論的思維活動之前的無智的心去感應山水，稚心素心不涉語，故與自然萬物共存而不洩於詩，若洩於詩，如初民之詩，山水具體的呈現萬物之間，而未有厚此薄彼之分別，亦未將其拈出純然作爲主位的美感的觀照，雖然，初民之詩中，如印第安之愛斯基摩族，確曾有過對山水之美的全心的頌讚，但其未蔚爲一種風氣，作爲一種入神的專注的創作活動，究其原因，初民詩與生活未嘗分割爲二，詩是在人神交往的和諧中生活律動的一部分。第二個「見山不見山，見水不是水」便是人從無智的素心而進入認識論的思維活動去感應山水，這種心智活動是涉及語言的，而且是假以思索的，由山水的現出於心中而引發、外延到概念世界去尋求意義。最後的一個「見山只是山，見水只是水」，是在語言和心智活動之後，對山水自然自主的存在作無條件的認可，並同時摒除了語言及心智活動而歸回物象；摒除語言及心智活動理論上是不可能有詩的，是同樣的不涉語，故禪宗稱之爲無語界。但第三個感應的方式影響下的運思和表現及第二個感應方式影響下的運思和表現是有着很微妙的差別的。茲先以中國後期的山水詩人王維（第八世紀）的「鳥鳴磵」（我們隨後會回到形成期的中國山水詩）與英國浪漫時期詩人華玆華斯（William Wordsworth 1770-1850）的「汀潭寺」（Tintern Abbey）作一粗略的比較。王維的「鳥鳴磵」很短：

人閒桂花落，夜靜春山空，
月出驚山鳥，時鳴春澗中。

華氏的「汀潭寺」很長，共一百五十多行；現草譯頭二十二行：

五年已經過去；五個夏天
五個長的多季！我再次聽到
這些流水，自山泉瀉下
帶着柔和的內陸的潺潺，我再次
看到這些高蘆巍峨的懸岩
在荒野隱幽的景色中感印
更深的隱幽的思想，而把
風景接連天空的寂靜
終於今日我再能夠休憩

在此黑梧桐下面，觀看
農舍的田地和菓園的叢樹
在這個季節裏，未熟的菓實
衣着一片的青綠，隱沒於
叢林矮樹間。我再次看到
這些樹籬，錯不成籬的，一線線
嬉戲的林子野放起來；這些牧場
一路綠到門前；圈圈縷煙
自樹木上靜靜的升起
若隱若現的不定，好比
浪游的過客在無房舍的林中
或好比隱士的岩穴，在爐火旁邊
隱士一個人獨坐着。

隨後的一百二十多行是詩人從「這些美的形象」裏去追記自然山水如何給與他甜蜜的時刻，甯靜的心境，如何在景物中獲致崇高的感受，如何在智心與景物之間看到生命力的交往，而他如何依歸自然事物，觀照自然事物，而使到他「最純潔的思想得以下錠」：自然山水是他整個心靈的「保姆，導師，家長」。

華氏在另一首長詩中曾經說過：

可見的景象
會不知不覺的進入他腦中
以其全然莊嚴的意象（*The Prelude* V.）

但眞正做到這句話的體現的是王維而不是華茲華斯，華氏始終拘泥於解說性、演義性的觀物思維方式中。全詩的三分之二，都在外物「如何」感印智心或智心「如何」印證外物，又譬如前面那句話，亦是說明景物的發生，而非景物實實在在的不知不覺的進入腦中。「汀潭寺」的頭二十二行，如果獨立存在的話，確有自然山水不經解說的呈露，甚而至用了一種毫無條件的愛和信念、不假思索的語態去肯定景物的存在：這些流水……這些懸岩……這些樹籬；在其捕取景物之際，甚至有近似王維的入神的狀態，亦即華氏所說的 wise passiveness，一種虛以待物的態度，但華氏的詩始終未能實實在在的履行這句話的含義，始終無法體現華氏論者 Geoffrey Hartman在其 *The Unmediated Vision* 一書（二十三頁）所說的「認識與感悟合一」的事實。其實，華氏在其他的詩如 The Excursion（行旅）及 The Prelude（序曲，長詩）之中，一再懷疑自然山水本身的不能自足，而有待詩人的智心的活動去調停及賦與意義，亦卽是他所說的：「無法賦給（意義）的智心／將無法感應外物。」所以他的詩經常作抽象概念的縷述，設法將外物和內心世界用分析性的語言接連起來。反觀王維的詩，景物自然發生與演出，作者不以主觀的情緒或知性的邏輯介入去擾亂景物內在生命的生長與變化的姿態。這種觀物感應形態和華氏的最大的分別是：王維的詩中，景物直現讀者目前，華氏的詩中，景物的具體性逐漸因作者的介入的調停和辯解而喪失其直接性。

以上的粗略的比較只是爲闡明一點：如果說，山水詩是起於對山水近乎宗教的熱愛和信念，這在華氏在王維都毫無疑問，但二者的運思與表現是如此的不同，其主因便是我們前面所提到的出發基點的問題：華氏是在感悟自然山水之時同時作了形而上的意義的追尋；王維是在感悟以後只作迹出自然山水的一種不加解說的肯定。前者近乎見山非全是山，見水非全是水，後者近乎見山只是山，見水只是水。

我們這個粗略的比較無意厚此薄彼，我們只想藉此執著同是以自然景物作爲主位美感觀照的山水詩或 Landscape Poetry 的二端，從而再進一步探討所謂山水的美感意識中觀物態度的衍生。在此，我們應該問：

山水景物的物理存在本身，無需詩人注入情感和意義，便可以表達它們自己嗎？

山水景物能否以其原始的本樣，不牽帶概念世界而直接的佔有我們？

這不僅是研究山水詩最中心的課題，而且亦是近代現象哲學中的中心課題，這個課題的全面探討更可以使我們明白中國的宇宙觀如何可以幫助西方的現象哲學解決他們所面臨的許多困難，這一部分的討論我有另文處理，在此無法兼及。我們只欲就此問題的提出去尋求對觀物態度形成的跡線。對於上面的問題，如果答案是肯定的，持有這種態度的詩人必然設法使現象中的景物從其表面上似乎是凌亂互不相關的存在中解放出來，使它們的原始的新鮮感和物性原原本本的呈現，讓它們「物各自然」的互相共存於萬象之中，詩人溶入物象，凝神的注視、認可、接受物象，並以物象的原樣現出；他用語言捕捉我們與景物間最無礙的接觸。顯然，這一個運思、表達的方式在中國後期的山水詩中是佔着極其核心的位置的，如王、孟、韋、柳，雖然我們並不能說全部的中國山水詩都做到這種純粹的境界。但我們從下面幾句膾炙人口的批評用語便可見其在中國思想與詩中的重要性，由莊子的「道無所不在」，經晉宋間的「山水是道」（孫焯），到宋朝的「目擊道存」（宋人襲用莊子而成的批評用語）及至理學家邵雍由老子引發出來的「以物觀物」無一不是中國傳統生活、思想、藝術風範的反映。

但對山水的這種美感意識，則在中國亦非一蹴而至的，其間歷史上、哲學上的衍生過程亦頗複雜。我們雖然從古籍中知道中國古人一向是敬仰熱愛山水之靈秀（註一），比之爲仁者智者，但山水在詩中由其襯托的地位騰升爲主位的美感觀照的對象則猶待魏晉至宋間文化急劇的變化。簡略言之，這個時期我們目睹文士對漢儒僵死的名教的反抗（如竹林七賢的風流之風，見嵇康與山巨源書），道家思想的中興，佛教透過道家哲學的詮釋的盛行，加上那些追求與自然合一的隱逸及遊仙，以及宋時盛傳的佛影在山石上顯現的故事（以上各節請參看王瑤的三册「中古文學思想」「中古文人生活」「中古文學風貌」；湯用彤「漢魏兩晉南北朝佛教史」，另 Richard Mather, "The Landscape Buddhism of the Fifth-Century Poet Hsieh Ling-yün," *Journal of Asian Studies*, XVIII (1958), 1: pp. 67-69）——以上幾方面的文化上的變化，都與山水意識的興起有密切的關係，這幾方面的探討已見前列各書及文，詳論者有英人 J.D. Frodsham 的 *The Murmuring Stream*（評論謝靈運及追源山水詩的歷史背景）（註二），日人小尾郊一「中國文學に現ほた自然と自然觀」，另林庚、曹道衡、葉笑雪及林文月均曾作過這方面歷史因素的探討，故在此不打算復述。我所要提出的是在這幾方面的文化的劇變之下最核心的原動力——道家哲學的中興——在文學上所發揮的美學作用。在當時王弼注的老子，郭象注的南華眞經，都是當時清淡的中心題旨，尤其是郭注的莊子，影響最大，其觀點一直達於蘭亭詩人，達於謝靈運，及與蘭亭詩人過從甚密的僧人支遁（世說新語所描述的支遁簡直是一個純粹的道家主義者，支遁亦曾注老莊，且影響後來的佛義的詮釋頗大，此從略。）我認爲郭象注的南華眞經不僅使莊子的現象哲理成爲中世紀思維的經緯，而且因其通透的闡說而替創作者提供了新的視境。

我們都知道西方傳統對宇宙的看法，從柏拉圖開始，便認定二分法，把眼前的世界稱之爲現象世界，而現象世界只不過是本體世界的影子，因爲現象世界刻刻在變化中，變化的現象界不可能是永恆的世界，所以必然有一種不變的永恆的形狀。這種人爲的知性的假定，這種將具體的存在現象分類和概念化的努力，一直是西方思維的骨幹。

莊子的哲學一開始就對人爲的假定和概念化的努力作無情的攻擊：

> 古之人其知有所至矣。惡乎至？有以爲未始有物者，至矣盡矣，不可以加矣。其次以爲有物矣，而未始有封也。其次以爲有封矣，而未始有是非也，是非之彰也，道之所以虧也。

人爲的分類理不出天機；人爲的分類是把完整具體、表裏貫通的存在現象分割爲支離破碎的單元；所有加諸其上的秩序都會歪曲存在現象的本樣。要回到存在現象的本樣，就得了解「鳧脛雖短，續之則憂，鶴脛雖長，斷之則悲」，物各具其性，各得其所，我們怎應把此物視爲主，彼物視爲賓呢？我們人類（萬物之一種）有什麼權利去把現象界的事物分等級，以「我」的觀點硬把其他的物性視爲不是。白雲自白雲，青山自青山，白雲不能說：青山你怎麼是青的呢？青山不能說：白雲你怎麼是白的呢？用郭象的注來說：「物各自然，不知所以然而然，則形雖彌異，其然彌同。」（註齊物論）**「我既不能生物，物亦不能生我，則我自然也，自己而然，則爲天然。天**

然耳，非爲也，故以天言之……故天者，萬物之總名也，莫適乎天，誰主役物乎？故物自生而無出焉，此天道也。」（註齊物論）是故莊子所說的「天籟」不是一種脫離存在現象的神秘無形的東西，而是順萬物之「物各自然」的性的一種體現。郭象此節的注最能代表當時對莊子的看法，亦最得當時詩人的心：

籟，簫也。夫簫管參差，宮商異律，故有長短高下萬殊之聲。聲雖萬殊，而所稟之度一也。然則優劣無所錯其間矣。況乎風物，異音同是，而咸自取焉，則天地之籟見矣……夫聲之宮商千變萬化，唱和大小，莫不稱其所受而各當其分。（注齊物論）

齊物順性便可保存天機的完整，所以山水詩發軔時的王羲之和其他的蘭亭詩人都能夠說：

仰視碧天際，俯瞰淥水濱，
寥閬無涯觀，寓目理自陳，
大矣造化工，萬殊莫不均，
羣籟雖參差，適我無非新

王羲之：蘭亭詩

這首詩可以說是郭象注的「吹萬不同」的轉述。山水自然之值得流覽，可以直觀，是因爲「目擊而道存」（「寓目理自陳」），是因爲「萬殊莫不均」，因山水自然卽天理，卽完整。

郭注對道家思想中與的最大貢獻，是肯定和澄清了莊子「道無所不在」，道是「自本自根」的觀念。究竟「道」「天」「神人」「聖人」諸語含有多少形而上的意義呢？在莊子本書中，由於用了許多寓言來提示「道」這個觀念，讀者一時尚不敢斷言其無形而上的可能，雖然莊子反覆的指向可觸可感的物象爲依歸。但郭注直截了當的一口咬定了「上知造物無物，下知有物之自造」（序），又說：「無既無矣，則不能生有，有之未生，又不能爲生，然則生生者誰哉？塊然自生耳。」（注齊物論）這個肯定使中國的運思與表達的心態，完全不爲形而上的問題而困惑，所以能物物無礙，事事無礙的任物自由顯現。郭注同時把環繞着「天」「神人」「聖人」的神秘氣氛一掃而清，而稱「天」爲萬物之總名（注齊物論，注逍遙遊），稱「聖人」爲「物得性之名耳」（注逍遙遊），而「神人」卽「今之聖人也」（注逍遙遊）。因此我們敢說禪宗裏的禪機和公案，如前所引的「見山是山」及雲門文偃禪師語錄中的：「如何是佛法大意？」。「春來草自青」，都可以說是得力於郭注所開拓的境界。

現代批評家呂恰慈（I. A. Richards）曾把隱喻（Metaphor）的結構分爲 Vehicle與 Tenor兩部分，朱自清稱之爲喻依和喻旨。喻依者，所呈物象也；喻旨者，物象所指向的概念與意義。莊子和郭象所開拓出來的「山水卽天理」的觀物、運思、表現的形態，從喻依喻旨的角度來看，喻依卽喻旨，或喻依含喻旨，故無需人的知性的介入去調停，所以莊子提供了「心齋」、「坐忘」、「喪我」以達到虛以待物，達到郭象所說的「萬物歸懷」（注人間世），其對詩人的啓示，就是要其還物本身的自由，要其溶入自然萬象刻刻的變化之中與之化而爲一，郭象說：

聖人遊於變化之塗，放於日新之流，萬物萬化，亦與之萬化，化者無極，亦與之無極。

隨化而可以進入無極，是蘭亭詩人及謝靈運等山水詩人承着郭象之說而供出的「依存實有」的一種永恆的觀念。

現在問題是，心齋、忘我、喪我當然就是返樸歸眞，返樸歸眞的極致便是無智之境，不涉語之境；「依存實有」在實生活中是可以實現的（所以禪宗有砍柴打水即是道的實踐。）但語言是人爲的，語言所能提供的是一代表實物的符號，所幸我們的語言，根源於實生活的事物的形象，比西洋文字由任意選擇的聲音作經驗的符號，來得直接，來得具體，所以我們的文言在結構上也特別的超脫分析性，不似西洋語言那樣牽涉如此多的演繹思維的痕跡（註三）。但詩到底是人寫的，就無法完全不參與物象與物象之間的調停，所以在「物各自然」這種美感意識形成之初，如王羲之那首「蘭亭詩」，仍然未曾脫離這種思考的活動，所以喻依和喻旨仍然是分開的，雖然喻旨是回指喻依本身。

其實，在那個時期的山水詩，「山水如何自成天理」的考慮是隱伏在詩人的意識中的。試舉謝靈運的「於南山往北山經湖中瞻眺」一詩爲例：

朝旦發陽崖，景落憩陰峯，
舍舟眺迥渚，停策倚茂松，
側逕既窈窕，環洲亦玲瓏，
俛視喬木杪，仰聆大壑淙，
石橫水分流，林密蹊絕蹤，
解作竟何感，升長皆丰容，
初篁苞綠籜，新蒲含紫茸，
海鷗戲春岸，天鷄弄和風，
撫化心無厭，覽物眷彌重，
不惜去人遠，但恨莫與同，
孤游非情歎，賞廢理誰通。

詩人目擊耳聞山水景物的顯現和活動，可謂「仰觀宇宙之大，俯察品類之盛」而覺「萬物萬情」，但詩人在詩中仍得尋求萬物萬情的含義，故問:「解作竟何感?」其答案是:自然活動在「解作」的律動裏，「升長皆丰容」，而初篁、新蒲、海鷗、天鷄各依其性各當其分發揮其生機活力，由此觀物，則「撫化（郭象所謂萬物萬化之塗也）心無厭」，可見此詩仍未脫離解說的痕跡。但如果我們細心一看，此詩的解說方式却是頗近後來的公案的禪機，試把雲門文偃的對話相比較：

問：如何是佛法大意？

答：春來草自青。

謝詩：

解作竟何感
升長皆丰容
初篁苞綠籜
新蒲含紫茸
海鷗戲春岸
天鷄弄和風

再看王維的：

君問窮通理
漁歌入浦深

是一脈相連的以實景代替說明的一種表現。由於喩依（自然山水的律動）本身含着喩旨或是喩旨回指喩依，所以謝詩最後幾句有關悟理情歎的部分可以說是一種附帶的說明，詩的核心意識仍然是山水本身的呈露。由於山水從萬象中顯現的律動便足以表現出天理，所以謝靈運的詩以及鮑照，謝朓及至沈約、王融等人的詩，其最後的悟理情歎部分越來越失去其重要性，而逐漸被剔除。日人網祐次在論中世紀的中國文學的一本書中曾就山水詩中的寫景與陳述句子的比例作了一項統計，而歸納出寫景部分的漸次減除而達於純然的傾出。試抽樣列舉：湛方生的「帆入南湖」的四句寫景六句陳述，謝靈運前列詩的十六句寫景六句陳述，鮑照「登廬山」的十六句寫景四句陳述，謝朓的「遊東田」的兩句陳述八句寫景，「望三湖」的六句寫景兩句陳述，沈約的「遊鍾山詩」第二首全景，范雲「之零陵郡次新亭」，王融的「江皐曲」，孔稚珪的「遊太平山」，吳均的「山中雜詩」均屬全景或近乎全景的詩。（因此部分屬於結構的討論，必須留待以後再詳細處理。）

詩人可以剔除陳述而任山水自然揮發，是因爲自然山水的律動本身就是天機的流露，「海鷗戲春岸，天鷄弄和風」及「春來草自靑」的自然活動本身自成「道」自成「理」，有了這個了解就會產生熱愛，從這個理之「悟」和「愛」出發，詩人便要力求接近自然律動的跡線，力求捕捉其新鮮的面貌，如鮑照的「洞澗窺地脈，聳樹隱天經。」（「登廬山」）；又如謝靈運要開拓淸（白雲抱幽石，綠篠媚淸漣——「過始甯墅」；寒山便曾襲用首句以開其淸境），幽（連巖覺路塞，密竹使逕迷——「登石門最高頂」），明（密林含餘清，遠峯隱半規——「遊南亭」）及快（雲日相輝映，空水共澄鮮——「登江中孤嶼」）；又如謝脁的「江際識歸舟，雲中辨烟木（一作江樹）的遠，「魚戲新荷動，鳥散餘花落」的靜中之動。所謂「神趣」，就是物象中這種氣韻的捕捉，這種表現方法固開後期山水詩人如王、孟、韋、柳及畫家之先河，其對六朝後期的對山水有「愛」而不盡有「悟」的詩人，亦有相當的啓示。就以王融的「江皐曲」爲例：

林斷山更續，洲盡江復開，
雲峯帝鄉起，水源桐柏來。

此詩雖略嫌表面化，但其捕捉我們感應山水的活動，山水呈露層次的律動，則仍極其明快而直接，任我們移入其間遨遊。

對於物象的氣韻的捕捉，能得其神者必須要對物象作凝神的注視，而凝神便是莊子所說的「心齋」、「坐忘」及「喪我」，在這種沒有知性的侵擾的出神的意識狀態中，詩心如止水或明鏡直接應和物象具體的顯現與活動。這種出神的意識狀態在王維的詩裏尤其特出：

空山不見人，但聞人語響。——鹿柴
人閒桂花落，夜靜春山空，

月出驚山鳥，時鳴春澗中。——鳥鳴磵

在這種意識狀態中，郭象認爲可以「萬物歸懷」，其因之一，是脫離了種種思想的累贅以後，詩人便彷彿具有另一種聽覺，另一種視覺；聽到他平常聽不到的聲音，看到他平常不覺察的活動。因而陸機說：「課虛無而責有，叩寂寞而求音。」因而，司空圖說：「素處以默，妙機其微。」王維的詩的靜境特別的多，如上二例便是，又：

木末芙蓉花，山中發紅萼，
澗戶寂無人，紛紛開且落。——辛夷塢

其實，王維詩中動境中有靜，靜境中有動，也正是山水自然律動的天理，故可無言而由默中托出。山水自然自這種意識狀態中湧出，所以每一物象均能具有水銀燈活動下的明澈、新鮮。王維承着兩謝的清、幽、明、快、靜、動、遠、近而達到物象最直接最眞確的流露。同理，柳宗元的「江雪」和王維的詩一樣的如畫，便亦是同一個道理：

千山鳥飛絕，萬徑人蹤滅，
孤舟簑笠翁，獨釣寒山雪。

而日本芭蕉氏之用語言來跡出靜中之動，寂中之音，其美感意識的源起，便是承着山水詩人和王維的境界而來的，其俳句如后：

古池や蛙飛で込む水の音。

由上面對中國山水意識的探討中，我們可以說，道家由重天機而推出忘我及對自我能駕馭自然這種知性行爲的批判，在中國詩中開出了一種可謂「不作調停的調停」的觀物感應形態，其結果，是由演繹、分析、說明的語態的遞減而達於一種極少知性侵擾的純粹的山水詩。

現在我們回到前面提出的問題來：

山水景物的物理存在本身，無需詩人注入情感和意義，便可以表達它們自己嗎？

山水景物能否以其原始的本樣，不牽帶概念世界而直接的佔有我們？

這個問題，西方的詩人作了何種的解答？華茲華斯說過：「無法賦給（意義）的智心／將無法感應外物。」他進一步說：

物象的影響力的來源，並非來自固有的物性，亦非來自其本身之所以然，而是來自與外物相交往受外物所感染的智心所賦出的。所以詩……應該由人的靈魂出發，將其創造力傳達給外在世界的意象。（*Letters*, 1811-20, p. 705）

參照其 Excursion（行旅）詩的結尾的論旨：「個人的智心是如何精巧地配合外在世界……外在世界——這個很少人注意的題旨——如何精巧地配合智心。」我們請再看其長篇大論的 The Prelude（序曲）裏一段話：

我們可以敎他們……
敎他們：人的智心如何變得
比他們所住的大地萬般的美麗
在事物的構架之上……
在令人狂喜的美之中，好比它本身
是更神聖的實質更神聖的經緯。（1.435）

把美感的主位放在詩人的智心中，從智心的活動出發而不從山水景物的自足的存在出發，這個基點之不同是顯而易見的，故華氏有大幅度抽象概念的縷述。美人 Donald Wesling 氏在其 *Wordsworth and the Adequacy of Landscape*（華玆其斯與山水的自足的問題）一書中，便說明了華氏之不以山水爲自身完整的物象（Wesling氏沒有中國詩的知識，該書純然由英國傳統出發）；Wesling 氏認爲山水出現於詩人的智心中而成爲智心的一種糧食，可以調養潤色智心的精神領域，同時智心亦可以調養潤色外物，整個感應形態是一個主觀的活動，是智心利用外物（山水景物）追求形而上的意義的過程。Wesling 氏說：

在「汀潭寺」一詩中，那種彷彿不定的探索思維穿過知性的活動而使詩開頭的山水景物的描寫加深……華氏的特色是：山水與一連串的概念程序是分割不開來的。(p. 23)

如是說，我們還能不能稱華氏的詩爲山水詩呢？如果我們用中國純粹的山水詩做尺度，就恐怕不能了。但華氏的詩是由山水作爲一種觀照的對象的迷惑與熱愛出發，卻也曾令讀者對山水景物作凝神的注意，甚至有許多瞬間任山水佔有，所謂「篡奪的力量」是也（「序曲」V. 592）。譬如「序曲」裏這一個瞬間（我作粗略的翻譯）：

——常常
在黃昏，當早出的星辰
依山的邊沿移動，
升起又沉落，【他】會獨立
羣樹之下，或是閃爍的湖邊
……他，像一件樂器
向靜寂的夜梟學叫

好讓牠們回應他，穿過
水漾的山谷回叫過來
…………一段長久的
靜止，使他完全技窮
有時他在沉寂中垂
聽，一種溫和的驚愕
把山的急流的水聲帶進
他心中；或是可見的景象
不知不覺的進入他腦中
以其全然莊嚴的意象：岩石
樹林，和飄盪不定的天空，
被迎接入那安穩的湖中。（V.1.365-388）

在華氏的山水的段落裏，往往可以感到自然景物的一種移動，莊嚴秀麗，在詩人「意識泯滅」（When the light of sense goes out，仿似道家中的「喪我」）的瞬間突然亮起，而在此瞬間中，喻依和喻旨的界限暫時也泯滅了，而使讀者沉入景物「篡奪的力量」之中，而同時產生一種人與山水交往的超越存在的神秘的和諧。顯然華氏的詩中亦有「理悟」，但其「理」不寓於外物的物性之中，而在物我互相的調停中完成，他徘徊於瞬間的崇高秀麗的山水與形而上的「理」之間，並對詩人自我的想像力，其由靈魂出發的創造組織力的主觀活動作了誇張性的推崇。這裏就存在着華氏觀物感應形態的矛盾與衝突，這個矛盾一直是浪漫主義以來的思維、創造上的一個結。

一面覺得物象實實在在的存在於現象之中（Sensible objects really existing and felt to exist）而一面又無法像中國山水詩人那樣任其「物各自然」的呈露，究其原因有二。

其一，浪漫時期詩人把比重放在智心上，正表示其始終未跳出西方傳統強調超越現象的本體世界的窠臼；現象世界之種種，充其量不過是更高一層存在的顯現，而這一個更高一層的存在，所謂 meta（超越）physics（即 Physis 存在現象）的本體世界，只能由人去認識。所以康德說，純粹的感應物象不是宇宙的知識，必須經由人的更高層次的想像思維去躍入，詩中盡是認識論的追索的痕跡及形而上的焦慮，便是因爲詩人妄自尊大的認爲「自我」有無上的洞識及組織天機的力量（請比較老子的「知者不言，言者不知」的謙卑的態度）。認識論的追索和形而上的焦慮均極少在中國的詩中出現。

原因之二，是西方——尤其是浪漫主義前的英國——一種很奇怪的現象。浪漫主義以前對山水的看法，尤其是對山，不僅不是一件美的景物，它根本是一件醜的東西，更不用談靈秀了。這一個受基督教義左右的看法，Marjorie Nicholson 的 *Mountain Gloom and Mountain Glory*

一書中論得最詳細，在此我摘要簡述如下：雖然古代的修辭學家在論崇高雄偉的構思之時，曾對野放不羈的雄偉磅礴的自然山水非常之狂熱（見其論 *Sublime* 第三十五節），但其熱情始終未爲十八世紀以前的英國文學家所分享；對於美的認識，仍然是希臘亞理士多德以還所追求的對稱、節制和規律的整齊，對於變化多端逸放而不工整的自然山水一開始便有着一種抗拒的意識，所以中世紀以來詩及畫中的山水的應用泰半是寓意化、抽象化、人格化及說教化的，在英國文學中的「天路歷程」（Pilgrim's Progress）便是最顯著的例子，然後基督教義對大洪水以後在地球上出現的山的解釋，認爲山是破壞了造物主的（合乎對稱、節制、整齊的）完美的東西，而稱之爲自然界的「羞恥與病」。十七世紀的詩中經常出現如下的描述（見 Nicholson 六十六頁起）：

那裏自然只受着汚辱
地土如此的畸形，行旅者
應該說這些是自然的羞恥：
像疣腫，像瘤，這些山……（p. 66）

在基督教教義的影響下，美只能屬於上帝，不是屬於山水。藝術的秩序必須來自人在雄偉完整無缺的造物主及其所造之物中追求造物主所顯露的對稱、節制和整齊——這種希臘的注重人爲的古典美學和基督教義中上帝即美的滙合，便成了十七世紀美感的中心意識。到十八世紀行旅者對愛爾卑斯山雄偉靈秀的記載所開拓的山水的視境、對自然的偉大的讚嘆，就無法像中世紀的中國哲人詩人一樣，從山水本身自然而然的存在做他們美感意識的依據；他們必須推翻以前對山的看法，而設法將變化多端野放不羈的山水視爲上帝偉大的顯露的部分。適逢 Longinus 的「論 Sublime」的觀念被譯出而盛行，展開了對「龐大」「奇異」的迷惑（見 Addison 的"The Pleasures of the Imagination"），其間與中國的高、雄、深、遠有許多相近的地方，但了解了其基督教義的牽制，我們當亦了解其內涵之不同。當時中國注重野趣的園林藝術亦被介紹入英國，亦曾在這個轉變中扮演了一小部分的角色。十八世紀對自然觀念的改變，使詩人將原是用以形容上帝的偉大的語句轉化到自然山水來，這在 Thomson 及 Young 到華茲華斯的大幅山水的呈露中可以得到證明。我們若細心的去想，西方傳統強調超越現象的本體世界及基督教義所強調的超越自然現象的上帝在基層結構上是一樣的：二者同是一種人爲的發明，用以解釋無可解釋的繁複的存在現象界，所以人始終站在最中心的位置：理智的知性的調停是詩人可以由現象世界達到本體世界的必然的通路。（華氏詩所強調的「直覺」是理智過濾過的觀念，而非脫離知性語言活動的「直覺行爲」。）所以浪漫主義的「想像」是從人的智心做基點的，「美」（Beauty）與「崇高」（Sublime）在浪漫主義的認識論中，不是同一基點的東西：美是附在外物上，崇高則必須由智心完成。是故自然與人始終未曾脫離對峙的狀態。我們由此可以了解存在於華氏及其他浪漫主義者的詩中的矛盾與衝突，即是一面爲山水本身的雄偉的顯現而興奮，一面必須發揮其智心的認識論的組織力，尋求超越物象的形而上的意義。這種困撓一直影響到現代的英美詩人，當近人 Kenneth Rexroth說：「問題在我們如何可以躍過（或撇開）認識論的程序?」這句話時，我們便可了解此思想形式之根深蒂固。（見一九七二年 Dembo 與 Pondrom 所編的 The Contemporary Writer 訪問記 pp. 154-5）

這個問題一直是初期現代英美詩下意識中無法完全解決的問題，現舉史提芬斯（Wallace Stevens）的兩首詩爲例，暫譯如后：

The Poems of Our Climate (1938)

一個明亮的碗中清澈的水，
粉紅的白的康乃馨，在房間裏
光線如雪冷的空氣
反映着雪。新下的雪
在冬末，當下午重來時。
粉紅的白的康乃馨——我們欲求
比這些更多的東西……
……我們需要更多一些

比白色的世界和雪意的香氣多一些
…………
還有那永不安甯的智心……。

Of Mere Being (1955)

一棵棕櫚樹，在心的盡頭
最後的思維之外升起
自銅色的遠處

一隻金羽鳥
在棕櫚樹裏歌唱，沒有人的意義
沒有人的感受，唱一首異國的歌

如此你便知道這不是
使我們愉快或不愉快的理由
鳥鳴唱，羽毛閃耀

棕櫚樹站在空間的邊緣上
風緩緩的在樹枝間移動
鳥的火熄的羽毛搖搖墜下

史氏反覆的希望做到：「不是關於事物的意念而是事物本身」（他的詩題之一），他又說要變為事物的本身，如其「雪人」一詩所宣說的：「我們必需有冬天的心／去觀霜雪和枝椏。」而結果無法實際的做到「以物觀物」，其原因便是無法接納物之為物的自主完整性，譬如他說：

> 肉眼看見的可謂生活的素材，但這不是我們要寫的。肉眼不會產生（物與物）的相似性。它只會看。但智心會產生（物與物）的相似性，一如畫家用再現的方法去創造……創造世界中的一個世界。(Necessary Angel, p. 72)

可見其依賴藝術語言去創造其私有的世界，而非用語言去迹近現象本身，如他詩中所說的，不安寧的智心欲求比白色的世界和雪意的香氣多一些東西。所以我們可以說他是始終未跳出浪漫主義強調智心這一個窠臼的。也因此他在一首長詩 Notes Toward a Supreme Fiction（關於無上的虛構的一些筆記），有很長的段落討論想像活動的問題，極似華玆華斯的縷述，玆抽一段以觀其說：

——這個選擇
不是互相排除的事物之間，不是
「之間」，而是「之中」。他選擇去包含
互相包含的事物，那完全的，
繁複的，渾然凝聚的諧和。（*Collected Poems*, 403）

這種語態仍然滯留在他的最後的一首詩 Of Mere Being 之中。但史氏和浪漫主義者是有別的。他詩中素材的來源的現象世界是一個脚踏實地的世界，而非超越的形而上的世界。他認爲這是一個「沒有宗教信仰的時代」，所以我們必需要用「無知的眼」去重新發現事物的特質，而不依存一個無形的本體世界做事物的統一性的依歸。無疑地他的詩不是「物象自主」的具體呈現，而是「物象自主」這一個美感意識的探索。這個探索是承着現代思想現代美學強調具體存在和直接經驗、否定西方傳統的抽象思維而來的。

關於現代思想和美學這一個發展的討論很多，我亦有另文討論（註四），在此只作概要性的報告：由存在現象哲學（尼采、克依克格、柏格森、海德格等）一直到近代的黑山詩人（Black Mountain Poets）（見 Charles Olson 的 "Human Universe"），其針鋒向處一直是古典思維中由妄自尊大的人爲所虛構的抽象意念之本體世界。用十九世紀末美學家裴德（Pater）的話來說，古典哲人總是希望建立一個永久不變的模型，把多變的現象世界予以一次過的解決，可是經驗所顯示的，每一分鐘都不停的變動，這不停的變動的每一瞬才是具體存在的本身。廿世紀初的美學批評家 T.E. Hulme 要求詩人使我們不斷的看見具體的事物，要直接去感應事物，要把事物可觸可感地交給讀者，不要經過抽象的過程。詩人龐德（Ezra Pound）也說，找出明澈的一面，呈露它，不要加以解說；他又說，剔除事物的象徵意義（事物的象徵意義是人加上去的），事物本身就是一個自足的象徵，是一隻鷹就叫它一隻鷹。（有關龐德詩學的演變，請參看拙著 *Ezra Pound's Cathay*, Princeton University Press, 1969）。但眞正做到「是一隻鷹就叫它一隻鷹」的，却是龐德的好友小兒科醫生威廉斯氏（William Carlos Williams），他主張用沒有先入爲主的觀念，沒有隨後追加的意念的強烈的感應方式去觀看事物，體現實有（a world that is always real……），不依賴象徵。試看此詩：

Nantucket

透窗的花朵
淡紫與黃
被白色的帷幕改變——

乾淨的呼息——
午後的陽光——
在玻璃的盤子上
一個玻璃杯壺，杯子
倒放，旁邊
一根橫放的鎖匙——和那
全然潔淨的白色之床

這首詩，用威廉斯論者 H. Miller 的話來說：沒有象徵，不求指向物外的本體世界，沒有辨證的結構，沒有主客的對峙，物既是主又是客。

我們在討論山水詩的過程中而轉入龐德、史提芬斯及威廉斯的討論，並無意將他們視爲山水詩人（史氏倒是有許多寫山水的詩），但從現代美學的衍生來看，他們推翻抽象思維的努力却爲後來的詩人開拓了新的視野，而使一些近乎中國意境的山水詩變爲可能，如 Kenneth Rexroth, Gary Snyder，在某個程度上 Robert Bly 及 Cid Corman，及備受史提芬斯及威廉斯影響的英國的 Charles Tomlinson（至於其間各有不同的來源與差別，在此均暫不論）都曾發表過較爲純粹的山水詩。由於時間的關係，現只拈出最接近中國山水意境的 Gary Snyder 作簡易的介紹。我曾於一九七二和 Snyder 見面，我特別問他一句話：「你爲什麼對中國山水詩有如此濃厚的興趣？」他說：「我生長在太平洋西北區的山林裏（他是一個砍木材的），年幼時，有一次我父親帶我到西雅圖的博物館去看適正展出的中國畫，我立刻就喜歡了，因爲那是我認識的山我認識的水，和我實生會所看見的一模一樣。」這句話的意思正是：西方藝術教育中的山水畫和山水詩都是見山不是山，見水不是水，而是用以寓意別的東西的素材。（見 Kenneth Clark的 Landscape into Art）。這一個雛形的對山水的喜愛奠定了 Snyder 以後大部分的生活方式和感應形態。Snyder 大學時代是同時攻考古人類學和文學的，對初民如印第安人與自然的和諧關係特別的關心。Snyder 大學時代曾譯過一二首王維與韋應物，後來譯寒山而使大學生瘋狂的崇拜起寒山來（時在加州大學柏克萊校區跟陳世驤讀的），據他說，他曾在高原沙漠地帶獨居了五個月，餐風宿露的靜坐，一下山來便接觸到寒山，所以譯來景物字句猶如己出。他後來又到日本禪院裏學禪九年，並曾譯八丈懷海語錄。現在居住在山間在一塊處女地由自己一手建築的房子裏，並拒絕用任何汚染人類殘害自然的工業產物。我們試看他對山水自然的看法（俱見其散文集 *Earth House Hold*）：

1. 最受無情的剝削的階級是：

動物、樹木、水、空氣、花草。

2.……「因爲山中無日月」，光與雲的交替，混沌的完美，莊嚴壯麗的事事無礙，互相交往互相影響。

3.看山：是一種藝術。

4.「什麼東西都是活生生的——樹木、花草、惠風與我同舞，與我交談，我能了解鳥語。」這是遂古的經驗，並不如後來人所說的屬於宗教的情操，而是對於美的一種純然的感應。現象世界在某一種突出的情況下經驗是完全活生生的，完全令人興奮的，完全妙不可言的，使我們心中充滿着顫抖的敬畏，使人感激，使人謙卑。

5.自然是一組完全不據理的任意形成的規律、理路、與輕重的變動，這一瞬間現出，另一瞬間完全消失。

6.不要做一個爬山者，做一座山。

7.「那包含萬變的永遠不變。」

我們再轉向他的詩（暫譯）：

Piute Creek

一條花崗岩的山脊
一棵樹便夠了
或一塊岩石，一條小溪
池塘中的一片樹皮
山山連曲疊
堅韌的樹擠在
狹窄的石縫間
上面巨大的月太亮
心遊動。一萬個
夏天。夜氣靜止而岩石
溫暖。天橫萬嶺上
依附人身的渣滓
棄盡。堅石晃動
沉重的現在亦平不了
心的沸騰
文字書本

如瀉出高岩的小溪
在乾燥的空氣中消失

清澈凝神的心
不沾他義
所見即眞
沒有人喜愛岩石，但我們來了
夜冷。月光
跳動
滑入杜松的樹影：
隱而不見的
豹與山狗的
冷傲的眼睛
看着我起身離去

Mid-August at Sourdough Mountain Lookout

一　雨連三日熱
樅子上松脂閃亮
橫過岩石和草原
一片新的飛蠅

我記不起我讀過的事物
幾個朋友，都在市中
用洋鐵罐喝冰冷的雪水
看萬餘里
入高空靜止的空氣

Regarding Wave

每一座山　寂然
每一棵樹勃生　每一塊葉
所有的山坡　流動

舊林芽初發
蔓草長如羽
洞黑　峯明
風搖　涼冷處
每一塊葉勃生
及所有的山

顯然心物之間的考慮的痕跡仍是有的，如「清澈凝神的心／不沾他義／所見卽眞」，但其不如浪漫時期詩人，不如史提芬斯之受不安的智心的侵擾亦顯而易見。道家思想中的「物各自然」「虛心應物」慢慢的取代了「形而上的焦慮」的困繞，而任山水自然的揮發。

十月十九日講

註一　禮記：「夫山……及其廣大，草木生之，禽獸居之，寶藏興焉。論語：仁者樂山，智者樂水。韓詩外傳：仁者何以樂山？山者萬人之所瞻仰，草木生焉，萬物植焉，飛鳥集焉，走獸伏焉，生萬物而不私，育羣物而不倦，出雲導風，天地以成，國家以寧，有似乎仁人志士，此仁者所以樂山也。古今合璧曰：太行五嶽匡廬皆崇高渾厚。易：水潤萬物。韓詩外傳曰：大水者緣理而行不遺小，間似有智者動而下之：

…似有德者天地以成、羣物以生……此智者所以樂水也」。注意：儒家功用主義下對山水的認識和山水詩時期對「山水是天理」的認識是有別的。

註二　Frodsham 在此書之前曾寫過 "The Origins of Chinese Nature Poetry" "Landscape Poetry in China and Europe" 及 "Hsieh Ling-yun's Contribution to Medieval Chinese Buddhism」重點皆收入此書。Frodsham 氏的說法未能自本自根的討論，有許多偏差之處，但其歷史材料甚豐，極具參考價值。

註三　見拙文「從比較的方法論中國詩的視境」（中華文化復興月刊，一九七一年五月 pp. 8—13。及 Comparative Literature Studies, Vol. XI, No. 1, March 1974 拙文 "Classical Chinese Poetry and Modern Anglo-American Poetry: Convergence of Languages and Poetics"。

註四　見註三我的第二篇文章第二部分，或拙著 *Ezra Pound's Cathay* (Princeton, 1969) 第二章。現代文學美學問題的材料可看 Ellman & Feidelson 的 *The Modern Tradition*(Oxford, 1965)。

文學創作與神思

陳慧樺

一、前言

劉勰的文心雕龍體大思精，是我國文學批評史第一本有系統地來討論文學藝術的專書。全書五十篇，可分成上下兩卷，上卷二十五篇，從原道徵聖宗經以迄書記篇，分別探討文學之起源、特性、體裁、摹倣等項，是爲本體論也；下卷二十五篇，肇自神思體性風骨以迄序志，分別討論文學創作上之聚精會神，文章之風貌流變鑑賞以至字斟句酌之功，是爲創作修辭之術也。

我這篇文章將以比較的方法，把重點放在劉勰的「神思篇」和陸機的「文賦」有關文思活動的部份，分別就神思之產生與捕捉，神思與相像之異同，與培養文思之道這幾點來討論，以明神思與文學創作的關係。

二、神思之起源與捕捉

「神思篇」是文學創作論之起點，劉勰譽「神思」爲「馭文之首術，謀篇之大端也。」但是神思到底是甚麼一回事？爲什麼文學創作開始時，我們的思緒如泉湧這一現象，要用一「神」字來形容它？我們應如何有效地捕捉它，導引它，使它變成整個文學創作過程中有效的運行與活動的方法？

劉勰用一「神」字來形容文學創作開始時文思如泉湧這一現象，饒宗頤以爲這是劉勰受佛敎影響之一端。因「原道篇」有「言之文也，天地之心哉！……誰其尸之，亦神理而已。」的話，一切人文現象，都莫不取之於主宰着天地萬物的「道」，這「道」是無形的；而我們創作時的精神狀況也是無形的，是爲「神」也（註一）。劉勰小時曾寄居沙門僧祐處整理佛經，故在寫作上要求謹嚴，思想上也多少受到佛敎的影響，那是無可否認的。偏偏文學創作上文思湧動這一刹那，又是無從恰切地記錄下來，其神妙神秘之處，只可意會不可言傳，故東西方文士，多視文思之來臨，有如神助。在我看來，「神思」之「神」字，有神明、神妙與神秘等意思。呂氏春秋「審爲篇」、莊子「讓王篇」都有「形在江海之上，心存魏闕之下」的話，神思之妙就在飄拂不定，無遠弗屆。

「神思篇」說：

文之思也，其神遠也。故寂然凝慮，思接千載；悄焉動容，視通萬里；吟咏之間，吐納珠玉之聲，眉睫之前，卷舒風雲之色，其思理之致乎！

這段話可分兩方面來說：就時間而言，思緒能從今遊蕩到過去未來，毫不受阻遏；就空間而言，則當文思湧現時，聲律辭藻自然就範，配合成美妙的境界，那些視界的意象，彷彿就展現於面前。對於這種運思之奇妙，比劉勰約早兩百年的陸機在其「文賦」裏有更詳盡的描繪：

其始也，皆收視反聽，耽思傍訊，精騖八極，心遊萬仞。其致也，情曈曨而彌鮮，物昭晰而互進。傾羣言之瀝液，漱六藝之芳潤，浮天淵以安流，濯下泉而潛浸。於是沈辭怫悅，若游魚銜鈎而出重淵之深；浮藻聯翩，若翰鳥纓繳而墜曾雲之峻。收百世之闕文，採千載之遺韻，謝朝華於已披，啓夕秀於未振，觀古今於須臾，撫四海於一瞬。

陸機這一段文字實際上可以分成三個階段來討論（註二）：即第一「其始也」等句。第二「其致也……」等句。第三自「於是沈辭怫悅」以至於「撫四海於一瞬」等句。

第一階段，創作活動實際開始時，作者得先將遊離的精神集中起來，心不外用，才能深思旁求，馳騁想像，做到思接千載，視通萬里的境地。這種摒絕外慮，心神做着自由的無限的追求的步驟就是史班德所說的聚精會神（concentration）；因爲「它是頗爲特殊的一種心神貫注。它使

詩人知曉某意念所包被的內涵與可能的發展。」（註三）

第二階段，談到文思到來，如漲潮如日之將明，各種事物景象都交互湧進心中，由隱晦而漸趨明晰。於是作者得以最精妙的辭藻把文思凝定下來。而這就到了第三階段的「沈辭怫悅，若游魚銜鈎而出重淵之深；浮藻聯翩，若翰鳥纓繳而墜曾雲之峻。」「怫悅」是難出之貌，「聯翩」是將墮之貌，在在說明美妙的辭藻就像沈淵之魚，浮空之鳥，須殫竭心智以求而後始能得到的。而後面幾句，再三強調詩人應摘前人未曾用到的言辭，發揮個己之意旨。文思之妙，就在於能貫穿時空，作者得善為用之。

一般來講，陸機的論列，比劉勰發揮得更盡致淋漓。劉勰「神思篇」之價值，在於它是第一篇單獨成章來討論文思這一種創作時的精神現象，而陸機的「文賦」則不止討論到文思，而且討論到文章之弊病等等問題。

但是，並非所有的文思都是通暢無阻的。當文思通時則風發泉湧，文思阻塞時則如枯木涸流，故「神思篇」曰：

故思理為妙，神與物遊；神居胸臆而志氣統其關鍵，物沿耳目而辭令管其樞機，樞機方通，則物無隱貌，關鍵將塞，則神有遯心。

其關鍵所在則歸乎「志氣」，亦即我們的思想感情的流暢與否。而感情的流暢阻塞，則又受制於一年物色之代序，故「物色篇」有云：「是以獻歲發春，悅豫之情暢。滔滔孟夏，鬱陶之心凝。天高氣清，陰沈之志遠。霰雪無垠，矜肅之慮深。」總之，「歲有其物，物有其容，情以物遷，辭以情發。」「養氣篇」又說：

且夫思有利鈍，時有通塞，沐則心覆，且或反常，神之方昏，再三愈黷。是以吐納文藝，務在節宣，清和其心，調暢其氣，煩而卽捨，勿使壅滯。

「清和其心，調暢其氣」，也就是保持志氣敏銳清明之意。

陸機對於文思之通塞，有如下一段話：

若夫應感之會，通塞之紀，來不可遏，去不可止。藏若景滅，行猶響起。方天機之駿利，夫何紛而不理？思風發於胸臆，言泉流於脣齒，紛葳蕤以馺遝，唯毫素之所擬。文徽徽以溢目，音冷冷而盈耳。及其六情底滯，志往神留，兀若枯木，豁若涸流。攬營魂以探賾，頓精爽而自求，理翳翳而愈優，思乙乙其若抽。是以或竭情而多悔，或率意而寡尤。雖玆物之在我，非余力之所勠。故時撫空懷而自惋，吾未識夫開塞之所由。

這種通塞之道，來去無踪，是最難理解的，也不是輕易可以捕捉到的。所以劉勰在「養氣篇」裏認爲一個作者應該「清和其心，調暢其氣」，使志氣流暢，以易於感應。而陸機在這裏也明言一個作者得使其「天機駿利」，亦卽使其神思條暢，以利於「應感」，但是使精神處於良好的狀態，並不保證「應感」就會來臨，所以他最後只有深深嘆息說：「吾未識夫開塞之所由」。

從上面的比較討論中，我們時時可以發覺，在討論到文思的產生與捕捉時，陸機的描繪探索，往往比劉勰更深入，這可能由於劉勰是從實用的觀點來討論文學創作，而陸機則純粹以一個作家兼美學家來探索文思，因此遣詞用字都極生動，使文賦本身變成創作。

三、神思與想像之異同

從上面的討論中，我們不難發覺，中國人所說的神思是一種旣神秘又神妙的精神活動，它來無踪，去無影，劉勰以爲「志氣」可以統其關鍵；陸機則以爲捕捉文思，應「佇中區以玄覽，頤情志於典墳。」開始捕捉時，應「收視反聽，耽思傍訊」，才能做到「精騖八極，心遊萬仭」的地步，至於講到「感應之會，通塞之紀」，他也只有感嘆系之，「吾未識夫開塞之所由」了。在西方從亞里斯多德迄今，第一個注意到創作時文思湧現的現象而很有系統地討論它的，是十八世紀的英國詩人考婁芮基（Samuel Coleridge）。他稱這一現象爲「想像」（Imagination）。想像也者，則是「一種綜合的魔術一樣的力量」（註四），它

在相反或齟齬的性質間，求得平衡或調和後浮現出來：它調和差別與同一；具體與通

性；意象與觀念；普遍與各別；古老及熟知物體與新奇及新鮮的感觸；結合超越平常的情感事態與超越平常的秩序；結合清醒的判斷及堅定的自我控制，與深邃或激動的感觸與熱望；當想像力溶合與協調那自然的現象與人工藝術，依舊使藝術臣服於自然；使方式臣服於材料；使我們對討人的讚美，臣服於我們對於詩篇本身的同情。（註五）

或者它是「一種對音樂感到歡愉的意識，能把衆多的事物統一起來，或以某一種最顯著的思想或感覺把一連串思緒變更修飾。」（註六）

從上面的引文裏，我們可以發覺，西方人所稱的「想像」，就是陸機所說的「應感之會，通塞之紀」，亦即劉勰所稱之「神思」。假使把陸機和劉勰的理論跟考斐芮基一比較，我們還是可以發覺某些歧異的。考氏強調想像是一種能把「衆多的事物統一起來」的力量，但是陸氏或劉氏並沒提到這一點，另一方面，西方人士所謂的想像力雖也是自由的，但是，它顯然是一種調和主體和客體的力量（註七），而陸機和劉勰都以「遊」字來形容這種心靈活動，但這種「神與物遊」的思緒活動並非獨立地運作於作者心靈與物體之間，它毋寧是一種把心物涵攝起來的力量，並不如西方人士所說的那麼機械化（註八）。所以我們獲得一個印象就是，陸機所說的「應感」、劉勰的「神思」跟西方人士所指的「想像」，並不是百分之百相等的，這是生長在兩種不同的文化裏的人對同一現象的了解是有些差別的。

英美人士對想像的探討，從十九世紀以來，越來越多，有的純粹從美學原理來探索此一精神現象（如馬利坦 Jacques Maritain 和溫徹斯特），有的則從心理學的觀點來討論此一現象（如佛洛依德）。現在再引溫徹斯特的話來看吧。溫氏同意魯士鏗（Ruskin）的話「想像力之本質，神妙難明。所可知者，惟其效果耳。」然後他把「想像」分成主要的三種，即㈠創造的想像，與幻想相鄰㈡聯想的想像，與幻想相鄰㈢解釋的想像。這三種想像的意義是：

㈠創造之想像者，本經驗中之分子，為自然之選擇而總合之，使成新構之謂也。苟此組合一任己意，不循諸理，則謂之幻想矣。

㈡聯想之想像者，聯想有同類之情之事物意象，或感情之影響者也。若此聯想不根據於同類感情，則其作用謂之幻想。

㈢解釋之想像者，無嶄新創造之全體，無同等情感影像之回憶。惟將人情中事物之眞義直接表出而已（註九）。

他這種分類非常詳細，特別值得我們注意的當然是「創造之想像」，但是我覺得這種分類，並不比考婁芮基對「想像力」與「幻想」的區分高明多少。它只是分得細一點而已。至於文思之來，心神狀況如何，我們應如何捕捉它等等，都未觸及。考氏在文學傳記第十三章裏有這樣兩段話：

我認為想像力分為兩等。第一等想像力，我以為，是一切人類觀察的活力與主要工具，且在人類有限的心智內，重複着無限「我是」之永恒創造行爲。我認爲，第二等想像力，是第一等想像力的回聲，與有意識的意志同存，不過仍和第一等想像力的功用相同，只有程序上及在活動方式上有差別。第二等想像力，能夠溶化、擴散、分解，以便再創造；若上述過程不能完成時，則第二等想像力，會積極從事理想化與統一化的工作。想像力在本質上富於活動，而一切事物（僅僅作爲事物）在本質上是固定的與死亡的。

相反的，幻想沒有其他的東西，可供把玩，只有固定的與不變的性質。的確，它是從時空秩序裏解放出來的一種方式的記憶；它同時也被意志的經驗現象所修改，並且與之混合——這種意志現象，我們稱之爲「抉擇」。但是，幻想同樣接受普通記憶的協助，須從聯想法則中，接受已製成的全部材料（註一〇）。

考氏這二段話的價值在於，他是第一個把想像分成兩種的人，這兩種想像並沒太大的不同，只有在程序上和運作上有某些差異而已。另一方面，他特別強調想像力的重要性，而詆貶幻想，使浪漫主義的詩特別生氣洋溢，想像力豐富。至於跟陸機和劉勰的理論比較，不管是溫氏或考氏的見解，都是一種運作於主體和客體之間的綜合力量，這種力量是自由的創造的，它是心物二元論中間的連鎖，顯然跟陸機劉勰那種涵蓋住物我的神妙活動不太一樣。

四、培養文思之道

經過了上面的比較討論後，我們再回到文思的培養來。在第二節裏，我們曾引陸機「文賦」論通塞的情形的話，那一段文字裏，就提到「天機之駿利」和「六神底滯」兩種心靈活動的現象。「天機駿利」就是劉勰所指的「樞機方通」，「六神底滯」就是劉勰所指的「關鍵將塞，則神有遯心」的現象。這是指神思來臨時對人所造成的兩種現象，這裏還沒涉及作者之才性。但是人之才性異秉，遲速不同，有一些人下筆成章，而有一些人則搦翰覃思，遲遲不能完篇，故「神思篇」曰：

若夫駿發之士，心總要術，敏在慮前，應機立斷，覃思之人，情饒歧路，鑒在疑後，研慮方定。機敏，故造次而成功，慮後，故愈久而致績，難易雖殊，並資博煉。若學淺而空遲，才疏而徒速，以斯成器，未之前聞。

但不管你的才情是遲是快，如想創作，則得憑藉學識經驗之博煉，也就是要「秉心養術」，「含章司契」，如能做到這兩點，創作時當然可以免去焦慮勞情之苦。

劉勰在「神思篇」裏論培養文思之道曰：

是以陶鈞文思，貴在虛靜。疏瀹五藏，澡雪精神。積學以儲寶，酌理以富才，研閱以窮照，馴致以懌辭，然後使元解之宰，尋聲律而定墨，獨照之匠，闚意象而運斤，此蓋馭文之首術，謀篇之大端。

在這段文字裏，他提出了五點培植文思的方法。

第一就是要「疏瀹五藏，澡雪精神」，亦卽「養氣」，也就是「養氣篇」所說的「清和其心，調暢其氣」的意思。養氣不止要心平氣和，而且貴在虛靜。能心虛才能得道，這一點施淑女在其「玄學與神思」裏已論得很清楚（註一一）。

第二就是「積學以儲寶」，劉勰不只在「神思篇」裏提到學習對創作的重要，例如他在「體性篇」就一再提到學習如：

才有庸儁，氣有剛柔，學有淺深，習有雅鄭，並情性所鑠，陶染所凝。

若夫八體屢遷，功以學成，才力居中，肇自血氣。夫才有天資，學愼始習。……故宜摹體以定習，因性以練才，文之司馬，用此道之。

人之才氣固然重要，但能配以後天的學習，則必能有所成就。陸機「文賦」談到培養文思時也說詩人得「頤情志於典墳。……誦先人之淸芬，游文章之林府，嘉麗藻之彬彬；慨投篇而援筆，聊宣之乎斯文。」

第三就是要經驗豐富才能做到透徹地觀察世事的地步。劉勰的「研閱以窮照」事實上不僅包括了豐富的人生經驗，實則包括了平日之閱歷和精神面的擴充。

其他兩點就是要權衡事理以豐富才思，也就是要做思考的工夫，以求對事理的融會貫通，孔子曰：「學而不思則罔」就是這個意思。然後就是順着情致事理，來尋繹恰當的辭藻，把意旨表達出來。

劉勰提出這五種培養文思的方法，事實上就差不多等於陸機所說的，一個作家創作前應先觀察，做些修養的工夫，以及培養最有利於觸發文思的環境：

佇中區以玄覽，頤情志於典墳；遵四時以歎逝，瞻萬物而思紛；悲落葉於勁秋，喜柔條於芳春，心懍懍以懷霜，志眇眇而臨雲；詠世德之駿烈，誦先人之清芬；遊文章之林府，嘉麗藻之彬彬；慨投篇而援筆，聊宣之乎斯文。

一個作者爲了創作，各種有利的情況都應儘量培養，但是文思之本質「神妙難明」，沒人能眞正了解它。它來如潮湧響起，去若景滅聲逝，所以劉勰承認文思湧現時，一個作者「方其搦翰，氣倍辭前」，但是「暨乎篇成，半折心始。何則？意翻空而易奇，言徵實而難巧也。」他又說：

> 是以臨篇綴慮，必有二患。理鬱者苦貧，辭溺者傷亂，然則博見爲饋貧之糧，貫一爲極亂之藥，博而能一，亦有助乎心力矣！

他除提出五種培養文思之道後，所作的綜論是要見聞廣博，要思想貫一，能做到這兩方面，當然一方面有助於神思活動之清明，另一方面當然也有助於作品辭理之清明。

結論

從上面的比較探討中，至少我們可以得到一個印象就是，我們所謂之神思，並不完全等於西方人所說的想像。我們並不特別指明神思是一種綜合力量，能把各種不同性別甚至對立的事物調和起來；我們認爲神思飄拂不定，來無踪影，去不可遏，它是一種涵蓋統攝住主體和客體的力量；而西方人士則常把主體跟客體看成對立的，想像力是運作於二者之間的一種媒介力量。

西方人士分析探討文思這種心靈活動非常機械化，有把想像分成兩等的，有把想像分成創造的、聯想的和解釋的三種的，也有從心理學的觀念或純粹從美學觀點來論文思的；而中國的劉勰則從比較實用的觀點來看文思，陸機則純粹從美學的角度來描繪神思。不管怎樣，西方人士也得承認，文思這種心靈活動本質，「神妙難明」，它的「運作極爲纖巧，無以詳加考察」（註一二）。

再者西方探討文思這種心智活動時，就事論事，故多不談到培養文思之道。陸機則以爲作者創作之先，不僅應「佇中區以玄覽，頤情志於典墳」，而且得感時應物，且得「詠世德之駿烈，誦先人之清芬；游文章之林府，嘉麗藻之彬彬。」儘量培養氣氛，靈感來臨，就「投篇而援筆，聊宣之乎斯文。」劉勰則以爲要培養文思，必須「積學以儲寶，酌理以富才，研閱以窮照，馴致以懌辭」，然後佐以虛靜之道，以利天機蒞臨。但一切都得合於自然之道，不可強求，所以劉勰才有「含章司契」和「結慮司契」的話。

註一　見「劉勰文藝思想與佛教」一文，收於文心雕龍研究專號（臺北明倫出版社印行），第十七頁。

註二　張亨先生在「陸機論文學的創作過程」一文裏把這一段文字分成四個步驟來討論，即㈠收視反聽㈡耽思傍訊㈢情瞳曨二句㈣沈辭怫悅二句。他反覆論證，見解新穎。見中外文學第八期第十四至十八頁。

註三　史班德作「一首詩的形成」，收在史得門編的 Critiques and Essays in Criticism, 1920-1948（臺北歐亞書局影印），譯文見於中外文學第四期。這一句採自翁廷樞的譯文，見中外文學第一一七頁。

註四　見 I. A. Richards 著文學批評的原理（紐約 Harcourt Brace & World 公司出版）論「想像」那一章所引，第二四二頁。

註五　譯文取自顏元叔譯西洋文學批評史（臺北志文出版社出版）第三六四頁。

註六　同註四。

註七　見西洋文學批評史第三六四至三六五頁。

註八　張亨先生曾詳細地討論到這一點歧異。見中外文學第八期第十五至十六頁。

註九　見文學評論之原理（臺北商務印書館印行）第六七至七二頁。

註一〇　見 Bate 編著的 *Criticism: The Major Text* 第三八七頁。譯文採自顏譯西洋文學批評史第三五八頁。

註一一　施淑女的文章收在黃錦鋐等著的漢學論文集（淡江文理學院出版）。

註一二　同註四，第三四五頁。

直覺與表現的比較研究

古添洪

——「直覺」(Intuition) 和「表現」(Expression) 是意大利美學家克羅齊 (Benedetto Croce, 1886-1952) 底美學的骨幹。他把藝術、直覺、表現三者視爲同一。直覺是藝術的本質，直覺必須到達表現的階段才是直覺。直覺在印象、感受、聯想等低級心靈活動之後，而在邏輯的、經濟的、倫理的諸思辨之前，爲純粹的心靈活動。對克羅齊而言，藝術完成於內心，而一般藝術成品只是爲了保存直覺使直覺重現的非藝術活動，名之爲外射。這直覺學說，實有其困難，引起了許多責難。本文引述了布爽傑 (Bosanquet)、喬斯·愷黎(Joyce Cary)和錢鍾書三人在批評中提出來的有貢獻的觀點，以作克羅齊學說的修正。在中國的文學批評中，雖沒有與「直覺」涵義相等之辭與平行的理論，但某些片斷的論述，論及創作心態及活動時，實際接觸了同一的課題。本文徵引了莊子中「心齋」等境界，輪扁等工藝創作的寓言，劉勰的「神思」，蘇軾的

「成竹在胸」和嚴羽的「禪悟」，以詮釋直覺與表現的問題。本文所用的比較方法，是把中西資料置於平等的基礎上，而以問題作爲考察的重心。由於克羅齊學說較有系統，故文中以此爲討論的起點。當我們把中國資料歸到這課題上來考察，我們發覺他們在某些地方提出了更深入的看法。莊子的心齊，可擴充直覺的領域。莊子的寓言，啓發了「心手合一」的觀點。劉勰神思說與克羅齊直覺說相比，我們發覺前者適用於文學藝術，而後者適用於繪畫藝術。而嚴羽的禪悟，對直覺在藝術上的價値，有進一步的肯定。簡言之，在中西諸理論的互相發明與補充下，對這一課題我們希冀有較深入而較周延的認識。

壹、克羅齊底直覺與表現學說

什麼是直覺呢?克羅齊在其所著「美學」（義大利文初版於一九〇二年）一書中，開宗明義地說：

> 知識有兩種形式：不是直覺底，就是邏輯底；不是從想像得來底，就是從理智得來底；不是關於個體底，就是關於共相底；不是關於諸個別事物底，就是關於中間關係底；總之，知識所產生底不是意像，就是概念。（朱譯，頁一）（註一）

這是克羅齊美學的根基所在。他把直覺知識和邏輯知識對立起來，把前者與藝術合爲一體。

他認爲先有直覺知識，然後有邏輯知識，而後者乃建基於前者。在第八章中，人類底心靈活動被認爲含有四階段，那就是直覺的、邏輯的、經濟的和倫理的：

在它們的具體形式中，這四個階段都是後者內涵前者：概念不能離開表現，效用不能離開概念與表現，道德不能離開概念表現與效用而獨立。（朱譯，頁六四）

至一九〇八年，這心靈活動的四階段被認爲是一廻環，周而復始。（註二）奧利斯尼（Orisini）在其所著「克羅齊」一書中闡明此廻環的道理：

諸階段沿著廻環而活動，每一階段始自前階段而形成後一階段的條件與素材。無所謂眞正的始階段也無所謂眞正的終階段。（註三）

換句話說，當邏輯的、經濟的、倫理的階段成形以後，他們可以成爲直覺的對象，成爲直覺的條件與素材。這就是直覺得以內涵非直覺物的理由。

直覺的諸特質可從其諸否定中見出。在第一章的末段，我們可得一鳥瞰：

在本章開始所給底直覺的各種形容詞以外，我們可以加上這一句：直覺底知識就是表現底知識。直覺是離理智作用而獨立自主底；它不管後起底經驗上底各種分別，不管實在與非實在，不管空間時間的形成和察覺，這些都是後起底。直覺或現形，就其爲形式而言，有別於凡是被感觸和感受底東西，有別於感受的流轉，有別於心理底實質；這個形式，這個獲取管領，就是表現。直覺就是表現，於表現以外別無餘事（沒有多於表現底，却也沒有少於表現底）。（朱譯，頁十一、十二）

直覺是站在表現底層次上。前於表現或後於表現的諸層次皆非直覺。於是，我們得簡便地把直覺的諸否定歸納爲二類，卽直覺前與直覺後。直覺後就是前面所述心靈活動四階段中的邏輯的、經濟的和倫理的。

關於「直覺前」一類，在「美學」一書中的首章裏，歸納起來可有「未成形的物質」(Formless matter)，印象 (Impression)，感受 (Sensation)，與及停留在記憶與無意識階層的聯想品 (Association)，與及意指複雜感受品的現形 (Representation)。感受是逕由未成形物質或印象而來，未經心靈的了察，因此，對心靈而言，是不存在的。在克羅齊的哲學中，只有成了形 (Form) 的東西才能爲心靈所了察。因此，感受是站在未表現的階段。直覺品並非停留在記憶與無意識階層而由諸感受構成的聯想品，因爲如此的聯想活動不是創作性的、主動的、綜合的，因此，不是心靈的，也就是非直覺的。關於現形 (Representation)，克羅齊說當它被看作是複雜底感受品時，則不是直覺。如果當它被看作是「從諸感受品的心理基層分割出來，超然獨立底一種東西，那就是直覺」。（朱譯，頁七）。關於現形被看作複雜底感受品的理由，克羅齊沒說明。現形就是「再 Re-現 -presentation」的意思，因為只是再現，沒有經心靈的綜合作用，因此，充其量只是複雜的感受品。停留在感受的階段，尚未達到表現的層次，當然不是直覺了。

關於「直覺後」一類，我們在前引文字中，歸納起來有理智分析（Intellectual analysis），實證分辨（**Empirical discriminations**）和時空察覺（Apperceptions of space and time）。遲至一九一二年，在「美學簡編」（The Breviary of Aesthetic）一文中，克羅齊歸納直覺的諸否定為四項，即物理事實（Physical fact），概念知識（Conceptual knowledge），實用目的（Utilitarian interest）和道德目的（Moralistic interest）。除了物理事實外，諸項皆可歸入我們前述邏輯的、經濟的、倫理的三心靈活動階段中。他們顯然不是直覺，他們都是後於直覺的心靈活動。

然而，在直覺品與非直覺品（包括直覺前與直覺後二類）之間有橋樑可通。我們前已引述與利斯尼的意見，認為在克羅齊的系統中，邏輯的、實用的、倫理的階段一方面建基於直覺階段，同時一方面也得廻轉為直覺的素材。這就是直覺與「直覺後」諸非直覺品的交通。然而，這些非直覺品如何轉化為直覺品的原素？克羅齊在第一章中說：

> 混合在諸直覺品裏底諸概念品，就其已混化而言，就已不復是概念品，因為它們已失去

一切獨立與自主。它們本來是概念品，現在已成爲直覺品的單純原素了。……全體決定諸部分的屬性。一個藝術作品儘管可以滿是哲學底概念品，這些儘管可以比在一部哲學論著裏底還更豐富，更深刻，而一部哲學論著也儘管可以有極豐富底描寫品與直覺品。但是那藝術作品儘管有那些概念品，它的完整效果仍是一個直覺品；那哲學論著儘管有那些直覺品，它的完整效果也仍是一個概念品的。（朱譯，頁一一）

換言之，這些邏輯的、實用的、倫理的諸品溶入於一直覺品中時，他們已喪失了他們底獨立與自主的地位，變爲直覺品底單純元素，而不妨礙這直覺品爲直覺品之本質。這種喪失，這種溶合，是靠著「全體決定諸部分的屬性」的作用。換言之，這直覺品所產的完整效果轉化這些非直覺品爲這直覺品的有機分子。這裏，我們可看到有機論的影子。在一有機體中，全體大於諸部分的總和。諸部分總和在一起而成爲一有機體時，便產生一完整效果，而這一完整效果同時轉化諸部分的性質。一直覺品，也就是一藝術品，是一獨立自主的有機體，它底完整效果涵蓋諸部分而轉化諸部分爲一有機體，而使各部分喪失其自主性而歸屬於全體。至於「直覺前」諸非直覺品，我們可把它們視作直覺品的素材。然而，感受如何轉化自己爲直覺品呢？感受來自未成形的物質；在心靈底綜合作用裏，這未成形的物質，這感受，被賦予形式。於是，在此心靈作用之下，這未成形的物質連同它所引起的感受獲得了一形式而轉化爲直覺品。對此轉化情形，克羅齊有其精闢的分析：

就是在這些時會，我們最便於看出物質與形式的大差別。物質與形式並不是我們的兩種作爲，互相對峙；但是一個是在我們外面底，來侵襲我們，撼動我們；另一個是在我們裏面底，嘗要吸收那在外面底，把自身和它合爲一體。物質，經過形式打扮和征服，就產生具體形相。這物質，這內容，就是使諸直覺品彼此互相差異底；這形式是常住不變底，它就是心靈活動；至於物質則爲可變底。沒有物質，心靈底活動就不能脫離它的抽象底狀態而變成具體底實在底活動，不能成爲這一個或那一個心靈底內容，這一個或那一個確定底直覺品。（朱譯，頁六）

這裏，克羅齊把知識的獲得與藝術活動聯結一起，賦予藝術一知識論的基礎。我們不能認知未成形的物質，不能認知諸種感受，除非這些物質這些感受賦上了形式。心靈賦予他們以形式也藉此形式吸收了他們。這就是藝術的本質，也是藝術的功能。

現在一問題出現了。感受被認爲低於直覺而能在心靈的綜合作用下獲得形式而轉化爲直覺品；然而，我們以何標準得測定這感受已獲得形式而轉化爲直覺品呢？在這關鍵上，克羅齊斬釘截鐵地聲明說直覺也就是表現，換言之，感受到達表現的層次就是直覺。他說：

要分辨眞直覺，直現形，與比它較低級底東西，即心靈底事實與機械底、被動底、自然底事實，倒有一穩妥辦法。每一個眞直覺或現形同時也是表現。沒有把自身在表現中化爲對象底東西就不是直覺或現形，就還只是感受和自然底事實。心靈只藉造作，賦形，表現去直覺。人們若把直覺與表現分開，就永沒有辦法把它們再聯貫起來。(朱譯，頁八)

表現是直覺的試金石。感受到達了表現的階段，爲心靈所了察，那就是說它已給心靈賦予了形式而成爲直覺。

然而，另一問題又跟著來了。我們前面說直覺品是有著形式的感受；然而，這些直覺前的東西，未成形的物質，印象，感受，在如何的情形下變成了一個可感的形式呢？在「美學簡編」中，克羅齊解釋說：「給予直覺連貫（Coherence）和統一（Unity）的是感情（feeling）」(註五)。這「連貫」與「統一」就是心靈底綜合作用的結果，也就是形式。心靈必須靠賦予物質以形式才能了察物質，這形式當然有著連貫與統一的特性，否則支離破碎，如何能爲心靈所了察？簡言之，感情賦予諸未成形的物質，諸印象，諸感受以「連貫」與「統一」，也就是賦予可爲心靈所感的形式。克羅齊繼續說：

直覺確實如此，它表現了感情。它只能從感情來並止於感情上。不是意念，是感情賦予藝術輕靈的象徵。願望（aspiration）寓於現形中，那就是藝術。願望代表著現形，而現形代表著願望。……我們對眞作品的喜愛是它底想像而來的形式。那形式是由某一心靈狀態（A state of soul）所提供的。我們稱之爲生命，爲統一，爲藝術作品的權杖。

克羅齊除了用感情一詞外，尙用願望、心靈狀態等來界定那賦予「感受」以「統一」以「形式」的東西。這感情，這願望，這心靈狀態產生一力量，把未成形的物質統合起來，而成爲一統一體，一形式。這就是直覺。因此，直覺所表現的也就是作者的感情、願望、心靈狀態。在這一意義上，藝術是抒情的（lyrical）。於是，克羅齊爲直覺下了一解釋性的定義：「直覺是抒情的」。他宣稱：「直覺的抒情品質是最純粹的」（註六）。他這宣稱是合法的，因爲直覺一方面超越了「直覺前」底感受之流的干擾，一方面又超越了「直覺後」底邏輯的、經濟的、倫理的思辨所約束，當然是最純粹的了。

但這抒情性因不受個人底感受之流的干擾，所以得超越個體而獲得宇宙性，或者說，宇宙性被包涵於個體中。在一九一八年發表的「藝術表現底總體性」（The Character of Totality of Artistic Expression）一文中，他解釋說：「藝術現形（譯者按：卽直覺）懷抱著大全。在其中，宇宙（Cosmos）被表現出來，雖然藝術現形（譯者按：卽直覺）本身只是一個別的形式」（註七）。他繼續發揮說：

> 在直覺中，個體廻盪著總體的生命，而總體是寓於個體的生命裏。每一眞正的藝術現形（譯者按：卽直覺）一方面是自己同時也是宇宙總體。宇宙寓於個體底形式裏，於是那

個體形式也就是宇宙總體。在詩人底每一吟誦裏，每一想像底創造中，蘊含著人類底命運、人類底希望、幻想、悲傷、歡樂、榮耀、困擾，蘊含著在歡樂與苦難中不斷流轉不斷遷化底現實的全部。（註八）

個體與宇宙是微妙地互蘊互映的。於是，從「直覺是抒情的」前一解釋性的定義，過渡至「直覺是宇宙性的」另一解釋性的定義。直覺一詞的涵義，於此完成。

貳、克羅齊「外射」的批評

克羅齊把「直覺」與「表現」視爲同一。在克羅齊底系統裏，那是無可責難的。因爲他對「表現」一詞，有其限制性的定義。在直覺與表現的系統裏，「表現」是止於內心的直覺，而直覺是完成於內心的線條顏色、語音、樂音上。克羅齊認爲藝術家是以這些媒介在內心裏創作的，他說：

所以感覺或印象，藉文字的助力（今按：應譯作語言），從心靈的渾暗地帶超升到凝神觀照界的明朗。（朱譯，頁九）

在內心蘊釀成直覺，這一種在內心的「表現」活動，是心靈的藝術活動，那是沒問題的。問題是，克羅齊把藝術活動限於內心的直覺活動，限於內心的表現，而把實際的表現活動（在紙上寫詩，畫布上作畫，樂譜或樂器上作曲）看作是「外射」活動，而外射活動的目的僅爲保留直覺活動以便其重現，而外射活動所產生的外射品（詩篇，畫幅，樂章等）目爲非藝術。這種把實際表現活動排斥於藝術活動之外，把實際藝術品排斥於藝術之外，是有其極大困難的。我們這裡先引錢鍾書一針見血的批評以見克羅齊之失。他說：「紙上起草，並非完全由手」。誠然，實際的表現活動，亦有心靈活動的相伴。

克羅齊底外射（Externalization）一詞，含義並不十分明確。他一方面把「外射」看作是使直覺中的物質底事實長住永在的方法，一方面把「外射」看作是「用來產生審美底再造的刺激物」。仔細的思辨，要保留直覺，不一定要製造「使再造直覺的刺激物」，而「使再造直覺的刺激物」，也不一定必詩篇、畫幅、樂章方爲功，可以有其他刺激物達到同樣目的。在「美學」第十三章，克羅齊把表現過程分作四階段：

審美底造作的全程可以分爲四個階段：一、諸印象；二、表現，即心靈底審美底綜合作用；三、快感底陪伴，即美的快感，或審美的快感；四、由審美底事實到物質底現象的翻譯（聲音、音調、動向、線紋與顏色的組合之類）——（朱譯，頁九八）。

我們會很容易誤把階段四看作是「外射」，如果我們把「物質底現象」看作是可視觸的一般藝術成品。其實，在克羅齊的系統裏，這「物質底現象」只是指在直覺活動中在心中活動的顏色、線條、語言、樂音而已。否則，克羅齊就不必在其系統中再另定一階段五（外射）來指陳藝術成品了。並且，事實上，階段二和四是不可分的，是一活動的二面；階段二是指活動本身，階段四是活動所用的媒介。我們已說過，在克羅齊的直覺裏，其運作過程是用意象、語言及樂音的。這些在心中活動的意象、語言及樂音就是「物質底現象」。爲什麼可稱爲物質底現象呢？因爲這些心靈活動是與身體活動相隨伴，可以量度出來的。克羅齊在此章中繼續說，一般的所謂藝術成品只是「再造或回想所用底物質底刺激（第五階段）(physical stimulants of reproduction)」。（朱譯，頁一〇〇）。在「美學」十五章中，他把這些「再造或回想所用底物質底刺激」稱爲「外射」。而「效用於實用活動底知識，用來產生審美底再造的刺激物」就是藝術的「技巧」（朱譯，頁一一四）。然而，我們以何種方式得製造這些外射品，這些「物質底刺激」以喚起內在的審美活動（直覺）呢？克羅齊的論點是這樣：

> 如果我們有辦法使這些實用底或物質底事實以某種方式長住永在，我們顯然可能於看到它們時（假如一切其他條件都湊合），把原已造成底表現品或直覺品回想起來。（朱譯，頁九九至一〇〇）

在仔細的觀察下，我們發覺克羅齊把「保留直覺」（使物質底事實長住永在）與「外射直覺」（製造一般的藝術品以便喚起原來直覺）兩種活動混淆了。最佳的保留直覺的方法，就是把直覺活動產生相隨伴的物質底事實記錄下來，猶如奧利斯尼爲克羅齊底「外射」(Externalization) 所作的詮釋：

當然，許多的方法都可以達到這目的。語言所產生的聲波可以各種的方法把它記錄下來。相隨其他表現活動的身體上的動作 (physical movements) 也同樣地可以保存下來，如塗顏料於畫布上以作記錄，以泥土或其他物質以塑形等。這些方法可以克羅齊底「技巧」稱之，其功用就是要達到保留或「外射」(Externalization) 的效果。(註一〇)

如果克羅齊的「外射」確指這種保留行爲，那「外射」當然不是藝術行爲，一如克羅齊所強調的了。這種保留行爲應是可以達到「把原已造成底表現品或直覺品回想起來」了。但這些「外射」品當然不是我們看到讀到的詩、繪畫與音樂作品了。

當然，克羅齊曾明言詩、交響樂、繪畫等爲「再造或回想所用底物質底刺激」，但我們可以說「物質底刺激」不限於詩篇等藝術成品，也可包括根據前述科學器材所作記錄而製成的他種刺激物。如果 Externalization 一詞是指「再造或回想所用底物質底刺激」，實應包括藝術成品和儀器紀錄所能提供的他種刺激物。

我們現在看看以藝術成品作爲「再造或回想所用底物質底刺激」的情形是怎樣的。克羅齊說：

那些叫做詩、散文、詩篇、小說、傳奇、悲劇或喜劇底文字組合；叫做歌劇、交響曲、商籟曲底聲音組合；叫做圖畫、雕刻、建築底線紋組合；若不是「再造或回想所用底物質底刺激（第五階段）是什麼呢？記憶的心靈底力量，加上上述那些物質底事實的助力，使人所創造底直覺品可以保存，可以再造或回想。（朱譯，頁一〇〇）

這些藝術成品與直覺品兩者的關係爲何？克羅齊並沒有很使人滿意的闡明。直覺品是在心內的，藝術成品是在身外的，後者對前者並非「記錄」關係（科學儀器的保留工作卽爲記錄關係），而是「外射」，以另一東西來模仿或表現它。模仿的效果只能是近似。最重要的是：克羅齊不認爲這把心內的直覺品外射爲身外的藝術成品或以身外的藝術成品模仿或表現心內的直覺品的「外射」行爲是藝術活動。錢鍾書卽批評克羅齊把「外射」排斥於藝術活動以外的看法，認爲「紙上起草，並非完全由手」，亦有心靈活動的相伴。並且，在實際的創作活動中，藝術家有時得以跨越直覺階層而直接在紙上、在畫布上、在樂器上來完成他們的藝術品。因此，我們實無法說這種實際在畫布上的繪畫活動爲非藝術活動，也沒法說這畫布上的繪畫非藝術品。尤有甚者，畫布上的圖畫與心版上的直覺，兩者所引起的藝術反應並不完全一致，前者比後者往往還顯得鮮明強烈。並且，直覺與實際的藝術品的差別及其轉位過程，也隨不同的藝術型態（繪畫、文學、音樂等）而有所差別，克羅齊似未充分地留意及此。現在，我們對直覺對表現問題作一通盤的思辨。

首先，我們認爲「表現」可有二種型態，一是完成於內心的，一是完成於藝術作品上；而二者有著一定的關聯。前者我們可稱之為「內在表現」，後者可稱之為「外在表現」。克羅齊的「直覺」（也就是他的「表現」），是我們的「內在表現」。我們一般稱之為藝術作品而被克羅齊稱之為「外射品」的詩篇、繪畫、樂章則相當於我們的「外在表現」。「內在表現」與「外在表現」，直覺與藝術成品，在本質上有何不同呢？兩者的關係為何呢？誰先誰後？如何轉化或蘊含？而諸種藝術（繪畫、文學、音樂）由於媒介不同對兩種表現的本質及其關係之影響為何？這些都是本節裏要思辨的問題。

為了眉目清晰及討論的方便，我們先把我們思辨所得以圖表示如下：

直覺→意象層次的內在表現⇠⇢外在表現

（藝術？）　　⇃⇂⇈　　（藝術品？）

（語言、樂音層次的內在表現）

▲——→表示"相等"，----→表示"轉位"，=====⇒表示"蘊含與留迹"，？表示"不確定"。

▲繪畫藝術的過程止於第一行。

文學、音樂的過程則是加上第二行。如先由意象出發，則經「轉位」過程，從意象轉為語言、樂音；如由語言、樂音出發，則是經「蘊含與留迹」過程，在心版上相應地留下模糊的意象。

▲從「內在表現」到「外在表現」經「轉位」過程：從心中的意象、語言、樂音轉位爲畫幅、文學、樂章。從「外在表現」到「內在表現」，所經是「蘊含與留迹」過程：在「外在表現」中蘊含著「內在表現」，其時，心版上相應地留下意象、語言、樂音。從理論上而言，前者的過程爲正常的發生順序

我們加上疑問號，是爲了愼重起見。藝術品爲直覺品殆無疑義，但所有直覺品或非必爲我們通常界定的「藝術品」，因通常界定的藝術品或尙量度標準。如果我們加「藝術的」於「直覺」之前，則「外在表現」卽爲我們通常界定的藝術品。（此點後詳）

就直覺一詞的涵義而言，是指藉心靈作用而產生的意象，本質上應是意象層次的內在表現。所以，直覺理論適用於繪畫藝術居多，但克羅齊硬要把文學及音樂不加識別地拉進來，造成某些窒礙不通的地方。克羅齊所言的直覺，本質上應指意象層次的內在表現，但在其敍述中也包括了語言層次的內在表現。在我們的圖表裏，把直覺主要地歸入意象層次的內在表現，而把語言、樂音層次的內在表現，加以括號，以示其於本質上本不應屬於直覺。意象層次與語言樂音層次的內在表現，其關係可有兩種情形，一爲「轉位」，一爲「蘊含與留迹」。就是說：意象可轉位爲語言、樂音來表現，而詩人音樂家以語言及樂音來創作時，心版上也相應地出現了模糊的意象。舉例說，詩人腦海裏靈光一閃，浮現了「千山鳥飛絕」的意象，但詩人必須把這意象（這心版上的

畫）用語言（千山鳥飛絕）在內心裏表達。這就是從意象層次出發，轉位爲語言層次的情形。當然，在文學範疇而言，也有意象層次和語言層次同時出現的情形。但在音樂的領域裏，我們寧願說音樂家多由樂音構想旋律；以樂音構想旋律，心版上也相應地留下旋律活動的模糊意象，我們稱之爲「蘊含與留迹」；因此，樂音的活動也多少蘊含著意象層次的活動。但在繪畫藝術裏，意象不必轉化爲語言與樂音，因爲繪畫純是以意象來運作。簡言之，語言、樂音層次的內在表現，必蘊含著意象層次，但這意象層次是模糊的；而意象層次未必皆轉位爲語言、樂音層次；這是兩者的關係。並且，繪畫、文學、音樂三種不同媒介的藝術，他們在內心思考或孕育的型態也是大相逕庭的。在繪畫藝術上，我們在內心可以意象來觀照來思考；在文學藝術上，我們在內心可以意象來觀照同時以語言來思考；在音樂藝術上，我們通常只是以樂音爲思考來運作而非以意象來觀照。當我們去想及一幅畫時，在心版上我們能孕育一清晰的意象；但當我們去想及文學作品中某一段敍述文字時，我們所得的意象則較爲模糊；當我們去想及一節旋律或哼一節音樂時，我們在心版上則只能隨著旋律而出現一高低迂迴的線條或模糊的斑點而已。這就是這三種藝術在「意象層次的內在表現」中的存在狀態。我們仍不能超越一般的看法，認爲繪畫是訴諸形相的，音樂是訴諸聽覺的，而文學則介乎兩者之間。諸藝術的「內在表現」型態確是如此。繪畫以純然的意象出現，而音樂奏效於聽覺而在意象層上僅留下最模糊的活動痕跡，文學則介乎兩者之間。三者的分野是相當顯明的。

我們現在考察「內在表現」與「外在表現」的特質與分野。雖說「內在表現」與「外在表現」同樣以顏色線條、語言、樂音作媒介，但一居心內，一居身外，不同的存在境地，也就產生很大的不同。簡言之，身外的「外在表現」最爲明顯有力。雖說口中說的語言和閉著嘴在心中說的語言沒太大分別，但他們的強度和效果仍然是有分別的。這就是先賢所強調詩歌要吟誦朗讀的原因。在音樂藝術裏，兩者的差別是頗大的。閉著嘴在內心哼唱的美學效果是比不上開口唱的，這就是爲什麼音樂要演唱的原因。最明顯的是，一個相同的調子，在不同音色的歌唱家口中，聽來就完全不同；在不同音色的樂器的演奏裏，感覺也是完全不同的。在繪畫藝術上也是有著很大的差異。顏色和線條，當僅存於心版上時，與畫面上清晰鮮明的顏色線條相較，是何其的模糊而失色啊！我們面對一幅畫，眼睛一開一合以作試驗，我們即發覺開眼時看到的意象與心中複製的意象強弱的差別了。布爽傑稱心版上的意象爲「失血的影子」，並非無因。審美活動實不能脫離物質部分。克羅齊僅承認內在表現(直覺)爲藝術活動而不承認外在表現爲藝術，稱之爲「外射」，實有其不可克服的困難。

在理論而言，是由「內在表現」轉位爲「外在表現」。這轉位的情形也因藝術媒介不同而異。在文學及音樂而言，要轉位爲一般藝術品，要把內在表現轉位爲外在表現，可有兩種情形。如果是在以語言、樂音來運作的情況下，藝術家只需把語言記錄爲文字，樂音記錄爲樂譜，手續是簡單的。但假如他們先孕育意象的話，那尙須從意象的層次轉化爲語言、樂音的層次。從意象層次轉爲語言、樂音層次是很困難的；我們單看古人所提出的語言的「推敲」，就可見轉化爲語言的困難，更遑論轉化爲樂音的困難了。在繪畫藝術裏，畫家只要把內心的意象轉位爲畫布上的意象便可，但這轉位也是困難重重，需要熟練的操縱畫筆。

然而，在實際的創作活動裏，藝術家並非必採取由「內在表現」到達「外在表現」的途徑，而往往超越了「內在表現」這一層次而逕由「外在表現」著手。那就是不在腹內起稿而在紙上、畫布上、樂譜或樂器上直接創作。那時，藝術家內心也必相應地浮現了模糊的顏色線條、語言、樂音等（內在表現）。我們可以說，「外在表現」必然蘊含了某程度的「內在表現」，在心版上相應地留下外在表現時的活動痕跡，這就是我們所說的「蘊含與留迹」。當然，在理論而言，我們可說先有直覺（內在表現）後有外在表現，或退一步說，兩者幾同時出現，而因藝術家其時的注意力在外在表現，故未能同時注視內心的直覺，故使直覺在意識中感到模糊。

以上就是我們對「直覺」時「表現」的思辨。現在我們回頭再探討一下「直覺與藝術同一」的問題。

如果直覺相等於藝術，那我們圖表上的「外在表現」就等於藝術品。但直覺與藝術是同一嗎？這問題很繁雜，筆者不敢遽然相信克羅齊「直覺卽藝術」的看法，因此，保持著懷疑態度。克羅齊認爲直覺在品質上只有一種，而否認直覺有其他的類屬。他反對一般人的看法，一般人以爲「我們姑且承認藝術就是直覺品，可是直覺品不都是藝術；藝術底直覺品當自成一類，和一般底直覺品不同，在一般直覺品以外還應有點什麼」。（朱譯，頁十三）。克羅齊認為假如在一般直覺品與藝術底直覺品有分別的話，那只是在量方面而非在質方面。他說：

> 所以藝術底直覺品與一般底直覺品的分別全在量方面，就其為量底分別而言，與哲學不相干，哲學是討論質底學問。有些人有較大底本領，較嘗起底意向，能在心靈中複雜狀態表現出來。這些人通常叫做藝術家。有些很繁雜而艱巨底表現品不是尋常所能成就底，這些就叫做藝術品。叫做藝術底表現品或直覺品，就其通常叫做「非藝術」底表現品或直覺品相對立而言，它們的界限是經驗底，無法劃定的。如果一句雋語是藝術，一個簡單底字為什麼不是呢？如果一篇故事是藝術，新聞記者的報告為什麼不是呢？如果一幅風景畫是藝術，一張地形速寫圖為什麼不是呢？（朱譯，頁十四——十五）

克羅齊的申辯並未能使人完全信服。他說通常以作品的廣度或繁複度作為藝術與非藝術的分野，是經驗的，無法劃定的，因此有其困難；而且，這只是量的問題，不是質的問題，非在哲學領域內。但他這種辯解，乃逃不了「我們姑且承認藝術就是直覺品，可是直覺品不都是藝術」的責難。用他的語彙來排比一個邏輯程式吧！藝術底直覺品是直覺品，非藝術底直覺品是直覺品，如此，則直覺品可有「藝術底」與「非藝術底」的分別了，雖然即使二者的分別只是量的問題，只是經驗底的識別。如果照他的說法，則簡單的字，新聞記者的報告，地形速寫圖都是藝術品了。克羅齊在這裏似乎有點亂了步驟，因爲新聞記者的報告，地形速寫圖等，並未經過心靈上的創造、綜合，更遑論蘊含作者底心靈狀態，尙不能稱爲直覺，我們無法苟同。在此，質與量的關係值得進一步探討。筆者總以爲二者並非斷然可分，量或可影響著質。以化學現象作喻，氧化亞氮（N_2O）和一氧化氮（NO）和二氧化氮（NO_2）都是由氧與氮二原素構成，但由構成的量的比例不同，就形成兩種完全不同「質」的東西了。此外，就筆者個人而言，藝術直覺品是否「在一般直覺品以外應有點什麼」的假設，筆者不敢像克羅齊那樣斷然否定，雖然我也免不了「但是沒有人能說明這另外一點什麼究竟是什麼」的責難。由於克羅齊「直覺與藝術同一」的看法尙不能使人滿意，衞姆塞特(Wimsatt)就指出說：

> 事實上，克羅齊的「美學」，畢竟不是一種藝術哲學，而是一切直覺認知的哲學。但克羅齊從未清楚地承認這事實，甚至沒有面對它。（註九）

既然克羅齊底直覺卽表現的理論有著許多困難，當然引起後人許多的批評了。比較有建樹的是布爽傑（Bosanquet），喬斯・愷黎（Joyce Cary）和錢鍾書。我們在此只提出他們有建樹的見解，以便對此問題有一較清晰的洞察。

布爽傑在「審美態度和其具體化身」(The Aesthetic Attitude in Its Embodiments)一文中

指出審美活動中物質部分所占的重要性。他說：藝術家底「狂熱的想像是寓於他所使用的媒介底力量裏；他用此媒介來構想來感覺」。（註一一）這觀點比克羅齊是推進了一步了。他繼續說：「誠然，物離不了心；但，同樣地，心也無法完成任何東西，假如沒有物的相隨」（註一二）。於是，他否定心版上的意象或直覺的藝術身份。他的理由是這樣的：

> 如果你想把思想和想像從物質材料割離出來——那物質材料是形成圖畫、詩思、樂章的——那麼，你就把你的想像弄得貧乏，窒息它底生長，把它減弱爲失血的影子了。（註一三）

那在心版上的意象，那直覺，與睜開眼睛從圖畫上所看到的形象相比，確實是「失血的影子」。在詩歌與及音樂也是有著此差異。舉例來說，我們張開嘴巴來吟誦一首詩或唱一首歌並用自己的耳朵來聽著，其效果是比閉著嘴在心內唸、在心裏唱強得多。身體的活動，讀唱與聆聽，在審美活動中，是有著重要的地位。一個具體的完整的藝術品應包括互相包攝的心靈的與及物態的兩部分；職是之故，布爽傑用「具體化身」（Embodiment）一詞而不用「外射」（Externalization）來指陳藝術品。

喬斯·愷黎對「直覺與表現」一問題的貢獻，是指出直覺和表現是兩個不同的存在境地，在本質上，幾乎是不能跨越的。在「直覺與表現的鴻溝」（The Gap Between Intuition and Expre ssion）一文中，他指出：

從直覺到沈思，從眞實的獲得到這獲得的表現於諸型態中，其通道是不穩定而困難重重的。簡言之，這是一種迻譯，不是從一種語言到另一種語言，而是由一種存在境地轉位到另一種存在境地，從納受到創造，從純粹的感官印象到純粹的沈思與批評的藝術。（註一四）

他所指的「直覺」是納受的，感官印象的，與克羅齊有別。在此，我是站在克羅齊的一邊而反對喬斯・愷黎對直覺所下的描述。但他指出內心的「直覺」和形於藝術品的「表現」兩者爲不同的存在境地，我是完全贊同的。他舉例說：

以畫家爲例吧！當他面臨一神秘的山水時，他需要把這山水固定在畫布上。他所有的只是顏色，畫筆和一平面的畫布，但他却要在畫布上傳達他對這三度空間的立體山水底感受與意與。他總得設法去把從實物獲得的直覺迻譯爲一符合形式、符合理想的顏色與形狀的組合。同時，在這組合中他得保有並傳遞他對這存在於自身的山水的獨特品質與神秘。那就是說，他得展開一需要思想、技巧、經驗的工作。（註一五）

他這例子是敍述轉化一客觀山水爲一繪畫於畫布上的過程。藝術家在此需把客觀山水納受於心靈而成直覺，而後轉化此直覺為外在表現，為一畫布上的繪畫。去迻譯一個直覺——用布爽傑的話是失血的影子——為畫布上的繪畫，是轉變一存在境地至另一存在境地。其困難是巨大的。當然，在克羅齊的觀念裏，在語言和樂音的藝術裏，藝術家是用著語言和樂音作媒介，就沒有此迻譯的困難了。但在繪畫藝術裏，確實如喬斯・愷黎所言。

錢鍾書在「談藝錄」裏對克羅齊學說有所批評，並討論在創作活動中「心物互協」的情形與及腹中作稿和畫布作稿的關係。他不同意克羅齊所描述的創作活動過程，而認為並非全然由心控制，他說：

> 夫藝也者，執心物兩端而用厥中。興象意境，心之事也。所資以驅遣而抒寫興象意境者，物之事也。物各有性，順其性而恰有當於吾心，違其性而強以就吾心，其性有必不可逆，乃折吾心以應物，一藝之成而三者具焉。（註一六）

心與物的聯結有類於克羅齊底物質與形式（matter and form）的關係。但克羅齊認為形式有絕對控制力，控制物質，賦予它形式，而使他變成溫馴之物。但錢鍾書把二者置於平等地位，勢均力敵，而謂一波三折，認為心與物在創作活動中是互相調整的。「其性有必不可逆，乃折吾心」一語，是與克羅齊最大的分歧處。二人的理論似乎得失難辨，因「折」字可有爭辯之處。在錢鍾書而言，是心「折」己以就物，但在克羅齊而言，他似乎可以說，心靈是柔性的，形式自然地納受物質而形成一最當形式來規範物質，就像某些花生粒倒在軟綿綿的麵粉漿裏，麵粉漿形成了一容納諸花生粒的形式，我們應說麵粉漿折己以就花生粒還是說麵粉漿軟綿地容納了花生粒呢？

錢鍾書對「胸中打稿」（直覺）和「紙上起草」（外在表現）的關係有其精闢的見解。他說：

畫以心不以手，立說似新，實則子安腹稿與可胸有成竹之類，乃不紙上起草，而在胸中打稿耳。其由嘗試以至成功，無乎不同。胸中所位置安排，删削增減者，亦卽紙上之文字筆墨，何嘗能超越跡象，廢除技巧？紙上起草，本非完全由手，胸中打稿，亦豈一切唯心哉！（註一七）

錢鍾書的看法是對的，我們在紙上寫詩時或在畫布上寫畫時，我們並非完全由手去做，我們同時是用心靈來運作。在本節的前半，我們已指出無論是在「內在表現」或「外在表現」的過程裏，我們是以線條色彩、語言、樂音來運作。他們的分野只是：內在表現（直覺）是一種心靈活動，其活動結果是在心版上的意象；外在表現（製作藝術成品）時，是伴隨著物態活動，因此其活動結果，是物態的藝術成果，如一首詩，一幅圖，一首歌等。顯然的，寫詩繪畫作曲除了作者肌肉等的運作及物質材料的輔助外，是有著心靈活動相應的。因此，克羅齊把寫詩繪畫作曲看作是非藝術活動的技巧，把他們看作僅具保留作用的外射，而排斥他們於藝術活動之外，是有其困難的。

叁、莊子思想用於此課題上的啓發

現在，我們在中國的哲學和文學批評裏搜尋一些與「直覺和表現」這一課題有關的觀念和理論，以擴充克羅齊底理論並闡發這問題的眞諦。顯然地，克羅齊對藝術、直覺、表現這三觀念及其關係的了解及理論，並非是無懈可擊的，更非已掌握了這三者涵義的全部；因此，當我們把中國有關藝術底創作心態及過程的觀念和理論提出來而放在這一課題的透視上而加以考察時，我們發覺中國底有關這課題的看法，有些地方已超越了克羅底「藝術——直覺——表現」的理論，提出了更深入的看法。本文並非止於把克羅齊底直覺理論套在中國有關的觀念和理論上，也非把中國有關的觀念和理論和克羅齊底理論附會一番；而是把二者放在平行的基礎上，對直覺與表現作一深入的考察，在相互發明及補充下，使這一課題更臻明白。由於克羅齊底美學理論是一有系統的力作，因此，我們把他底見解作爲此課題探討的出發點而已。

對克羅齊而言，藝術就是直覺，而直覺是一方面排斥了「直覺前」的感受、印象底未成形式的層次，一方面排斥了「直覺後」的邏輯的、經濟的、倫理的諸名理的干涉。直覺是一心靈活動，超乎直覺前的慾念之流，而不進入直覺後的名理考慮，而是一了察物之本來如此而賦予其形式以洞悉之的認知行爲。在克羅齊底稍後的對直覺理論的發展裏，正如我們前已分析的，直覺被視爲是最純粹的抒情，因爲它蘊含了直覺者的「心靈狀態」(a state of soul)，因爲它超越了直覺前底個人感受之流及直覺後名理的分辨；基於同樣理由，故也是「宇宙性的」(cosmic)，在最個人的抒情裏得與宇宙的大全相合。這就是克羅齊直覺理論的大要。卽使我們對「直覺卽藝術」一詞有所懷疑，但直覺爲藝術活動的本質，應是殆爲意義。我們下面徵引中國的資料來討論時，就是把直覺作爲藝術創作時心靈底活動來看的。如此，中國思想或批評上涉及藝術創作時心靈底活動的材料，都得在此範圍上來討論。

我們首先討論莊子一書中某些與直覺相近的觀念。這些觀念包括「神」「天」「道」及其他類似的詞彙，這些觀念基本上是指涉著一種人生境界或一種心靈活動，而這些人生境界或心靈活動與直覺底心靈活動相類。我們先談「神」這一觀念，莊子達生篇說完了痀僂者承蜩的寓言之後，加以詮釋說，「用志不紛，乃凝於神」。這裏，神是一種境界，一種心態；當然，這心態也必相隨著一種心靈活動；這種心靈活動，就上下文而抽繹之，就是「用志不紛」。怎樣才是「用志不紛」，我們不難想像就是排斥了後天的諸種思慮了。放在「直覺」這一領域來考察，我們不妨認爲「神」這一境界，就是詩人以直覺底態度接觸世界的境界；如此，我們可擴充克羅齊底理論而謂「用志不紛」乃直覺的一特質或一條件。在此，我們順便提提易經所談及的「神」。易經說：「知幾其神乎」。於是，以上下文來抽繹「神」的涵義，我們卽得「神」的一特質：「神能知幾」。所謂知幾，就是洞悉諸種微妙。在直覺底心靈活動裏，萬物森然畢現，可謂洞悉了宇宙的微妙。我們認爲「知幾」也是直覺的一特質，這樣，直覺才配稱是藝術的本質所在。天地篇說：「無爲爲之之謂天」。「天」也是一種境界，是無爲的境界。沒有後天的目的來應世，不也是克羅齊底直覺須排除諸種名理底干擾的意思嗎？齊物篇說：「已而不知其然謂之道」。換言之，道就是「已而不知其然」的境界。如果我們把這觀念放在「物質與形式」(matter and form)這一透視上來考察，我們卽發覺這句話是意指「形式隨物之自然所止而賦予它形式」。對於「物質」與「心靈」或「形式」的關係，克羅齊、錢鍾書，莊子各有其見解。克羅齊認爲物是侵襲性的，而心靈則藉「形式」戰勝他，吸收他。莊子則並不認爲物是侵害性的，故應順物之自然。錢鍾書則強調物之力量，心靈不得不折以應物。克羅齊、錢鍾書底「物質」與「形式」是站在衝突地位，要搏殺的，而莊子則以爲兩者的關係不是一方克服一方折己，而是調順相安的。在上述的闡述中，因所徵引皆是片斷的章句，或未能避免附會深解之嫌，但上述諸觀念能對克羅齊底直覺所下的涵義有所擴充是顯而易見的。

現在我們引述莊子中兩個較爲明確詳細的觀念來與克羅齊底直覺並看，那就是「心齊」與「坐忘」：

回曰：敢問心齊。仲尼曰：若一志。無聽之以耳而聽之以心，無聽之以心而聽之以氣。耳止於聽（據俞樾校正），心止於符。氣也者，虛而待物者也。唯道集虛，虛者，心齊也。顧回曰：回之未始得使，實自(疑作有)回也，得使之也，未始有回也。可謂虛乎？

夫子曰：盡矣。（莊子人間世）

墮肢體，黜聰明，離形去智，同於大通，此謂坐忘。（莊子大宗師）

這兩條是可以併合的，「離形去智」也就是「未始有回也」的喪我。排列下來即得：虛就是心齋，心齋就是喪我，喪我就是坐忘。諸詞只是一物的諸面而已。我們先從具體的句子去考察這些觀念所要陳述的境界或心理活動。「離形去智」最爲具體，「去智」可看作是直覺活動中摒除「直覺後」諸名理的思慮，那應是沒太大的問題。「離形」我們也可看作是超越「直覺前」底個人底感受之流的干擾。去超越「直覺前」和「直覺後」諸心理活動的干擾，莫過於喪我了。連自己都感覺喪失了，何來直覺前的情慾干擾與直覺後的名理思慮呢？在喪我的境界裏，心靈是一片虛。至於「虛」字我想在此引用河上公對老子「致虛極，守靜篤」中「虛」字的註解。他說：「得道之人，捐情去欲，五內清淨，至於虛極」。「虛」就是「捐情去欲」，也就是超越「直覺前」的諸種情慾干擾。在這裏，「虛」在消極上可「捐情去欲」，在積極上更能「虛而待物」。這「虛而待物」，這「唯道集虛」就是我們分析「已而不知其然謂之道」的境界。這「虛而待物」更能適合於「物質與形式」的問題上，在「心齋」的境界裏，心靈是虛空以納物，形式隨物之自然流轉而賦予它形式而如此容納了它。更重要的是：在這虛而待物的心靈活動裏，個體得與宇宙相交流，也就是引文中的「同於大通」。這「同於大通」，歸到克羅齊底美學上，也就是「直覺是宇宙性的」。克羅齊對直覺的宇宙性有所解釋，但莊子更能描述這個體與宇宙交流的條件（心齋）與心理狀態（虛而待物）。這個體與宇宙的交流，在莊子底哲學裏眞是發揮得淋離盡致。莊子天下篇裏形容莊周的心靈世界是「獨與天地精神相往來而不敖倪於萬物」，是「上與造物者遊，而下與外死生無始終者爲友」。在齊物篇裏，道家的世界是「天地與我並生，萬物與我爲一」。莊子認爲人與宇宙是可以精神交流甚至並生合一的，這就提供了「直覺是宇宙性的」的哲學基礎。把莊子這「心齋」、「虛而待物」、「同於大通」、「獨與天地精神相往來」等境界置於「直覺」的範疇來考察，我們卽能明瞭直覺活動的心靈狀態乃是泯滅自我，虛而待物，與宇宙精神交流合一，超越了死生終始，於是，克羅齊「直覺」一詞的含義得以深刻化，得以更豐富。惟其如此，注射入這些新血液，直覺活動才是藝術活動，直覺才是藝術的本質。

誠然，上述的引文中，莊子並非談論藝術，但我們把它引到藝術的討論上，也並非是無據的附會。因爲，在鐻匠梓慶的一則寓言裏，梓慶製鐻所歷的心靈活動，與上述「心齋」等境界如出一轍。我們知道，藝術家製造藝術品與藝人製造工藝品，相距幾不能容髮，何妨梓慶所製鐻疑爲神工，當是藝術活動無疑了。所以，梓慶製作鐻的心靈活動也就是藝術家創作時的心靈活動。今梓慶製鐻的心靈活動與心齋相類，故前引莊子哲學以論藝術，當然是有所依據而非徒然附會的了。現在我們來看梓慶的自述：

臣將爲鐻，未嘗敢以耗氣也。必齊以靜心。齊三日，而不敢懷慶賞爵祿；齊五日，不敢懷非譽巧拙；齊七日，輒忘吾有四肢形體也。當是時，無公朝，其巧專而外骨消。然後入山林，觀天性，形軀至矣然後成。見鐻，然後加手焉，不然則已。則以天合天。器之所以疑神者其是與。（莊子達生篇）

在梓慶製作鐻的過程裏，他先齋戒，把慶賞爵祿非譽巧拙的念頭去除，終達到「喪我」的境界。當他進入「忘我」的境界，前述陪隨「心齋」、「忘我」的諸種特質當然也油然而生了，而這些特質在藝術活動上的功能前已詳述，不贅。此外，在這製鐻的過程裏，已略涉及「直覺」與「表現」的關係。梓慶走進山林，觀樹木的天性，去尋找適合作鐻的樹木，就暗示著藝術媒介的重要性，使我們想到布爽傑的看法。「見鐻，然後加手焉，不然則已」，則又暗示著心中意象的培養，及至有完全的直覺懸於心中，才動手製鐻，否則就停手。這看法與我們前述從「內在表現」（直覺）到「外在表現」（藝術品）的程序相同。

莊子裏有兩個寓言，更能闡發直覺與表現的微妙關係。他們就是庖丁解牛和輪人扁的故事：

庖丁釋刀對曰：臣之所好者道也，進乎技矣。（郭象注：直寄道理於技耳）。始臣之解牛之時，所見無非牛者，三年之後，未嘗見全牛也。方今之時，臣以神遇而不以目視，官知止而神欲行，依乎天理，批大郤，導大窾，因其固然……動刀其微，謋然已解，如

土委地。（莊子養生主）

輪扁曰：臣也，以臣之事觀之，斲輪徐則甘而不固，疾則苦而不入，不徐不疾，得之於手而應於心，口不能言，有數存焉。於其間，臣不能以喻臣之子，臣之子亦不能受之於臣，是以行年七十而老斲輪。（莊子天道）

這兩則寓言，都暗示了「心與手」的親密關係。庖丁解牛一寓言，可以說是「得心應手」的故事化陳述。而輪扁斲輪一寓言，可以說是「得手應心」的故事化陳述。無論「得心應手」或「得手應心」都表示著在某些場合裏有「心手合一」的情形，不過這「心手合一」的獲得，可自「手」始，也可自「心」始，而培養「心」也就是訓練「手」，訓練「手」也是培養「心」。一個以「手」開始的人，如輪扁，到「得手應心」之時，他知道有「數」存焉，但他說不出來。一個從「心」開始的人，如庖丁，到他「得心應手」之時，他知道道理所在，知道宰牛時須「依乎天理，批大郤，導大窾，因其故然」，知道不可以斫「技經肯綮」，更不可斫「大軱」。他從心到手，從道到技，寓道理於技中，是經過長時期（十九年）的訓練的。同樣地，梓慶到達「得手應心」的境界，當然也經過長時期的訓練了。這「得手應心」與「得心應手」的寓言，對「直覺」與「外在表現」的關係有很大的發明。以輪扁斲輪爲例，他心目中當有輪的形象，但它並非先有了這輪的形象然後斲輪，而是在一面的斲輪中，輪隨著一斫一鑿而漸成形，而心中的輪的形象也於焉形成。這就是我們前面圖表上從「外在表現」到「內在表現」的「蘊含與留迹」過程。反過來說，如果輪扁是「得心應手」的話，就是輪扁在心中有著輪的形象，非常明顯精確，換句話說，就是有著最成熟的直覺，於是，在他底有著訓練的手上，輪便鑿了出來。也就是從「直覺」到「外在表現」。這兩個寓言給「直覺與表現」這一課題的重大啓示，就是表示（外在表現）可從「直覺」而生，也可超越「直覺」的階段而直接下手，「外在表現」之時也就是「直覺」之時。並且，在作品的製作裏，成熟的直覺有助於作品的完成，同樣，成熟的技巧也有助直覺的獲得。簡言之，直覺與外在表現在著互爲表裏的關係，而作品的完成，可自內始也可自外始。要成爲藝術家，則需兩面著手。

肆、劉勰、蘇軾、嚴羽諸人的見解

在前一部分裏，我們把莊子哲學引用到藝術的國度，但莊子哲學本身並非藝術哲學。也許我們可以說，到劉勰（?455-519）時，莊子哲學發展爲他底「神思」的理論。「神」與「虛靜」二觀念皆主要來自道家哲學，而這二觀念是「神思」理論的兩大支柱。

文心雕龍神思篇說：

故思理爲妙，神與物遊

又說：

登山則情滿於山，觀海則意溢於海，我才之風雲，將與風雲而並驅矣。

又說：

吟詠之間，吐納珠玉之聲；眉睫之前，卷舒風雲之色。

吟詠而能吐納珠玉之聲，眉睫能卷舒風雲之色，就是物與神遊，達到物我交融的境界。「登山則情滿於山，觀海則意溢於海」，也是這個境界。在「神與物遊」時，「神」與「物」有著微妙的交流；也許，克羅齊會說這一刻就是心靈給予物質形式之時，也就是在胸孕育成直覺之時。但克羅齊底心靈與物質（或形式與物質）是互相對立的，而劉勰則否。對克羅齊而言，神是很難與物共遊的；他認為神是以形式吸收物質。

在這「神與物遊」的境界裏，時空的限制是沒有的。劉勰神思篇說。

故寂然凝慮，思接千載，悄然動容，視通萬里。

其時，時空的觀念已不存在。其時，「時間」與「空間」的隔閡已被打破，而達到時空往來合一的境界。克羅齊也有著相似的見解，認為直覺是超越時空的。他說：

我們可以離開空間時間而有直覺品：例如天的一種顏色，一種情感的色調，一種苦痛的

嗟歎，一種意志的奮發，在意識中成爲對象，就都是我們所有底直覺品，它們的形成都與空間時間無關。（朱譯，頁四）

當然，二人的見解仍有其分別。克羅齊所說是某些直覺本身上沒有時空的特質，而劉勰則是原存在於某時空，但神思仍可超越時空而了察他們。這「神與物遊」與前述「上與造物者遊而下與外死生無終始者爲友」的道家境界的息息相通是顯而易見的。

但我們得注意，這「神與物遊」的微妙境界，是在「神思」的運作中才產生的。神思的運作，也就是我們的藝術活動，劉勰對此有著最透徹的描述：

神居胸臆，而志氣統其關鍵；物沿耳目，而辭令管其樞機。樞機方通，則物無隱貌；關鍵將塞，則神有遯心。

這是劉勰底神思論的本體。神思的運作，是靠著兩要素（神與物）的通力合作。這「神」與「物」有類於克羅齊的「心靈」與「物質」或「形式」與「物質」。「志氣」是執掌「神」的關鍵，「辭令」是執掌「物」的樞機。換言之，神思的運用，有賴於「志氣」與「辭令」的通力合作。如此，我們可以說，神思有賴於「志氣」，如果志氣閉塞，那神思就與不起來了；而神思以「辭令」作爲運作媒介，辭令通暢，就各物象都無所遁形了。志氣與辭令，實是息息相關，幾乎可以說是一物的兩面。我們一有所感（志氣），就講話書寫來表達（辭令），就是這個道理。志氣是一頗空洞難捉的微妙東西，它能表現，是靠志氣的對象（物象）；物象的獲得，是靠感官，感官尤以耳目爲主；但物象的被表現被了解，在文學而言，就必須靠文辭，這是由志氣到文辭的途徑。人類感受與思索，要把它使自己明白或使他人明白，就必須到達辭令的階段，才是眞實的，否則，如果不能用言辭來表達，實在難以確定內心思索感受的或有或無，或究竟是如何樣子。

與克羅齊底直覺說相比，劉勰的神思說是另闢途徑。簡言之，他們是站在不同的基礎上。克羅齊的直覺說是始於形式與物質或心靈與物質的對立而終於內心裏意象或直覺的形成。劉勰的直覺說是始於志氣而終於語言。照理，在語言的層次後頭應有著意象的層次。是的，我們在劉勰神思說裏有著意象層次，但這意象層次是以朦朧的姿態出現。在劉勰的系統裏，有「物」一要素；在神思的運作裏，是「物無隱貌」；既是「物無隱貌」，在心內當構成清晰的意象或直覺了。並且，我們在神思篇裏，確實發現「意象」一詞：「闚意象而運行」。衡諸這「意象」一詞之字義及其所出現的上下文中，這「意象」實與克羅齊的「意象」或「直覺」相當。就字面而言，象是物象，因其存於心中故曰意，或因其經心靈作用故曰意。就上下文而言，藝術家審視其心中之意象而揮動斧鑿創作。但就整體而言，這意象層次在神思系統中是處於朦朧狀態。這種看法我認爲完全是符合文字創作過程的。在繪畫藝術裏，也許我們要先有「胸中之竹」然後才動筆；但在文學創作裏，在某些狀況裏，我們能動筆寫作而不必有意象存在腦際。簡言之，在文學創作裏，意象層次通常僅以朦朧狀態出現。劉勰神思說是文學理論，不是繪畫藝術理論。克羅齊直覺說本質上應是繪畫藝術的理論，但他却僭稱是諸種藝術（包括繪畫，音樂與文學）的理論。我們前已指出，由於克羅齊對諸種藝術所用媒介不同而造成的特質的不加理會，使到他底直覺說碰到很多困難。

在劉勰底文學理論裏，從直覺到表現的步驟並非是必需的。在某些場合裏，文學創作者能跳越意象層次而直達語言層次。即使從直覺到表現的鴻溝確實存在，這鴻溝也在神思之下而消失無形。關於神思的培養，劉勰提出兩種方法，一種是心靈上的，一種是技巧上的。他在神思篇裏說：

是以陶鈞文思，貴在虛靜，疏瀹五藏，澡雪精神，積學以儲寶，酌理以富才，研閱以窮照，馴致以懌辭。

劉勰底「虛靜」的概念來自道家，同時與「荀子」的「虛壹而靜」也有密切關係。虛則能納，靜則能動。在虛靜中，心靈得以了悟各物的根本。在虛靜中，人能忘我而能與物共遊。在虛靜中，所有知識溶合爲一整體。（註一八）在這境界裏，神思得以發軔而繼續不停地運作。這種培養可稱之爲心靈狀態的培養。它的目的是要創作者用虛靜的心境或直覺的態度去體認世界。爲了幫助神思的運作及保證這運作產生成功的藝術品，劉勰提出另一種的培養。上引文字中的後半就是論及知識、眼力、語言的培養，我們可稱之為經驗上的與技巧上的培養。這經驗上與技巧上的培養對創作是有用的，因為神思是如此密切的與生活聯結一起，與「志氣」和「言辭」連在一起。那心與手的鴻溝或直覺與表現的鴻溝，在這兩種有效的培養之下，是不難弭平的。

我們下面略為討論一下蘇軾及嚴羽對這問題的看法，以作本文的結束。蘇軾（一〇三六——一一〇一）的看法一半與克羅齊相同，一半不同。蘇軾說：「故畫竹者，必先得成竹於胸中」（註一九）。那就是說他承認當畫家寫畫之前，胸中先有直覺的存在。這點與克羅齊是相通的。但蘇軾並不如克羅齊那樣承認胸中之竹（直覺）便是藝術。並且，蘇軾也不承認藝術品僅具保留功能的外射。他承認把胸中之竹翻譯為畫布上之竹的困難。在這一點而言，他是與喬斯・愷黎的看法相類的。他說：

求物之妙，如繫風捕影，能使是物了然於心者，蓋千萬人而不一遇也。而況能了然於口於手乎？（註二〇）

對喬斯・愷黎而言，獲得直覺是不難的，因為他的直覺僅意指把外在物象印於心上而已。蘇軾承認獲得充分的直覺（了然於心）的困難，這點與克羅齊是相近的，但他也同時承認迻譯直覺為藝術品的困難。當然，蘇軾會承認表現直覺為藝術品的過程是藝術活動，而並非克羅齊所謂的技巧與外射。

嚴羽底「妙悟」說之涵義幾乎是一個謎。現在，我們把他的理論放在「直覺與表現」一問題上來考察來詮釋。嚴羽在滄浪詩話說：「論詩如論禪」（頁十）（註二一），又說：「大抵禪道唯在妙悟，詩道亦在妙悟」（頁十）。他是把「詩」與「禪」相比喻。究竟妙悟的過程怎樣呢？究竟要妙悟什麼東西出來呢？他從沒作明確的解釋。他既然以詩禪相喻，我們不妨先看禪道的妙悟。關於禪道，黃公偉先生在其所著「佛學原理通釋」有簡要的說明，今抄錄如下：

> 禪宗：本宗以傳佛心印爲宗。如「大梵天王問佛決疑經」云：「佛言，我有正法眼藏，涅槃妙心，實相無相，微妙法門，不立文字，教外別傳，直指人心，見性成佛，傳與摩訶迦葉」。是卽本宗的起源與教義。依禪宗經典，世尊在涅槃會上（靈山）拈花示衆，迦葉微笑。佛卽如上言，以心印心，故確定了大迦葉爲本宗始祖。（註二二）

就禪道而言，所要妙悟的當然是「見性成佛」或「涅槃」之境，而所用方法是「以心印心」。嚴羽既是詩禪相喻，我們得以禪道之妙悟來詮釋詩道之妙悟。詩道之妙悟，在悟出「詩的本質」。既悟出詩的本質，本身卽生活於詩的國度中，當有助於作詩。（悟乃身心的體認，非僅理智上的了解）。其悟詩之法，也應是「以心印心」，不爲文字所隔。這解釋證之於嚴羽其他陳述是相符的。嚴羽說熟讀古人詩篇，「醞釀胸中，久之自然悟入」（頁一）。如果只是停留在語言層次，實在不必「醞釀胸中」，也不必用「悟入」一詞。「悟入」應是從某一層次進入另一層次，應是從語言層次進入詩的本質，進入詩的意境。

禪道在悟入「見性成佛」的禪境，詩道在悟入涵具詩的本質的詩境。禪家爲了破除文字之障，故「不立文字」（其實，佛典的目的在使人導入佛境，但有時反成字障），提出「以心印心」的直截了當之途。但「以心印心」誠非易事，佛典亦或有助於禪境的引入，禪道雖說「不立文字」，但事實上仍以佛典作印心之用，不過把佛典數量減至最低把佛典的導入作用降至最低而已。天竺達摩禪師東方傳教時，卽以「楞伽經」印心，中國禪宗五祖弘忍改用「金剛般若經」印心（同上），可見實不能完全廢去文字。五祖弘忍傳字鉢於慧能而不傳於神秀，卽於慧能所作偈語中見其佛性高於神秀，足見文字表達內心的功能。（同上）詩道更是如此，詩境的外現可有多種形態，而文字寫成的詩篇卽爲諸型態之下。詩篇旣是以文字爲媒介，故文字之障實不可免。但詩道之最終目的，在「悟入」詩境之中，而不爲文字所礙。因此，好的詩文字之障應減至最低，所以嚴羽強調說：

不落言筌者，上也。（頁二四）

嚴羽是說詩要不爲文字所筌所礙，並非說完全可屏去文字，因文字在詩篇中爲不可屏除的媒介。

然而，在嚴羽心中的「詩的本質」是什麼呢？我們不妨根據下列文字推測：

> 詩者，吟詠情性也。盛唐諸人惟在興趣，羚羊掛角，無跡可求。故其妙處透徹玲瓏，不可湊泊，如空中之音，相中之色，水中之月，鏡中之象，言有盡而意無窮。（頁二四）

歸納起來，詩的本質或詩境應包括兩方面，一是「情性」、「興趣」、「意」等心靈狀態，一是音色月等形象。當然，「詩的本質」或「詩境」應是兩者的携手合作。這就和克羅齊所說的「直覺是抒情的」同趣：直覺是蘊含著一心靈狀態而此心靈狀態即藉此表現。對於此「心靈狀態」與「直覺」的關係——用嚴羽的話是「興趣」與「音色月」的關係——嚴羽描述得最透徹。他們是「透徹玲瓏，不可湊泊」，意與趣味（興趣）在物象中透徹玲瓏，隱約可見，但却又不可觸摩，就像「水中之月，鏡中之象」。而對於「詩境」與「文字」的關係，嚴羽也有很好的見解：「言有盡而意無窮」。在詩篇中的文字是固定了的，而這固定的文字却可含著無窮的意，換句話說，詩境雖有文字之殼但自身却可延伸至無窮的深遠。嚴羽底理想的詩篇就是如此。簡言之，嚴羽目蘊含著意趣趣味的形象（直覺）爲詩的本質，爲詩的鵠的，而語言只是不得已的筌，應減至最低限度。這觀念對克羅齊底直覺說是有所發揮並對其價值有所肯定的。

註1 Benedetto Croce, *Aesthetic*, tr. Douglas Ainslie, Rev. ed. (The Noonday Press, 1968). This version bases upon the third Italian edition, 1908. The First Italian edition was published in 1902.

本文用朱光潛中譯本（美學原理，臺北，正中），朱氏謂西文直覺的心理活動和直覺所得意象通稱直覺，現把前者稱爲直覺，後者稱爲直覺品。筆者大致同意此說，但原作者究指活動還是活動結果，實未易斷然識別，而活動本身與活動結果實息息相關。故筆者論述時，多沿用直覺，除非在某些場合爲了明晰起見，方作分別。其他相類的詞彙亦如此。

註二 Gian N. G. Orisini, *Benedetto Croce*(Carbondale: Southern Illinois Univ. Press, 1961), p. 317. Note 25.

註三 同上，p. 20.

註四 引自Melvin Rader, ed., *A Modern Book of Aesthetics: An Anthology* (London: Holt, Rinehart and Winston, 1935), pp. 88-89.

註五 同上，p. 95.

註六 Gian N. G. Orisini, *Benedetto Croce*, p. 47.

註七 引自Cecil Springe, ed., *Philosophy·Poetry·History: An Anthology Of Essays by Benedetto Croce* (London: Oxford University Press, 1966), p. 261.

註八 同上，p. 263.

註九 William K. Wimsatt, Jr. & Cleanth Brooks, *Literary Criticism: A Short History* (New York: Alfred A. Knopf, 1969), p. 505.

此處譯文乃採取顏元叔先生中譯。見其所譯西洋文學批評史，志文，頁四六六。

註一〇　Gian N. G. Orisini, *Benedetto Croce*, p. 90.

註一一　引自 Melvin Rader, ed., *A Modern Book of Aesthetics*, p. 223.

註一二　同上，p. 225.

註一三　同上，p. 226.

註一四　同上，p. 108.

註一五　同上，pp. 105-6.

註一六　錢鍾書，談藝錄（臺北），頁二四七。

註一七　同上，頁二四九——五〇。

註一八　參古添洪，「釋文心雕龍虛靜說」，現代學宛，（臺北）。

註一九　蘇軾，「篔簹谷偃竹記」，引自徐復觀中國藝術精神（臺北，學生書店），頁三六三。

註二〇　蘇軾，「答謝師民書」，引自郭紹虞中國文學批評史（臺北，明倫），頁三四三。

註二一　本文所引乃據郭紹虞滄浪詩話校釋（臺北，正生）。

註二二　黃公偉，佛學原理通釋（臺北，現代文藝出版社），頁六五。

中國文學批評中的評價標準

古添洪

（一）

文學批評（Criticism）一詞的涵義，魏伯朗 M.H. Abrams 在其所修訂的「文學術語彙編」（*A Glossary of Literary Terns*）中，有簡明的界定如下：

文學批評是指關乎文學作品底闡明、分析、比較及評價的工作。理論層次的文學批評是在一般原則的基礎上，建立能用之於文學的厘辨與分類，建立能作爲判斷作品優劣的一般標準。實用層次的批評是把這些厘辨、分類、標準等用之於對個別作品的實際討論中。

從上述引文中，我們可得知文學評價(Evaluation)是文學批評中終極的一環，建基於闡明、分析、比較的基礎上，目的是判斷作品的優劣。理論層次的文學評價是建立評價的一般標準，而實際層次的文學評價是應用這些標準於實際對個別作品的評價工作中。

我國從前雖沒有文學批評一詞，但文學批評一事則爲實有。古人或用「論」，或用「議」，或用「批」，或用「評」等涵義相若的名詞，但其涵義實與魏伯朗所指陳的文學批評的涵義相若。劉勰文心雕龍一書，體大思精，所論涉及文學批評全領域。如其中之論文敍筆，可稱爲文學之匣辨；其中之區分文體，可稱爲文學之分類；其中之六準，可稱之爲判斷作品優劣的一般標準。其序志篇說：「於是搦筆和墨，乃始論文」；其中「論文」一詞，卽指從事文學批評工作。至於文學評價一詞，鍾嶸詩品(舊作詩評，見梁書本傳及隋唐宋各志)中之「品」或「評」可謂與其義相當。鍾嶸於序中指責摯虞文志「不顯優劣」，張隲文士「曾無品第」，而鍾嶸詩品之作卽補此缺失。判斷作品優劣及厘定品第就是「品」、「評」的工作，也就是本文所談的評價工作，鍾嶸在其所著中對一百二十位五言詩人逐一品評，判其優劣，定其品第，是全盤的評價，可說是文學批評史上的評價巨著。

(二)

本文擬對中國批評家的評價標準作一簡明的鳥瞰。在此工作中，西方學家對西方文學評價所採取的整理方法實可供參考。丁志高 (Danziger) 所提出的評價標準的分類，與及赫爾希 (Eric D. Hirsch) 所提出的評價型態的分類，可作爲我們整理中國評價標準的借鑑。

丁志高把文學觀和評價標準聯結起來，認爲西方評價標準可分四類。第一類的評價標準基於眞實，源出摹仿之文學觀。由於摹仿一詞含義之分歧，此眞實標準又可細分爲狹義的、理想的和象徵的三種。第二類的評價標準是以愉快和教訓爲依歸，源出於效果的文學觀。第三類的評價標準是以「原創性」與「誠實」爲依歸，源出於表達的文學觀。第四類的評價標準基於文學的內在特徵，常用的有複雜性、連貫性、張力、反諷等，源出於語言結構的文學觀。赫爾斯認爲西方評價型態可分四種。第一種型態，可稱之爲外在論的評價說，主張由文學的外在關係來決定文學作品的價值。以下三種可稱之爲內在論的評價說。第二種評價型態，可稱之爲文體評價說，主張作品的好壞視其是否能滿足其所屬文體之種種內在規範而定。第三種的評價型態，可稱之爲個體評價說，主張評價作品應以作品本身的內在特徵爲依據，不得以該文體既存的規範來衡量。第四種評價型態，可稱之爲廣泛文體論說，主張把文體論原則推展到涵蓋更爲廣大的領域，如抽離某些文體所具有的要素，如複雜性、反諷等，來評價一切文學作品。（註一）

我們細察丁志高的四種評價標準及赫爾希的四種評價型態以後，我們發覺前者的評價標準實可納入後者的四種評價型態中。以眞實爲標準的第一類以及以愉快和教訓爲標準的第二類可歸入外在論的評價說中。以原創性和誠實爲標準的第三類可歸入個體評價說中。以複雜性、連貫性、張力、反諷等內在特徵爲標準的第四類，可歸入廣泛文體論說中。赫爾斯的四種評價型態中，第一種是外在論，其餘三種是內在論。外在論著眼於作品之內容及其外在參證，內在論則著眼於作品的形式。事實上，內容與形式息息相關，可分辨而實不可分離，內在論與外在論的關係亦如是。舉例來說，如果作品內在的藝術性差，如何能達到外在的「教訓與娛樂」的效果？合內在外在爲一，則可得文學之全部。內在論著眼於作品的形式，形式難以捉摸，故首站於文體論的立場來論。而文體論有其形而上的困難，我們沒法確定某些要素爲某文體所必具而必不可移易，而諸文體亦隨時代變易而互相往來。面對此文體論的困難，因此，一方面個體評價論脫離文體的規範而聲稱每一作品有其本身自足的世界；另一方面，廣泛文體論從某一文體的內在特徵開始，發覺其他文體亦或多或少有此特徵，於是認爲此特徵爲諸文體所具有而得以作爲評價標準。赫爾斯的三種內在論類型實可包括內在論的全域；加上第一種的外在論，實可包括評價的全域。我們輕易地即能把丁志高的四種評價標準歸入其體系中，可見赫爾斯的四評價類型的涵蓋性與周延性。既然如此，我們現在要問，中國批評家所用的評價標準是否亦可歸入此四類型中？我們認爲是可以的。

（三）

中國的文學批評資料很多，我們無法一一論述。在此，筆者僅把重要的批評家的評價標準提出，以及一些雖非重要批評家但其評價標準非常切合赫爾斯四類型的言論提出，以窺見中國批評上評價標準及型態之大概。

在我國文學批評上，我們首先碰到的顯著的文學評價論，是自孔子發展下來的一派注重文學功能，尤其是教育功能的學說，孔子論詩經：「詩可以興，可以觀，可以羣，可以怨」（陽貨篇）。孔子在此雖然不是在評價詩經，是指出詩經的功能，但我們可就此推論，孔子如果從事實際的批評工作，孔子很可能即就詩所產生的興、觀、羣、怨的功能來評定詩的優劣。孔子在爲政篇說：「詩三百，一言以蔽之，曰思無邪」。思無邪一語多少帶有評價的成分。以思的邪正來論文學，當然是設基準於文學的教育功能上了。繼承孔子評價精神的禮記，在經解篇中說：「溫柔敦厚，詩教也」。更顯然以詩的教育功能來評價文學了。無論是思無邪或與觀羣怨，都並非純然建基於文學的內在特徵，而是以倫理道德作爲外在參證。思無邪與溫柔敦厚都是倫理道德上所讚揚的，也因此成爲讚揚好作品的標準。繼承儒家精神的詩大序論到國風時說：「上以風化下，下以風刺上，主文而譎諫，言之者無罪，聞之者足以戒」。我們不難想像詩大序作者當以「化下」「刺上」作爲評價國風詩篇優劣的標準。接著下來的主張詩教及文以載道的批評理論，也得歸入此注重功能的評價傳統中。白居易的主張比較顯著，我們在此稍作論述。上引論語、禮記、詩大序諸言論，均多就文學本質發言，並未確言爲評價標準。稱之爲評價標準者，只是我們從其理論推衍而出而已。白居易在其「與元微之論作文大旨書」即明言以「諷」爲文學標準，他讚揚詩經中的諷，而貶抑缺乏諷的後世詩篇。他說：「然則餘霞散成綺，澄江淨如練，歸花先委露，別葉乍辭風之什，麗則麗矣，吾不知其所諷焉」。他變本加厲，進而以此評價標準作爲指導創作的南針：「文章合爲時而著，歌詩合爲事而作」。因此大寫其爲時事而作，用以警世的新樂府。顯然地，沿著孔子興觀羣怨發展下來的功能評價論得歸入外在評價論中。霍雷斯（Horace）以愉快和教訓兩者論文學，而孔門的功能評價論則偏重於性情的陶冶以及諷喻的社會功能。

我們接著碰到的是以文學底藝術形式所給予人的藝術感受而作爲評價標準的文學觀。曹丕以氣論詩，司空圖以味論詩，嚴羽以氣象、興趣論詩，王漁洋以神韵論詩，翁方綱以肌理論詩，王國維以境界論詩，皆可歸入此傳統中。曹丕在「典論論文」說：「孔融體氣高妙，有過人者」。即以氣爲論詩標準，其氣高妙，故爲好詩。司空圖於「與李生論詩書」說：「文之難而詩之難尤難，古今之喩多矣，而愚以爲辨於味而後可以言詩也」。辨別詩的味之有無、味之美惡即爲評價的標準。嚴羽於「滄浪詩話」說：「盛唐諸人惟在興趣，羚羊掛角，無跡可求，故其妙處，透徹玲瓏，不可湊泊，如空中之音，相中之色，水中之月，鏡中之象，言有盡而意無窮」。他讚美盛唐諸公的詩篇有意興詩趣，換言之，即以意興詩趣之有無及優劣爲評價標準。他又說：「唐人與本朝人詩，未論工拙，直是氣象不同」。是以氣象作爲評價標準。王漁洋年輕時選有「神韵集」可見其以神韵爲評價標準。晩年於「池北偶談」中，引孔文谷語，謂「論詩以清遠爲尙，而其妙則在神韵」。其以神韵論詩優劣，更是昭然。翁方綱於「延暉閣集序」謂：「詩必研諸肌理」。於「蘇齋筆記」卷十一謂：蓮洋詩雖若軒軒超擧，而肌理未密，醞釀未深也」。可見其以肌理爲評價標準。王國維於「人間詞話」謂：「境非獨謂景物也，喜怒哀樂亦人心中之一境界。故能寫眞景物眞感情者，謂之有境界，否則謂之無境界。紅杏枝頭春意鬧，著一鬧字而境界全出；雲破月來花弄影，著一弄字而境界全出矣」。可見其以境界之有無作爲詩詞的評價標準。無論是氣、味、氣象、興趣、神韻、肌理、境界，都是文學作品予人的藝術感覺，雖或主觀而神秘模糊，但確爲實存。這些文學作品予人的藝術感覺，可謂於每一詩體中所同具，可謂文學的內在特徵，故這些評價標準皆得歸入赫爾斯的廣泛文體論說中。除了上述以文學作品予人的藝術總感覺爲評價標準外，當然也有以具體可論的技巧作爲評價標準，如論平仄音韻、詩眼、起結等片斷的批評，亦得列入此廣泛文體論說中。此類批評多見於詩話，資料繁多，恐掛一漏萬，在此不擬舉例。以具體可論的技巧作爲評價標準而又有系統的，當推劉勰「文心雕龍」知音篇所提出的六觀：「是以將閱文情，先標六觀：一觀位體，二觀置辭，三觀通變，四觀奇正，五觀事義，六觀宮商」。此六觀即爲劉勰的評價標準。

至於赫爾斯所提出的文體評價說及個體評價說，在中國並非評價理論的主流。事實上，這兩種評價說應用於實際批評中往往兩者同時涉及。以文體評價說論文學作品時，或多或少會涉及該作品違反或超越了該作品所屬文體的規範；同樣地，以個體評價說論文學作品時，論及原創性時當亦涉及其如何超越了該作品所屬文體的原有體製。在此二類評價說中，筆者僅舉一些恰當顯明的例子。

曹丕「典論論文」說：「奏議宜雅，書論宜理，銘誄尙實，詩賦欲麗」。四科不同，我們不難推斷曹丕當以雅、理、實、麗四者分別作爲奏議、書論、銘誄、詩賦的評價標準。每一文體有其獨具的評價標準。此說可歸入赫爾斯的文體評價說中。當涉及詩、詞、曲諸文體的體製及作家對此諸體製之遵守或混淆時，用文體評價說的場合就多了。如蘇東坡以詩人之筆來寫詞，李清照於「詞論」中就批評他說：「蘇子瞻學際天人，作爲小歌詞，直如酌蠡水於大海，然皆句讀不協之詩耳」。陳無己於「後山詩話」亦以同樣的口吻說：「退之以文爲詩，子瞻以詩爲詞。如教坊雷大使舞，雖極天下之工，要非本色」。二者皆就文體論立說，可歸之於赫爾斯的文體評價說中。

如果某些評論家以文體論來攻擊一些超越了文體規範的作家，另一些評論家亦可以個體評論說以維護這些作家，謂他們有原創性。詞應能歌唱，此爲詞之文體所規範的要素。蘇東坡詞多不能唱，以詞多不協之故。陸遊則爲之辯解說：「公非不能歌，但豪放不喜剪裁以就聲律耳」。晁旡咎亦爲之辯解說：「東坡居士曲，世所見者數百首，或謂於音律小不諧，居士橫放傑出，自是曲子縛不住者」（吳曾能改齋漫錄）。這些都可看作是個體評論說，以原創性爲東坡辯解。詞以婉約爲宗，而蘇詞則豪放。胡寅在「酒邊詞序」却大加讚賞：「及眉山蘇氏出，一洗綺羅香澤之態，擺脫綢繆宛轉之度，使人登高望遠，擧首高歌，逸懷浩氣，超乎塵埃之外。於是花間爲皂隸，而耆卿爲輿臺矣」。胡寅以東坡之豪放爲原創性，超越前規。批評家若以眞精神，本色、自然等辭彙以評作品，則是指涉作家之「眞誠」及「眞誠」所帶來的「原創性」，亦得列入個體評論說中。袁中郎於「與邱長孺書」謂：「大抵物眞則貴，眞則我面不能同君面，而況古人之面貌乎」。又於「答李元善」謂：「文章新奇，無定格式，只要發人所不能發，句法字法調法，一一從自己胸中流出，此眞新奇也」。作品是自然的流露，是文學創作的「眞誠」；由於眞誠，於是眞則我面不能同君面，於是形成自我的風格，此卽新奇，此卽原創性。至於主性靈的袁枚，其立論更如是：「至於性情際遇，人人有我在焉，不可貌古人而襲之，畏古人而拘之也」。又謂：「無自得之性情，於詩之本旨已失矣」。其評價標準皆建基於「原創性」及「眞誠」上。以眞誠作爲評價標準的實用批評莫過於前人對陶淵明詩「眞誠」的表彰。蘇東坡於「東坡題跋」中說：「陶淵明欲仕則仕，不以求之爲嫌；欲隱則隱，不以去之爲高；飢則扣門而乞食，飽則雞黍以延客。古今賢之，貴其眞地」。朱熹說：「晉宋人物，雖曰尚清高，然個個要官職；這邊一面淸淡，那邊一面招權納貨。陶淵明眞箇能不要，此所以高於晉宋人物」。方東樹於「昭昧詹言」中說：「陶公說不要富貴，是眞不要；康樂本以憤惋，而詩中故作恬淡，以比陶公，則探其深淺遠近，居然有江湖澗沚之別」。諸批評家皆許陶詩以眞誠，並以此眞誠作爲淵明詩的過人處。

（四）

從以上的分類敘述中，我們把中國諸批評家的評價標準置之於赫爾斯的四評價類型中，以顯出中國評價標準的大概。事實上，諸評價類型並非截然可分，而每一批評家在從事實際工作中，往往兼用諸種型態，或主用一型態，而輔用其他諸型態。我們前謂鍾嶸詩品是文學評價的專門鉅著，在此，我們對鍾嶸所採取的諸評價標準作一論述，顯示批評家於實際批評中往往兼容並蓄，以作本文的結束。

鍾嶸詩品一書，可分爲兩部分，一是序文，一是對個別作家的分爲三等的品評。後者爲實際的評價工作，殆無疑義。對於序文，我們不妨認爲鍾嶸在其中對其評價標準或多或少有所陳述。如此，我們卽發覺鍾嶸所用的評價標準是多元的，而諸評價標準甚或可歸納爲一由本及末的系統。簡言之，其多元標準可簡化如下：

一、以「搖蕩性情」作爲評價標準。此卽著眼作品的感染力，而此感染以性情爲中心。序中說：「氣之動物，物之感人，故搖蕩性情……動天地，感鬼神，莫近于詩」。這評價標準紮根於他的文學觀。序中又說：「凡斯種種，感蕩心靈，非陳詩何以展其義，非長歌何以騁其情？」又說：「使味之者無極，聞之者動心」。可見此爲源自其文學觀的根本的評價標準。

二、以「羣怨」作爲評價標準。卽著眼於作品的社會功能，但這社會功能的重心置於羣怨上，使民衆合羣，互通心靈，使民衆得以藉此抒發其人生帶來的憂怨。序中謂：「故曰詩可以羣，可以怨，使窮賤易安，幽居靡悶，莫尙於詩矣」。但我們得注意，作品社會功能的產生，須藉作品的感染力方可。如此，此一評價標準可視作前一評價標準的衍生。

三、以「滋味」作爲評價標準。卽著眼於作品的整個藝術效果。雖易流於印象式與及模糊不淸，但詩之有否滋味卻實可爲讀者所共證。他讚美五言詩體，因爲它是「衆作之有滋味者也」。他貶抑永嘉時流行的玄詩，因爲這些詩篇「淡乎寡味」。

四、以「風骨」作爲評價標準。這標準也是著眼於作品之藝術。風骨是指涉作品中詞義與詞采的配合，比較滋味具體可論些。滋味的品味多賴讀者，而風骨的有無則多在作品本身，得以分析。風骨一標準，多見於其對個別作家的評價中，序中僅謂「建安風力盡矣」，然而建安詩爲鍾嶸心目中的典範，故風骨一詞，可視作一評價標準。

五、以「賦比興」的酌用爲評價標準。即著眼於寫作的技巧。賦比興爲詩創作的三技巧，各有其功能，適當地配合使用，方臻上乘。序中謂：「宏斯三義，酌而用之……若專用比興，患在意深，意深則詞躓。若但用賦體，患在意浮，意浮則文散，嬉成流移，文無止泊，有蕪漫之累矣」。以賦比興的酌用作爲評價標準比風骨更爲具體。

六、以「指事造形，窮情寫物」作爲評價標準。即著眼於運用技巧所達到的對意象刻畫的成就。這與賦比興條實不可分，一就其技巧名稱言，一就其技巧的施用成果言。技巧的分析或有待於專家，而對意象刻畫的是否形似，是否能曲盡其寄情之妙，則一般讀者亦可置喙。故此一評價標準較前此更爲通俗化。

如果我們把這六項評價標準作一分類，我們即發覺前二者是建基於外在論，而後四者則建基於內在論。但在此我們得注意，此處的外在論並不及赫爾斯的外在，完全由文學的外在關係來決定文學作品的優劣。因爲一方面鍾嶸所著眼的是作品的感染力及其羣怨的社會功能，比起霍雷斯的教訓與愉快內在得多了。另一方面，鍾嶸所持似是內容形式一元論，故此感染力及羣怨功能，緊聯於文學作品的藝術形式上。但這二標準仍屬於外在論的評價說，因爲感染力及羣怨功能都有賴於作品以外的外在參證。至於後四項標準，我們發覺是愈來愈通俗化，所指實爲一事，卽作品的藝術形式。「風骨」、「賦比興」二層次，則較接近於西方的複雜性、連貫性、張力、反諷等，因爲這些都是文學的內在特徵，可一一據此以論述作品。「滋味」一層次則駕乎其上，源於我國鑑賞作品所慣用的直覺印象。至於「指事造形，窮情寫物」這一標準，則爲通俗化的標準，爲一般讀者而設了。這四項標準都可歸入赫爾斯的廣汎文體論中。如此說來，鍾嶸的評價標準是否忽略了文體評價說及個體評價說呢？我們願意這樣答覆，這兩種評價說是在討論某些超越文體的作品時才來得顯著，而在一般的評價工作中只是暗含於其中。譬如說，鍾嶸在此既是評價五言詩的作品，他用的當然是五言詩一文體所具有的文學特質了。據我個人的觀察，滋味、風骨等詞皆適用於五言而不甚適用於四言詩，於散文或小說中更不適用了。至於個體評價說亦如是，須在個別的評價中才顯著。序中謂：「郭景純用儁上之才變創其體」，亦可視作以「原創性」作爲評價標準。

這些評價標準，我們可一一尋譯於其實際評價工作中。其評古詩一則中謂：「文溫以麗，意悲而遠，驚心動魄，可謂幾乎一字千金」。這不是以搖蕩性情、以感染力作爲評價標準嗎！其評阮籍謂：「詠懷之作，可以陶性靈，發幽思；言在耳目之內，情寄八方之表，洋洋乎會於風雅，使人忘其鄙近，自致遠大」。這不是以羣怨功能作爲評價標準嗎？至於以「滋味」評價作品，則往往與風格相融合。如李陵之「悽愴」，王粲之「秀而質羸」，徐淑之「悽怨」，都可視作風格與滋味的相合。至於明以滋味評價者，則有對張協之評價：「詞采葱青，音韵鏗鏘，使人味之亹亹不倦」。至於以賦比興論詩，亦須我們仔細分析，方知其應用此標準。如其評嵇康詩：「託諭清遠，良有鑒裁」；評應璩詩：「善爲古語，指事殷勤。雅意深篤，得詩人激刺之旨」；評左思詩：「文典以怨，頗爲精切，得諷諭之致」；都是暗用了賦比興作爲評價標準。至於以「指事造形，窮情寫物」以論詩的甚多。如評謝靈運詩：「尚巧似」；評鮑照詩：「善製形狀寫物之詞」。從上述的徵引，可見鍾嶸於序中之評價標準確實使用於其實際評價工作中。其評價標準爲多元化，兼容並蓄，內在與外合密切相附，而得歸結於「搖蕩性情」一基準上，與其緣情的文學觀相符合。

註一　以上關於丁志高及赫爾希的評價標準及評價類型是撮要自涂經詒先生「西洋文學批評中的評價問題」一文。中外文學三八期，民國六十四年七月出版。

中西文學之比較

余光中

中西文學浩如烟海，任取一端，卽窮畢生精力，也不過略窺梗概而已。要將這麼悠久而繁富的精神領域，去蕪存菁，提綱挈領，作一個簡明的比較，眞是談何容易！比較文學，在西方已經是一門晚近的學問，在中國，由於數千年來大半處於單元的文化環境之中，更是在五四以後才漸漸受人注意的事情。要作這麼一個比較，在精神上必然牽涉到中西全面的文化背景，在形式上也不能不牽涉到中西各殊的語文特質，結果怎不令人望洋興歎？一般人所能做的，恐怕都只是管中窺豹，甚至盲人摸象而已。面對這麼重大的一個問題，我只能憑藉詩人的直覺，不敢奢望學者的分析，也就是說，我只能把自己一些尙未成熟的印象，作一個綜合性的報告罷了。

造成中西文學相異的因素，可以分爲內在的和外在的兩種：內在的屬於思想，屬於文化背景；外在的屬於語言和文字。首先，我想嘗試從思想的內涵，將中西文學作一個比較。西方文化的三大因素——希臘神話，基督教義，近代科學——之中，前二者決定了歐洲的古典文學。無論是古典的神話，或是中世紀的宗教，都令人明確地意識到自己在宇宙的地位，與神的關係，身後的出處等等。無論是希臘的多神教，或是基督的一神教，都令人感覺，主宰這宇宙的，是高高在上的萬能的神，而不是凡人；而人所關心的，不但是他和旁人的關係，更是他和神的關係，不但是此生，更是身後。在西方文學之中，神的懲罰和人的受難，往往是動人心魄的主題：以肝食鷹的普洛米修斯，推石上山的薛西弗司，流亡海上的猶力西斯，墮落地獄的浮士德等等，都是很有名的例子。相形之下，中國文學由於欠缺神話或宗教的背景，在本質上可以說是人間的文學，英文所謂 secular literature，它的主題是個人的，社會的，歷史的，而非「天人之際」的。

這當然不是說，中國文學裏沒有神話的成份。后羿射日，嫦娥奔月，女媧補天，共工觸地，本來都是我國神話的雛型。燧人氏相當於西方的普洛米修斯，羲和接近西方的亞波羅。然而這些畢竟未能像希臘神話那樣蔚為大觀，因為第一，這些傳說大半東零西碎，不成格局，加起來也不成其為井然有序互相關聯的神話（mythology），只能說是散漫的傳說（scattered myths），不像希臘神話中奧林帕斯山上諸神，可以表列為宙斯的家譜。第二，這些散漫的傳說，在故事上過於簡單，在意義上也未經大作家予以較深的引申發揮，作道德的詮釋，結果在文學的傳統中，不能激發民族的想像，而贏得重要的地位。楚辭之中是提到不少神話，但是故事性很弱，裝飾性很濃，道德的意義也不確定。也許是受了儒家不言鬼神注重人倫的入世精神所影響，楚辭的這種超自然的次要傳統（minor tradition of supernaturalism）在後來的中國文學中，並未發揮作用，只在部份漢賦，嵇康郭璞的遊仙詩，和唐代李賀盧仝等的作品中，傳其斷續的命脈而已。在儒家的影響下，中國正統的古典文學——詩和散文，不包括戲劇和小說——始終未曾好好利用神話。例如杜甫的「羲和鞭白日，少昊行淸秋」，只是一種裝飾。例如李賀的「女媧煉石補天處，石破天驚逗秋雨」，只是一閃簡短的想像。至於古詩十九首中所說「仙人王子喬，難可與等期」，簡直是諷刺了。

至於宗敎，在中國古典文學之中，更沒有什麼地位可言。儒家常被稱爲儒敎，事實上儒家的宗敎成份很輕。祭祀先人或有虔敬之心（不過「祭如在」而已），行禮如儀也有 ritual 的味道；可是重死而不重生，無所謂浸洗，重今生而不言來世，無所謂天國地獄之獎懲，亦無所謂末日之審判。最重要的是：我們的先人根本沒有所謂「原罪」的觀念，而西方文學中最有趣最動人也最出風頭的撒旦（Satan, Lucifer, Mephistopheles or the Devil），也是中國式的想像中所不存在的。看過「浮士德」、「失樂園」、看過白雷克、拜倫、愛倫坡、波德萊爾、霍桑、麥爾維爾、史蒂文森、杜思托也夫斯基等十九世紀大家的作品之後，我們幾乎可以說，魔鬼是西方近代文學中最流行的主角。中國古典文學裏也有鬼怪，從楚辭到李賀到聊齋，那些鬼，或有詩意，或有惡意，或亦陰森可怖，但大多沒有道德意義，也沒有心理上的或靈魂上的象徵作用。總之，西方的誘惑，譴罰，拯救等等觀念，在佛敎輸入之前，並不存在於中國的想像之中；即使在佛教輸入之後，這些觀念也只流行於俗文學裏而已。在西方，文學中的偉大衝突，往往是人性中魔鬼與神的鬪爭。如果神勝了，那人就成爲聖徒；如果魔鬼勝了，那人就成爲魔鬼的門徒；如果神與魔鬼互有勝負，難分成敗，那人就是一個十足的凡人了。不要小看了魔鬼的門徒，其中大有非凡的人物：浮士德、唐璜、阿哈布、亞伯拉德，都是傑出的例子。中國文學中人物的衝突，往往只是人倫的，只是君臣（屈原），母子（焦仲卿），兄弟（曹植）之間的衝突。西方固然也有君臣之間的衝突，不過像湯默斯·貝凱特（Thomas Becket）之忤亨利第二，和湯默斯·莫爾（Thomas More）之忤亨利第八，雖說以臣忤君，畢竟是天人交戰，臣子站在神的那一邊，反而振振有辭，雖死不悔，雖敗猶榮。屈原固然也說「雖九死其猶未悔」，畢竟在「神高馳」與「陟升皇」之際，仍要臨睨舊鄉，戀戀於人間，最後所期望的，也只是「彭咸之所居」，而不是天國。

西方文學的最高境界，往往是宗教或神話的，其主題，往往是人與神的衝突。中國文學的最高境界，往往是人與自然的默契（陶潛），但更常見的是人間的主題：個人的（杜甫「月夜」），時代的（「兵車行」），和歷史的（「古柏行」）主題。詠史詩在中國文學中的地位，幾乎可與西方的宗教詩相比。中國式的悲劇，往往是屈原，賈誼的悲劇，往往是「江流石不轉，遺恨失吞吳」，是「華亭鶴唳詎可聞，上蔡蒼鷹何足道」；像「長恨歌」那樣詠史而終至超越時空，可說是少而又少了。偶而，中國詩人也會超越歷史，像陳子昂在「念天地之悠悠，獨愴然而涕下」，像李白在「古來聖賢皆寂寞，唯有飲者留其名」中那樣，表現出一種莫可奈何的虛無之感。這種虛無之感，在西方，只有進化論既與基督教動搖之後，在現代文學中才常有表現。

中西文學因有無宗教而產生的差別，在愛情之中最爲顯著。中國文學中的情人，雖欲相信愛情之不朽而不可得，因爲中國人對於超死亡的存在本身，原來就沒有信心。情人死後，也就與草木同朽，說什麼相待於來世，實在是渺不可期的事情。「長恨歌」雖有超越時空的想像，但對於馬嵬坡以後的事情，仍然無法自圓其說，顯然白居易自己也只是在敷衍傳說而已。方士既已「昇天入地」，碧落黃泉，兩皆不見，乃「忽聞海上有仙山，山在虛無飄渺間」，可見這裏所謂仙山，既不在天上，又不在地下，應該是在天涯海角的人間了。詩末乃又出現「迴頭下望人寰處，不見長安見塵霧」的句子，這實在是說不通的。所以儘管作者借太眞之口說「但教心似金鈿堅，天上人間會相見」，數十年後，寫詠史詩的李商隱却說：「海外徒聞更九州，他生未卜此生休」。大致上說來，中國作家對於另一個世界的存在，既不完全肯定，也不完全否定，而是感情上寧信其有，理智上又疑其無，倒有點近於西方的「不可知論」(agnosticism)。我國悼亡之詩，晉有潘岳，唐有元稹。潘岳說：「落葉委埏側，枯荄帶墳隅。孤魂獨煢煢，安知靈與無？」元稹說得更清楚：「同穴窅冥何所望？他生緣會更難期！」話雖這麼說，他還是不放棄「與君營奠復營齋」。

在西方，情人們對於死後的結合，是極爲確定的。米爾頓在「悼亡妻」之中，白朗寧在「展望」之中，都堅信身後會與亡妻在天國見面。而他們所謂的天國，幾乎具有地理的眞實性，不盡是精神上象徵性的存在，也不是「長恨歌」中虛無飄渺的仙山。羅賽蒂(D. G. Rossetti)在「幸福的女郎」中，設想他死去的情人倚在天國邊境的金欄干上，下瞰地面，等待下一班的天使羣携他的靈魂昇天，與她相會。詩中所描繪的天國；從少女的服飾，到至聖堂中的七盞燈，和生之樹上的聖靈之鴿，悉據但丁「神曲」中的藍圖，給人的感覺，簡直是地理性的存在。也因爲有這種天國的信仰支持着，西方人的愛情趨於理想主義，易將愛情的對象神化，不然便是以爲情人是神施恩寵的媒介（見蘭尼爾的詩「我的雙泉」）。中國的情詩則不然，往往只見一往情深，並不奉若神明。

我的初步結論是：由於對超自然世界的觀念互異，中國文學似乎敏於觀察，富於感情，但在馳騁想像，運用思想兩方面，似乎不及西方文學；是以中國古典文學長於短篇的抒情詩和小品文，但除了少數的例外，並未產生若何宏大的史詩或敍事詩，文學批評則散漫而無系統，戲劇的創造也比西方遲了幾乎兩千年。

可是中國文學有一個極爲有利的條件：富於彈性與持久性的文字。中國方言異常紛歧，幸好文字統一，乃能保存悠久的文學，成爲一個活的傳統。今日的中學生，讀四百年前的「西遊記」，或一千多年前的唐詩，可以說毫無問題。甚至兩千年前的「史記」，或更古老的「詩經」的部份作品，藉註解之助，也不難了解。這種歷久而彌新的活傳統，眞是可驚。在歐美各國，成爲文言的拉丁文已經是死文字了，除了學者、專家和僧侶以外，已經無人了解。在文藝復與初期，歐洲各國尚有作家用拉丁文寫書：例如一五一六年湯默斯·莫爾出版的「烏托邦」，和十七世紀初米爾頓所寫的一些輓詩，仍是用拉丁文寫的。可是用古英文寫的「貝奧武夫」，今日英美的大學生也不能懂。即使六百年前喬叟用中世紀英文寫的「康城故事集」，也必須譯成現代英文，才能供人欣賞。甚至三百多年前莎士比亞的英文，也要附加註解，才能研讀。

是什麼使得中文這樣歷久不變，千古長新的呢？第一，中國的文字，雖歷經變遷，仍較歐洲各國文字爲純。中國文化，不但素來比近鄰各國文化爲高，抑且影響四鄰的文化，因此中國文字之中，外來語成份極小。歐洲文化則交流甚頻，因此各國的文字很難保持純粹性。以英國爲例，歷經羅馬，盎格魯·薩克遜，丹麥，和諾爾曼各民族入侵並同化的英國人，其文字也異常龐雜，大致上可分爲拉丁（部份由法文輸入），法文，和古英文（盎格魯·薩克遜）三種來源。所以在現代英文裏，聲音剛強含義樸拙的單音字往往源自古英文，而發音柔和意義文雅的複音字往往源自拉丁文。例如同是「親戚」的意思，kith and kin 便是頭韻很重的剛直的盎格魯·薩克遜語，consanguinity，便是柔和文雅的拉丁語了。漢姆萊特臨終前對賴爾提斯說：

If thou didst ever hold me in thy heart,
Absent thee from felicity a while,
And in this harsh world draw thy breath in pain,
To tell my story.

歷來爲人所稱道，便是因爲第二行的典雅和第三行的粗糙形成了文義所需要的對照，因爲賴爾提斯要去的地方，無論是天國或死亡之鄉，比起「這苛嚴的世界」，在漢姆萊特看來，實在是幸福得多了。在文字上，所以形成這種對照的，是第二行中的那個拉丁語系的複音字felicity，和第三行那些盎格魯·薩克遜語系的單音字。這種對照——不同語系的字彙在同一民族的語文中形成的戲劇性的對照——是中國讀者難於欣賞的。

其次，中國文字在文法上彈性非常之大，不像西方的文法，好處固然是思考愼密，缺點也就在過份繁瑣。中文絕少因文法而引起的字形變化，可以說是 inflection-free 或者 noninflectional。中文的文法中，沒有西方文字在數量（number），時態（tense），語態（voice），和性別（gender）各方面的字形變化；例如英文中的 ox, oxen; see, saw, seen; understanding, understood; songster, songstress 等等的變化，在中文裏是不會發生的。單音的中文字，在變換詞性的時候，並不需要改變字形。例如一個簡單的「喜」字，至少可以派四種不同的用場：

（一）名詞　喜怒哀樂（cheer）

（二）形容詞　面有喜色（cheerful）

（三）動詞　問何物能令公喜（cheer up）

（四）副詞　王大喜曰（cheerfully）

又因爲中文不是拼音文字，所以發音的變化並不影響字形。例如「降」字，可以讀成「絳、祥、洪」三個音，但是寫起來還只是一個「降」字。又如今日國語中的一些音（白、雪、絕），在古音中原是入聲，但是聲調變易之後，並不改變字形。英文則不然。姑不論蘇格蘭、愛爾蘭、威爾斯等地的方言拼法全異，即使是英文本身，從喬叟到現在，不過六百年，許多字形，便因發音的變化影響到拼法，而大大地改變了。據說莎士比亞自己的簽名，便有好幾種拼法，甚至和他父親的姓，拼法也不相同。

中國文法的彈性，在文學作品、尤其是詩中，表現得最爲顯明。英文文法中不可或缺的主詞與動詞，在中國古典詩中，往往可以省去。綴系動詞（linking verb）在詩和散文中往往是不必要的。「方山子，光黃間隱人也」，就夠了，什麼「是、爲、係、乃」等等綴系動詞都是多餘。又如「細草微風岸，危檣獨夜舟」，兩句沒有一個動詞。賈島的「尋隱者不遇」：

松下問童子　言師採藥去
只在此山中　雲深不知處

四句沒有一個主詞。究竟是誰在問，誰在言，誰在此山中，誰不知其處呢？雖然詩中沒有明白交代，但是中國的讀者一看就知道了；從上下文的關係他立刻知道那是詩人在問，童子在答，師父雖在山中，童子難知其處。換了西洋詩，就必須像下列這樣，把這些主詞一一交待清楚了：

Beneath the pines look I for the recluse.
His page replies: "Gathering herbs my master's away.
You'll find him nowhere, as close are the clouds,
Though he must be on the hill, I dare say."

中文本來就沒有冠詞，在古典文學之中，往往也省去了前置詞、連接詞，以及（受格與所有格的）代名語，以華茲華斯名詩「水仙」首段爲例：

I wandered lonely as a cloud
That floats on high o'er vales and hills,
When all at once I saw a crowd,
A host, of golden daffodils;
Beside the lake, beneath the trees,
Fluttering and dancing in the breeze.

如果要陶潛來表達同樣的意境，結果中文裏慣於省略的詞都省去了，可能相當於下列的情形：

wander lonely as a cloud
float high over dale hill
all at once see a crowd
a host golden daffodil
beside lake beneath tree
flutter dance in breeze

中國文學的特質，在面臨翻譯的時候，最容易顯現出來。翻譯實在是比較文學的一個有效工具，因爲譯者必須兼顧兩種文學的對照性的特質。例如「日暮東風怨啼鳥，落花猶似墜樓人」，其中的鳥和花，究竟是單數還是多數？在中文裏本來不成其爲問題，在英文裏就不能不講究了。又如「三日入廚房，洗手作羹湯。未諳姑食性，先遣小姑嚐」一詩，譯成英文時，主詞應該是第一人稱呢，還是第三人稱？應該是「我」下廚房呢，還是「她」下廚房呢？至於時態，應該是過去呢，還是現在？這些都需要譯者自己決定，而他的抉擇同時也就決定了作品與讀者之間的關係：譬如在第一人稱現在式的情形下，那關係便極爲迫切，因爲讀者成了演出人；在第三人稱過去式的情形下，那關係便淡得多，因爲讀者已退爲觀察人了。李白兩首七絕，用英文翻譯時，最應注意時態的變化：

蘇台覽古

舊苑荒臺楊柳新　菱歌春唱不勝春
只今唯有江西月　曾照吳王宮裡人

越中覽古

越王勾踐破吳歸　義士還家盡錦衣
宮女如花滿春殿　只今唯有鷓鴣飛

兩首詩在時態上的突變，恰恰相反。前者始於現在式，到末行忽然推遠到古代，變成過去式；後者始於過去式，到末行忽然拉回眼前，變成現在式。尤其是後者，簡直有電影蒙太奇的味道。可是中文文法之妙，就妙在朦朧而富彈性。「越中覽古」一首，儘管英譯時前三行應作過去式，末行應作現在式，但在中文原文中，前三行的動詞本無所謂過去現在，一直到第三行結尾，讀者只覺得如道眼前之事，不暇分別古今；到了「只今唯有鷓鴣飛」，讀者才會修正前三行所得的印象，於是刹那之間，古者歸古，今者歸今，平面的時間忽然立體化起來，有了層次的感覺。如果在中文原文裏，一開始就從文法上看出那是過去式，一切過於分明，到詩末就沒有突變的感覺了。

中國詩和西洋詩，在音律上最大的不同，是前者恆唱，後者亦唱亦說，寓說於唱。我們都知道，中國古典詩的節奏，有兩個因素：一是平仄的交錯，一是句法的對照。像杜甫的「詠懷古跡」：

支離東北風塵際　漂泊西南天地間
三峽樓臺淹日月　五溪衣服共雲山
羯胡事主終無賴　詞客哀時且未還
庾信平生最蕭瑟　暮年詩賦動江關

一句之中，平仄對照，兩句之中，平仄對仗。第三句開始時，平仄的安排沿襲第二句，可是結尾時却變了調，和第四句對仗。到了第五句，又沿襲第四句而於結尾時加以變化，復與第六句對仗，依此類推。這種格式，一呼一應，異而復同，同而復異，因句生句，以至終篇，可說是天衣無縫，盡善盡美。另外一個因素，使節奏流動，且使八句產生共鳴的，是句法，或者句型。中國古典詩的句型，四言則上二下二，五言則上二下三，七言則上四下三，而上四之中又可分爲二二；大致上說來，都是甚爲規則的。前引七律句法，大致上就是這種上四下三的安排。變化不是沒有，例如前兩行，與其讀成「支離東北——風塵際，漂泊西南——天地間」，何如讀成「支離——東北風塵際，飄泊——西南天地間」。不過這種小小的變調，實在並不顯著，也不致破壞全詩的諧和感。

西洋詩就大異其趣了。在西洋詩中，節奏的形成，或賴重音，或賴長短音，或賴定量之音節。在盎格魯・薩克遜的古英文音律中，每行音節的數量不等，但所含重音數量相同，謂之「重讀詩」(accentual verse)。在希臘羅馬的古典詩中，一個長音節在誦讀時所耗的時間，等於短音節的兩倍，例如荷馬的史詩，便是每行六組音節，每組三音，一長二短。這種音律稱爲「計量詩」(quantitative verse)。至於法文詩，因爲語言本身的重音並不顯明，所注重的却是每行要有一定數量的音節，例如古法文詩的「亞歷山大體」(Alexandrine)便是每行含有十二個音節。這種音律稱爲「音節詩」(syllabic verse)。古典英詩的音律，兼有「重讀詩」和「音節詩」的特質，既要定量的重音，又要定量的音節。最流行的所謂「抑揚五步格」(iambic pentameter)，便規定要含有十個音節，其中偶數的音節必須爲重音。下面是濟慈一首商籟的前八行：

To one who has been long in city pent,
'Tis very sweet to look into the fair
And open face of heaven,-to breathe a prayer
Full in the smile of the blue firmament.
Who is more happy, when, with heart's content
Fatigued he sinks into some pleasant lair

Of wavy grass, and reads a debonair
And gentle tale of love and languishment?

這種音律和中國詩很不相同。第一，中國字無論是平是仄，都是一字一音，仄聲字也許比平聲字短，但不見得比平聲字輕，所以七言就是七個重音。英文字十個音節中只有五個是重讀，五個重音之中，有的更重，有的較輕，例如第一行中，has 實在不能算怎麼重讀，所以 who has been long 四個音節可以一口氣讀下去。因此英詩在規則之中有不規則，音樂效果接近「滑音」，中國詩則接近「斷音」。第二，中國詩一行就是一句，行末句完意亦盡，在西洋詩的術語上，都是所謂「煞尾句」。英詩則不然。英詩的一行可能是「煞尾句」，也可能是「待續句」。所謂「待續句」，就是一行詩到了行末，無論在文法上或文意上都沒有結束，必須到下一行或下數行才告完成。前引濟慈八行中，第二、三、五、六、七諸行都是「待續句」。第三，中國詩的句型既甚規則，行中的「頓」（caesura）的位置也較爲固定。例如七言詩的頓總在第四字的後面，五言詩則在第二字後。在早期的中國詩中，例如楚辭，頓的地位倒是比較活動的。英詩句中的頓，可以少也可以多，可以移前也可以移後，這樣自由的挪動當然增加了節奏的變化。例如在濟慈的詩中，第三行的頓在第七音節之後，其後數行的頓則依次在第四、第五、第二、第四音節之後，到了第八行又似乎滑不留舌，沒有頓了，這些頓，又可以分爲「陰頓」（feminine caesura）和「陽頓」(masculine caesura) 兩類，前者在輕音之後，後者在重音之後，對於節奏的起伏，更有微妙的作用。第四，中國詩的句型既甚規則，又沒有未完成的「待續句」，所以唱的成份很濃。西洋詩的句型因頓的前後挪動而活潑不拘，「煞尾句」和「待續句」又相互調劑，因此詩的格律和語言自然的節奏之間，既相迎合，又相排拒，遂造成一種戲劇化的對照。霍普金斯稱這種情形爲「對位」。事實上，不同速度的節奏交滙在一起時，謂之「切分法」（syncopation）。我說西洋詩兼唱兼說，正是這個意思。而不論切分也好，對位也好，都似乎是中國古典詩中所沒有的。中國的現代詩，受了西洋詩的影響，似乎也有意試驗這種對位手法，在唱的格式中說話，但是成功與否，尙難斷言。

當然中國文學也有西方不及之處。因爲文法富於彈性，單音的方塊字天造地設地宜於對仗。雖然英文也有講究對稱的所謂 Euphuism，天衣無縫的對仗仍是西洋文學所無能爲力的。中國的古典詩有一種圓融渾成，無始無終，無涯無際，超乎時空的存在。由於不拘人稱且省略主詞，任何讀者都恍然有置身其間，躬逢其事之感。由於不拘時態，更使事事都逼眼前，歷久常新。像不拘晨昏無分光影的中國畫一樣，中國詩的意境是普遍而又永恆的。至於它是否宜於表現現代人的情思與生活，那又是另一個問題了。

五十六年十月二十四日

附註：五十六年十一月六日，應中國廣播公司之邀，在亞洲廣播公會的座談會上，主講「中西文學之比較」。本文卽據講稿寫成。

三寶太監西洋記通俗演義

——一個方法的實驗

侯　健

三寶太監西洋記通俗演義，一百回，其正確名稱，根據我見到的幾本討論到它的書來看，大約是「三寶太監西洋記通俗演義」，或「三寶太監下西洋記通俗演義」。前一說法，見於周豫才的中國小說史略和劉大杰的中國文學發達史，後一說法，見於郭箴一的中國小說史。至於作者，據這三本書說，署爲「二堂里人編次」，并有萬曆丁酉（一五九七）年羅懋登序，所以大家一致同意，作者大約就是羅懋登。從前的人寫小說，名義上是爲儆世，實際上是消閑，是遊戲筆墨，既非「經國之大業，不朽之盛事」，還可能是「口孽」，自然是不肯署名的了。

以這本書受人歡迎的情形來說，它不僅不如三國、水滸、西遊、紅樓之類那麼膾炙人口，甚至也許還比不上彭公案、施公案或濟公活佛，大約至多只能比得上平妖傳。但它也並不是十分生僻的書。一面可以從已提到過的三本書來看出它曾得到學者的注意，一面可以從我自已的經驗來推想。我昔年看到的是上海大達書局或新文化出版社的一折八扣本。這兩家的書價格特廉，自然必須多銷，所以它們的選擇大約是可以視爲受歡迎程度的指標的。

關於這部書在學術界裏的評價，前述三書是相當一致的。首先讓我引述中國文學發達史：

> ……演述永樂年間太監鄭和出使外洋，服外族，三十九國咸入貢中華事。鄭和……最遠……到了非洲東部，年代是一四〇六到一四三〇年，比……哥倫布的時代還要早。明史宦官傳云：「……永樂三年，命和及其儕王景宏等通使西洋，將士卒二萬七千八百餘人……造大舶……自蘇州劉家河泛海至福建，後自福建五虎門揚帆，首達占城，以次遍歷諸國，宣天子詔，因給財其君長，不服，則以武懾之。先後七奉使，所歷凡三十餘國……」這本是一種動人的記事材料，但作者已是明末，并非親歷其境之人，對於外洋毫無經驗，加以當日「四遊記」一類的神怪故事，盛行民間，於是作者一面採用馬歡的「瀛涯勝覽」和黃信的「星槎勝覽」二書的國外材料，鋪寫誇大，再加以當日流行的神怪，於是妖怪百出，荒唐無稽。所敍戰事，亦多竊自「西遊」「封神」。他序中云：「今者東事倥傯，何日西戎卽序。不得比西戎卽序，何得令王、鄭二公見也。」作者的意思，是感著當日朝廷的無能，倭寇的緊迫，乃是有感而作，不料寫成一本這麼荒誕的書，文字不佳，結構零亂，中心思想一點沒有反映出來，誠有負其寫作的原意了。

中國小說史費了四十多頁（臺北商務六十年版三三二——三七六），考證西洋記中合於「瀛涯勝覽」、「星槎勝覽」的部份，剽竊西遊記、封神傳、三國演義，以及當時其它平話小說資料，但是其「諧趣實極笨拙」，雖摹擬而「不及西遊記遠甚」，其「文詞不工」，「排句的濫用也是令人生厭的」，總之，「西洋記不是一部有藝術價值的書。但它能保存許多傳說，又能容納兩種勝覽裏的文字，採用較早的版本，使後世得以校勘，其功却也未可盡沒。」（郭箴一錄趙景深「三寶太監西洋記」。）

但是，假如西洋記的價值，僅在於考證校勘它書時的佐證功用，「不是一部有藝術價值的書」，則我們不僅無法說明它何以能夠相當深入人心，到現在還要翻印，我這篇討論，顯然更是多餘的。換句話說，我認爲西洋記是有藝術價值的，而且是中國小說史上的一部特具興趣的書。前人所以沒有發現它的價值與興趣，在於他們對小說的了解，囿於成見，以致過份狹隘。這成見包括了認識與信仰兩部份。

在認識方面，在於一般認爲，一本小說不僅應該敍述一個完整生動的故事，而且應該條理分明，在情節上求嚴密。換句話說，故事的發展，應該有其必然性（inevitability）和有機性（organicity），也便是必求其順理成章，如葉之於枝，要能增之一分則太長，減之一分則太短。這種觀念，是西方浪漫主義以來的寫實、自然主義的觀念，未始不可以用來說明若干小說，但並不足以說明一切小說。中國的古典小說，本來就不屬於這個傳統，當然不能與這種情形符合。不僅如此，西洋的小說，在浪漫運動以前的十八世紀和以後的今天，也是與它不能符合的。甚至就在這種說法即將出現的前後，小說作家也不必然一定遵守它的。

文學批評的目的，不在於立法，亦卽文章應該如何寫，而在說明，亦卽文章爲甚麼那樣寫了。它從已有的成就中歸納出若干道理來，指出這樣的寫法，是怎樣來的，和前人旣以此成功，後人當不妨借鑑。因此，我反對胡適先生評論醒世姻緣的辦法。他認爲假使把因果報應的觀念去掉，而僅以寫實的筆法，把合於現實道理的情節寫出來，醒世姻緣將會是一本更好的小說。那樣一來，醒世姻緣或者可以是一本更好的小說，但却不是我們所知道的醒世姻緣了。

胡適先生的偏見，部分正是信仰問題。他的思想，出於十九世紀後半的理性主義，也便是科學主義，其極端的代表是斯賓塞（Herbert Spencer）的不可知論（Agnosticism）。旣然只有感官得來的經驗是唯一可以證明的，凡與感官經驗不合或爲感官經驗所不及的事物，自然不堪論及。但是，這只是信仰問題的一部分。更重要的部分，將在後文說明。

截至此處，我的說法似乎有些以志逆意。所不同於孟子的是，我所要逆的意，不是作者的直接聲明，雖然我承認這種聲明有參考採證的價值，而是作品裏所顯示與具體化了的內在規律。這一點是接近浪漫思想中把作品視爲「另一世界」（heteroecism），需以我們「願意暫擱不信任態度」（willing suspension of disbelief）來求領會的。

從這種瞭解出發，我們其次需要知道，小說的故事固然重要，但一本小說的全部意義，並不僅在故事，而在全部的文字締構。只有把一部書從頭到尾的全部文字，併在一起來看，我們才能覓致它的全部意義。也只有在承認這種情形之後，我們才能明白在白鯨記（Moby Dick）中，爲甚麼作者耗費如許筆墨，敍述鯨魚的歷史和白色的涵意；在崔斯全．單第（Tristram Shandy）中，爲甚麼作者插入了接生大夫的拉丁文咒罵語、其它似不相干的故事、和亂七八糟的黑頁白頁與花頁。我們讀小說，大抵可以有兩種辦法。第一種是一般人讀書的方式，最宜於看時下的武俠小說，只看熱鬧，不求甚解，跳過幾頁也無關宏旨，雖然有時我們也許希望先翻一下最後幾頁，求證我們的揣測與作者的結局是否相符。這種方法類似看平劇，是天眞的（naive）。另一種讀法好像看嚴肅一點的電影，必須聚精會神，隨時勾稽，隨時修正印象，以求得其全貌。只有這種讀法，才是精明（sophisticated）的讀法。當然還有第三種，例如前述評論西洋記的諸先生和胡適先生，挾一偏之論而要概括全體，結果徒然使他們既得不到天眞讀者物我兩忘的樂趣，又得不到精明讀者明察秋毫的興味，顯然是最不幸的辦法。西洋記的評價甚低，當然是因爲它可以應付前兩種讀者的希望，却無法滿足最後一種的要求。

但是，西洋記眞是如郭箴一所說：「倘若把第十五回以後，再仔細分列，則〔在金運寶象國、瓜哇國、女兒國、撒髮國、金眼國、木骨都東國、銀眼國、阿丹國、酆都國等〕這九個國度裏都有過戰爭，克服以後必經過一國乃至數國，聞風來降，無須攻打，這時就把兩種勝覽裏的材料塞進去」？換句話說，西洋記眞是一面求熱鬧，所以有這九國的鬪法鬪藝，一面求廣聞，所以抄襲兩種勝覽，而並非因為這兩件事互有關連，而且九國儘可能是八國或十一國？

要解答這一點，我們首先須瞭解，西洋記裏的鄭和，身負兩重任務：一面要取回元順帝北竄時白象駄去的傳國玉璽，一面要建立大明國威，否則他儘可在公海上來去，毫無必要索求甚麼通關諜文——他跟玄奘一行起旱的人物是不同的。鄭和其實並沒有找回玉璽，但在振大漢之天聲上獲致了百分之百的勝利。除了酆都鬼國，本非人世，所以既未眞地歸降，其後也無它國輸誠以外，關於其餘各國，我們可以想到，迫人獻上降書降表的方式，大抵可分力取與智擒兩種，在實際運用上則有各種變化；在投降的一方，又可以分反抗與馴順兩種，其中反抗却又可分一國之中有主戰主和而主戰派較爲有力，所以非力竭不肯降的，起先願降而忽又反悔的，或本來要降却因節外生枝的誤會終於又打了起來的幾種；馴順的又分懷德、畏威或並無主見，而要惟大國之馬首是瞻的幾種。基於這種了解，我們不難看到，這些不同可能的排列組合，可以生出若干變異，而故事如想達到相當的表現的充份性（exhaustiveness），當然要儘量一一予以處理。我們要承認，在郭箴一所列以力相服的八國中，頗有重複，例如每次的負固不賓，幾乎都是由於鎮守海邊關塞的總兵，而且前後曾牽涉到兩個三太子。但除了這種重複，作者大抵是顧及和遵依這些可能性的。以這八國來說，金蓮寶象國國王要降，三太子不肯，引出女將和羊角道德眞君，在勢蹙途窮後投降；瓜哇國曾殺中國使臣，所以一上來便加征伐，終至國王被擒；女兒國的戰爭是節外生枝；撒髮國不啻是挪亞故事的變相；金眼國文官要降，武官要戰，以致僨事；木骨都束國自恃武將術士，遂致負隅；銀眼國有目無珠，人變國滅；阿丹國一面是李愬夜入蔡州的故事，一面是本身首鼠兩端招致明軍防患未然的結果，其實並無大戰，也沒有引致它國請降。其餘效順諸國，則又受脅迫的，遭欺騙的，曾受惠的，富而好禮的，或得事前示兆的，各有不同。整個來說，它們却有表現前述各種可能的功用，並非全出率爾操觚。換句話說，這些故事也許可以有所增減，但假使眞的增減了，則或者要減少了可能的表現，或者增加了重複。這些故事是根據常理所可揣想得到的可能變異來的，因而我們儘可承認它們其實是具有不可避免性的。相形之下，倒是西遊記的八十一難這個數目，所根據的是中國傳統有關神秘數字的玄學觀念，亦卽九者數之極，九九自然是極數之極，却並無常理可解的不可避免性。但卽使我們承認郭箴一是對的，則他的九國之數也可能不是偶然，而可能仍是神秘數字觀念的遺緒。這一點可由鄭和所到全部國家數予以支持：卅九豈不是包涵了一個「明九」？這樣一來，酆都國便有了更有趣的意義：九爲陽，爲數極，陽盡則陰生，含了多天，多至則又陽生，否極則又泰來，完全合于中國的傳統宇宙觀，能是偶然嗎？

這種說法，可以部份說明西洋記一書，並不是我們一般所想像的那樣枝蔓，但顯然還不能夠完全說明其中令人惶惑的部份。這本書名爲「三寶太監下西洋」，但是它在「天開於子，地開於丑」等等以後，所說的出身是金碧峯長老的，而不是鄭和的。事實上在全書裏我們讀到關於鄭和的地方很少。如果這本書有個主角，他顯然是金碧峯而非三寶太監，假使有個第二主角，他很可能是張天師。專以情節裏他所佔據的篇幅來說，鄭和甚至比不上王明或黃鳳仙。因之，他的地位，至多能與王尙書、馬公公等相埓。其次，鄭和下西洋是人間的事。中國傳統小說神人鬼混雜，幾無例外，但爲甚麼「西洋記」最後要到酆都鬼國？再其次，紅蓮和尙、五鼠鬧東京、田孟沂與蔣濤的人鬼戀等的故事，與「西洋記」有甚麼有機或組織的關係？這一類的問題，顯然是我們印象蕪雜的主因。

再一種原因，是前面已經說過的語言問題。這本書裏的語言是相當特殊的。如郭箴一所說，它的語言似乎要模仿西遊記的諧趣，却使用得過了份。郭箴一還指出，作者「文詞不工」，過份嚕囌，而且濫用排句等等。我們承認這本書把語言的各種運動，發揮盡致，它有文言，也有白話，有韻文，有散文（包括好幾篇賦，如牛賦、蒼蠅賦等），有歇後語（包括用千字文表現的縮脚語）、有謎語、有巧話、雙關語(包括pun, quibble, doudle entendre)等等，幾乎把中國語言中書寫與口語的各種傳統形式都用盡了。這種運用，本來自「西遊記」到「何典」，以及許多所謂文章遊戲裏，都曾出現過，但像西洋記那樣充份利用的，至少我還不曾讀過。這種多方擠壓「語言的資源」，不僅中國大約沒有（王文興先生的「家變」有些近似，但他顯然不是從這本書裏得到啓發的，而且也無意于諧趣），英美小說裏似乎也只有「崔斯全・單第」和「芬尼甘的守喪」（Finnegans Wake）差可比擬，而後者是道貌岸然的。這種情形，違背我們的日常習慣，也便是違背了我們的期望，因爲語言是因襲最大的東西。西洋記的語言，因爲把語言的因襲成份使用得過了習慣，當然爲我們帶來瞭解或接受上的困難。

但是我們應該認清其實是老生常談，却因老生常談而遭到忽略，乃至變成「高深論調」的一點，那就是故事的媒介是語言，故事傳達意義的工具是語言。換句話說，語言與意義是不可劃分的融合體。故事或意義予語言以形式，語言則是故事或意義的外涵。因此，不僅故事或意義是故事和意義，語言在其特定締構的狀況下，也是故事或意義。只有在我們認定這種關係之後，才能瞭解語言本身在一篇故事或文章裏所佔的地位，所負擔的任務。

正因爲我相信故事或意義與語言的相關性，我以爲西洋記在這前者與後者上，各有其意義，而在其融合一起的時候，賦予並且顯現了西洋記的全部意義。這種體認，不僅可以解釋作者爲甚麼先講「天開於子」，以金碧峯爲主角，包容了各種人神競爭、酆都地府和紅蓮、田洙的故事，也可以使我們了解作者爲甚麼使用那種特別的語言。這個體認所需要的方法，便是神話（myth）或原始類型（archetypal pattern）的方法。

這種方法，我在幾個月前發表的一篇文字裏，已經利用過，但因爲那只牽涉到一種典型型態，亦即啓蒙式（initiation），而這一次則所涉特多，同時題目又是「一個方法的實驗」，所以只好不憚辭費，把我對這個方法的理解，介紹一些。

簡單地說，神話本來是人類解釋自然現象或企圖與自然的韻律相配合相融洽的故事，因之主要是先民的東西。十九世紀末年英國的傅理瑟（Sir James Frazer）等人，指出這種初民的信仰，具有相當的普遍性和共同性。傅氏的「金枝」(*The Golden Bough*) 便是以金樹枝的故事，說明王位、魔法等在中東、南歐和北非神話裏的表現。二十年前甘貝爾 (Joseph Campbell) 所寫的「英雄的千面」(*The Hero with a Thousand Faces*) 更指出，不僅我們所謂西洋或歐美，其文化共源於中東、南歐和北非，故而所謂英雄或故事中的主角的特徵，有基本的相似之點，即在文化背景完全不同的中國，其英雄的原始性格，也少差異。總之，根據這些書，我們知道不論其地域膚色或人種，人類對於若干人生與自然的現象，例如宇宙的來源或人生的旅程，有相當一致的看法。所以可以說符合魏勒克 (René Wellek) 所說「人類是一體的」。卡爾榮 (Carl Jung) 更進一步指出，所謂下意識 (unconscious)，亦即個人的過去的留存，其中或其下便是人類的集體下意識」(collective unconscious)，或全人類的「封存的記憶」(blocked-off memory)，包括人類在還未成人類以前的記憶。這種下意識的種族記憶，使得若干「原始意象」(primordial mages)，對人類具有經常而強烈的吸引力。這些意象，是我們祖先的經驗的累積，而呈現在神話、宗教、夢、幻想與文學之中。它們就是「原始類型」。這一瞭解就使神話或原始類型於普遍性以外，進一步獲得了永遠性，把它引用到文學上的第一部重要著作，是鮑德琴(Maud Bodkin)的「詩裏的原始類型」(Archetypal Patterns in Poetry)，但眞正利用原始類型，使它能夠有系統地解說及範疇一切文學，包括書寫和口語文學的，並且使文學與人生直接相關，加以評估的，是傅瑞也 (Northrop Frye) 的「批評的剖析」(*Anatomy of Criticism*)。

對傳瑞也而言，神話是一切文學作品的鑄範典模，是一切偉大作品裏經常復現的基本故事，而這種一再呈現的意象，就是原始類型。原始類型因之是神話的表達，神話是原始類型所含的意義。神話應用或呈現在文學作品裏而又最常見的，是開天闢地、樂園的喪失、洪水、四季與晝夜的交替、「聖天子」與代罪的羔羊、神冑的英雄、原因論（etiology）（例如「西洋記」裏講的爲甚麼我們說牛鼻子老道）、和讖緯預言之學（Apocalypse）（推背圖、燒餅歌之屬），但最具中心性的神話，則是追求（quest），包括金羊毛、聖杯（Holy Grail）或唐僧取經，而因爲晝夜與寤寐的對比，正面人物的英雄常與白晝象徵的太陽結合。這類神話所代表的，雖然因種族的集體記憶而留在我們的下意識中，究屬先民對自然與人事的了解，在我們看來，不免原始幼稚，所以難以給予理性的接受。但正因爲它們存在於我們的下意識裏，經常尋求表現，作家便必須變更它們，使它們能夠更合道理，包括倫理上的，理智上的和常理上的道理。這一過程，就是「置換」（displacement）。舉例來說，在希臘神話裏，科羅納（Coronus）推翻了其父天神攸倫納（Uranus），自爲天神，而且娶了母親麗亞（Rhea）。這個神話隱含了春來冬往的意味，亦即代表春的科羅納取代了代表冬的攸倫納，而與大地之母（Mother Earth）結合，由而使萬物孳生。這個神話轉到希臘悲劇裏，成爲伊第帕（Oedipus）無意中弒父烝母的故事，由神轉到人，由有意的亂倫成爲無意的亂倫。再轉一步到了莎士比亞的哈姆雷特（Hamlet），就變成了克勞第烏斯弒兄亂嫂，哈姆雷特爲父復仇的故事了。「置換」永遠與時代有關，因此中國傳統小說都設神鬼，很少例外。我們現在不肯接受的因果報應說，只因爲我們多受了點教育。它迄今仍是十分深入民間心理的。

根據英雄或主角的特質，傅瑞也把文學作品分爲神話、傳奇（romance）、高模仿（high mimetic）、低模仿（low mimetic）和諷刺（satire）五種，其主角分別是「聖天子」（divine king），在本質上超越凡人與其環境；英雄，在程度上超越凡人與其環境；主角，在程度上超越凡人，却受制於環境；主角，與我們一樣爲環境所制；丑角，在道德等方面遜於身爲讀者的我們。把這五種形式歸納起來，專就它們在小說或以非韻文爲主的小說而言，又可分爲傳奇、寫實小說（novel）、懺悔錄（confessions 或自傳 autobiography）與諷刺（satire）四種，而第四種往往是百科全書式或剖析式（encyclopedic 或 anatomy），內容包羅萬象，可以把各種材料都容納進去。在文學的實際表現上，這四種小說類型，不一定要單獨出現，而常是互爲組合涵容的。這一點當然也與「置換」有關。

甘貝爾雖然已指出了中國神話裏的英雄，與西洋的類似，（我們至少可以想到后稷之母履大人之跡、劉邦之母與龍交，或玄奘與岳飛之同爲「江流兒」），歐美治文學批評的學者，自然還是以近東的神話爲主。其中把英雄在「原始類型」中的特質與行事，列爲一表，而又爲我手邊所有的，是魏惺閣（H. Weisinger）在「痛苦與勝利」（*The Agony and the Triumph*）一書裏討論莎翁悲劇的一篇。魏氏說：「分析了現尙存在的季節禮儀（rituals），尤其是新年的禮儀，和中東古代的登基、加冠和個人性禮儀，我們可以復建代表基本禮儀形式的模型，而包括這些基本因素：(一)「聖天子」的不可少性；(二)神與敵手的鬪爭；(三)神的受難；(四)神的死亡；(五)神的復活；(六)創世神話的象徵性重現；(七)聖婚禮；(八) 凱旋式遊行賽會；(九) 命運的決定。」

這些基本因素所意味的生、死與復活，和前面述及的神話「原始類型」，正是西洋記所表現的。它所以顯得蕪雜，顯得不易被人接受，正因爲它要創造，或更正確地說它要復現一套完整的神話，囊括各種因素。「西洋記」暗合這些原始類型，縱在顯然不同的地方，其實仍是相同的，因爲其中有因「置換」的需要而來的變動。

根據前面的介紹，「西洋記」裏首先使我們注意的是它的開始。不論一個作者寫的是甚麼，或是如何來表現它，他寫的必然包含他自己的思想與信仰，包括宇宙觀和人生觀。這種宇宙觀和人生觀，取決於下意識中的原始類型和意識中的社會環境、時代和所屬的國族。他雖然能有其自己的創造或創見 (originality)，却如孫悟空一樣，無法跳出如來佛的掌心，亦即那兩種意識。「西洋記」與尋常小說相異的地方，是它要當一套完整的神話。所以，它很自然地從開天闢地開始，從「天開於子」開始，指陳了無盡現象當中的天上二元，也便是太陽太陰；地闢于丑，便有了地上的二元，智者所樂的水和仁者所樂的山；「有天地而後有萬物」，不僅「人生於寅」，而且有了胎、卵、經、化等等之異；再以後便有了文明，有了聖賢，而三教九流，爲主的是儒、釋、道三教。在這裏，作者所用的是玄學的推理法，是中國歷代玄學思想的結晶，其中的神話觀念是機械的自然發生說，並不含眞正初民神話色彩。對這套理論，作者顯然在理智上可以接受，在感情上却並不能完全接受。聖經舊約裏面，對創世的故事，就已經有許多說法，包括「創世紀」和「約伯記」裏的，「西洋記」也是如此。這樣看來，羊角大仙從石頭裏跳出來的意義，便不僅是作者模仿「西遊記」了。驪山老母豈不就是大地之母？玄天上帝的眞武旗，也便是撒髮國裏金毛道長一再要揮動使宇宙復歸洪荒的實物，一面是創世的反面，一面又與聖經裏耶和華一再要毀滅世界的威脅、「約伯記」裏的巨鯨（Leviathan）的魔力相呼應。（從碧水神魚到摩伽羅魚王和白鱔，「西洋記」有好幾個巨鯨的化身。）撒髮國躲在鳳凰蛋裏以避浩刼，是聖經裏挪亞的方舟的置換。兩者都表示了上帝對歷史的干預。更有趣的是，撒髮國避禍三年，挪亞在方舟四十日（耶穌在荒野裏受試探也經過四十天），而三與四，據楊希枚教授說，都是神秘數字，源自天圓地方觀念裏的圓周率和「方」周率。西洋記要說歷史，說人事，當然要從宇宙觀開始。

現在我們可以正式開始魏㥆閣教授的原始型態了。首先是「聖天子的不可少性」。這個聖天子便是英雄或主角，「其來有自」，負有救世任務，而又可以與太陽等量齊觀的人物。最後一點最顯然。前面已經說過，「西洋記」的主角不是鄭和，而是金碧峯。不僅書中詳細刻劃出身的，只有他一人，而在寶船行進中，只有他能夠解決一切問題。他是太陽，因爲他是「燃燈古佛」或「定光佛」的後身。辭海引智度論，說他生時一切身邊如燈，故名燃燈太子，作佛亦名燃燈。燈、光、古都與太陽有關，至少說出了太陽亘古常明的特質。在佛教裏他便是出身太子，天潢貴冑，自無問題，在西洋記裏他的姓是金，名字是碧峯，父母是金童玉女請降，他托生時化爲一天星斗，他雖出家却要「削髮除煩惱，留鬚表丈夫」，這些都在在表示他的光明性、持久性與陽剛性，還不夠表現他和太陽的關係麼？還不夠表現他爲神的苗裔麼？他出生時是「那娃子金光萬道，滿屋通紅……金家宅上的火光燭天，霞彩奪目」，而落地時父母便已雙亡，參以「置換」的說法，與耶穌的出生相類（耶穌當然是無父的，新約中還說到他並不承認父母），也與希臘神話中 Perseus, Theseus, Dionysus 等，與英國的阿瑟王(King Arthur)接近。再就他降凡的使命來說，是燃燈古佛「爾時在無上跏趺，一聞如來說到，五十年後，摩訶僧祇遭他厄會，無由解釋，他的慈悲方寸，如醉如癡，便就放大毫光，廣大慧力，立時間從座放起飛鳥〔金鳥？〕下來，一見了如來，便就說道：『既是東土厄難，我當下世爲大千徒衆解釋』。」這裏所說厄難，大約是指張天師與道滅僧的企圖，雖然這種看法下的動機似乎是大題小做，總不失其救世主的意義，與耶穌造成肉身的情形無異。如果他降生是爲了下西洋，則接近了阿瑟王的任務了。

金碧峯的英雄或聖天子的身分，書中另外還有許多「置換」性的說明。他不是國王，但是國師，也便是師保或代父 (Surrogate father) 式的人物。西行的一羣，名義上是以回人的鄭和爲首，儒家代表的王尙書爲副。道教祖師張天師是元帥可以遣派的，也曾承認是金碧峯的弟子。回敎、儒士和道家辦不了的事情，就只有他能解決。因之，表面上他是客卿，實際上却是領袖。

傅瑞也指出，神話中最中心的故事是尋求。西洋記的故事當然是尋求——傳國玉璽的尋求。

這當然與傳統歷史的，永樂希望找到惠文帝加以斬草除根的說法不同，却更加深了神話的意義。傳國玉璽的失去，本身便是神話。元順帝北逃，明兵追趕，却發生了江水爲順帝中分，白象爲之馱璽，阻擋了明兵的故事。這一經過較泥馬渡康王的事更神奇，却頗類摩西的率族衆離開埃及。玉璽代表的是傳統的國家權威與秩序。在鄭和兵下西洋以前，先有張天師所講的一套初因神話：和氏璧一裂爲三，一成傳國玉璽，一成道家的璽，一成茅山道士的印。傳國璽失去了，龍虎山的璽在天上（秩序非人間所當有？樂園的失去？），茅山的印並不能取代人主的權威（宗教無用論？），因而才有了下西洋的必要，而一切征伐，也便從此開始。

因此就有了神與敵手的爭鬪。他們的爭鬪，是光明與黑暗、文明與野蠻、秩序與混亂的爭鬪。光明、文明與秩序是一體，而黑暗、野蠻與混亂的表現却有多端，非予以一一克服不可。這也是創世的故事有許多種的原因，而祆教（Ormazd 與 Ahriman）、基督教（Yaweh 與 Leviathan Jesus 與 Satan）中的二元，也都從這種理解蛻出。西洋各國的或順或抗，抗者有男有女，有神有妖，遍及傳瑞也所說動、植、礦與超于形質的四界，正爲這個道理。

前面已經引過羅懋登的序文，說及他寫書的動機，是爲了東事有挫折，因而緬懷先烈，著書警世。這種情形至少使他筆下的征伐不能失敗。同樣地，人心企求光明與秩序，不願黑暗與混亂當令。但人心惟危，道心惟微，這番爭鬪，縱在密爾頓的神魔之戰中，也曾有成敗堪虞（dubious battle）的時候，其它民族神話，却莫不如此。因之，神也就不免要受難。金碧峯旣爲西征領祉，代表了每一個人，每一個人也就都代表了他。不僅羊角、金毛和酈山老母諸役，使他直接受難，西征途中的各種挫折，間接上也都有他一份。

當然，金碧峯並沒有死，但在象徵的意義上，他是死過的。噞魂瓶等不算，寶船最後一站的酆都國，豈不是一切人生的終站？酆都國當然有它另一種意義，與中國人的宇宙觀息息相關，那便是皇帝是名符其實的「天子」，權威秩序所及，不僅遍於「天下」，而且及於「天上」和「地下」，因之張天師經常可以對雷部正神，對風雨山河下命令，要在船上提起「四海龍王免朝」的牌子，寶船在歸途中，更遇到討金封典的神祇。甚至碧水神魚也來湊趣敬了劉谷賢（這個神話的世界性，可以 Arion 的海豚、Jonah 的鯨、和琴高的鯉遍及三種文明上看出來），這一些都表示了天人合一，而且大明聲華，跨於陰司，不僅崔判官本來是人，所處理的仍然是人事或人間未了的事，還要承認明朝的正統權威，雖引起五鬼鬧判也在所不惜。於是，在大明是可頌的事，在番邦便要受譴責、受懲罰了。這樣的宇宙觀，是合神、人、鬼於一體，而以人爲主體，以人事反映神事、鬼事的。這一層意義之外，便是象徵性的死亡。「入冥」是世界性的神話：奧德賽（Odyssey）裏攸里昔斯和伊尼德（Aeneid）裏伊尼阿斯入冥，是爲了求智慧，耶穌入冥是爲了拯善伐惡。希臘神話中其它入冥的事很多，英國詩人如頗普、濟慈等用它的也不少。中國小說裏的劉金進瓜（西遊記）、皇甫君遇大鼠（隋唐演義）、薛仁貴入地穴得九牛二虎一龍的力氣，平妖傳、包公案等也都一樣。它們的表面意義雖然各別，骨子裏都使入冥或入地的人在重返地面之後，與前判若兩人，亦即不啻是重生了的。因此，金碧峯固然未死，在象徵上他和代表他的人確曾經過這個境界，而且獲得重生，建立了最後秩序。這一點基本上是與神話的另一有關中心，即生、死、重生的過程，亦即春發、夏榮、秋衰、冬枯的自然節奏，完全相符的。

重生的意義是秩序的重建。金碧峯長老的西征，是尋求傳國玉璽。他並沒有得到傳國玉璽——加拉罕（Galahad）也不曾得到聖杯，因為這是一個墮落後（Postlapsarian），亦即天堂業已失去的世界。加拉罕得到的是聖杯的影現或幻象（Vision），金碧峯得到的是傳國玉璽所代表的權威與秩序，不僅敉平了人間的番邦，也將聲威及於天高地府。這天、地的結合，正是聖婚禮的象徵寫照，是創世神話的象徵性重現。西征擺脫了「雁飛不到處，人為利名牽」的境界，重新建立了地上樂園。當然，這個樂園與失去的伊甸是不能相比的。因此，西征只能得到玉璽的表徵，却不能得到玉璽的本身。

金碧峯是和尚，本來不能結婚，但在書中，另有幾樁與婚姻有關的故事，似乎各有其象徵的意義。李海與猴精是人與獸界的結合，而獸性轉為人性；黃鳳仙與唐狀元的結合，不僅以夏變夷，而且帶來了金娃娃，豈不予人亞當夏娃的聯想？另一方面，女兒國王與鄭和，是無望的婚姻，玉明在陰陽河畔遇到故妻，却依然人鬼睽隔。五神姑與百里夫人的婚姻，顯屬罪惡與罪惡的結合，因而鮮克厥終。這些或符合神婚，或與它相反，都應該有補充意義。

任務圓滿達成了，西征的寶船也自「雁飛不到處」（唐狀元效顰取金迷路的時候，所到的正是酆都國）無恙歸來，下一步自然便是勝利凱旋，呈獻果實。金鑾殿上卅九國一一唱名，由永樂帝一一分作處理，決定了各項命運。表面看來，金碧峯在這裏只扮演了一個消極角色。但是，我們知道，他是永樂帝的國師與代表，這番凱旋，這些命運，本來都是他取得、他決定的，只是在「置換」上加以正式化而已。

從上面所說看來，我們可以相信，「西洋記」在積極的意義上，所講的是一個神冑的英雄，從事一項追求的神話，而這個英雄的經歷，與其經歷的終結，經過「置換」的解釋，完全與中東神話裏的原始類型中各項基本因素相符合。在這種看法下，至少在其基本輪廓上，「西洋記」的結構，不僅不枝蔓，反而是相當嚴謹的。它的各種冒險故事，都爲了體察夷夏之防，探求光明與黑暗的鬪爭裏各方面的可能性。但作者爲甚麼要放進那些牛賦、睡蟲賦、蒼蠅賦等的遊戲筆墨，以及田洙、紅蓮等的故事呢？至少在表面上，這些似乎都無助於故事的發展。

要解釋這些，我們首先需要回憶傅瑞也的小說分類，其中有一種是諷刺，亦即百科全書或剖析性的故事。諷刺是要以各種角度剖析各種世態的。因此，斯維夫特的「海外軒渠錄」(Jonathan Swift, *Gulliver's Travels*)，先講小人國，把人縮小了來看，再講大人國，把人放大了來看，然後是浮空島、不死人、過去名人的幽靈等，以探討人類意願和實際的各方面，最後歸結於純理性的馬與純獸性的「鴉胡」(Yahoo)，證明人類一無可取。因此，傅瑞也把諷刺定爲冬季類型，以指出它的冷酷與犬儒主義。但傅瑞也說到另外還有一種文學形式，也是百科全書式的，那便是神秘性（anagogic）或宗教裏的經典，以聖經為代表。「西洋記」具有建立整套神話的意義，它包羅萬象，尤之於聖經的包羅萬象，而各有其組織原則與中心意識。聖經的組織原則在於上帝對歷史的干預，因而僅以宗教來說，它以「創世紀」開始，而以各先知的救世主的預見（messianic vision）結束，中間雜以互不相干的「雅歌」、「傳道書」與「路德記」、「約伯記」和若干新教舊約裏沒有的故事。「西洋記」的組織原則，顯然是傳國玉璽或玉璽所代表的權威與秩序的追求，而這種追求，既為人類而不僅是大明國獨有的希望，它當然便要把人生一切方面，儘量蒐羅。在這種情形下，我們可以認定，田洙與紅蓮的故事，是與「男女居室、人倫之始」直接有關的事，與前面已經提到的幾樁婚姻在結構上無關連，在意義上則相輔相成，互為契合。五鼠鬧東京，就有了實際與表面的分歧的問題。至於牛賦等等，則與意義的對等，也便是語言的締構，有了直接關係。同時，它們仍然是與作者的人生觀與宇宙觀有不可或分的關係的。

我們說西洋記的積極意義，亦即主題、組織原則或中心意識，是追求與重建秩序，但事情並不如此簡單，因為秩序的重建，縱在三界一體支持的時候，仍然並不那麼容易。中國並沒有亞當夏娃因違背上帝禁條，以致被趕出伊甸園，傳下原罪的神話。但我們前面說的「墮落後的世界」，仍然有效，因為我們也相信今不如古，懷念失去的美滿世界，也就是無懷氏葛天氏的世界。世界既已墮落，實際與表面既已分歧，人類努力的收穫，因而便永遠是有限的。換句話說，金碧峯和鄭和等的努力雖有表面的成功，實際却大有問題。丁尼遜的「國王牧歌」（Alfred Tennyson,

Idylls of the King）的意義，正是這一點。阿瑟王致力開闢草萊，西征東剿，又得文如馬林（Merlin）武如圓桌武士之助，起初似乎成功地建立了秩序。但風起萍末，變生自內，團結恰是分裂的前奏，秩序偏是混亂的先兆。於是不旋踵衆叛親離，善樂（Shalot）之宮分崩離坼，蘭斯樂（Lancelot）無見聖杯的資格，茂得理（Modred）偏要與戎抗父，只逼得阿瑟王逃向阿伐隆（Avalon）。我們雖有他重來之訊，究竟俟河之淸，人壽幾何?!金碧峯與鄭和等的追求，儘可等量齊觀。

前人曾指出，「西洋記」剽竊了「封神演義」。但兩者的精神是迴然不同的。封神演義建立了新秩序，姜子牙雖老，武王却還年輕，繼起不愁無人。但西洋記是怎樣表現的呢?西征的領導階層，以金碧峯爲實際主角，一個六根淸淨的和尙。隸屬回敎的鄭和與他的若干參贊，是五體不全的太監，副帥是全無作用的儒生，另一位國師是冀求淸淨無爲實際却鬼畫符的道士，動不動就要騎着草龍逃跑。其餘武將，英勇有餘，遇事却還須和尙出面。這些人物代表了人類尋覓人生意義的努力的哲學思想和實際行動的結晶，而他們形成的意象，是無力的、虛無的、否定的。因而，在表面的顯赫樂觀的意義下，有了悲觀的潛流。全書中瀰漫的禪宗思想（趙州關捩子、淸風明月詩等），都爲這一反面意義作註脚。這裏的英雄，或能有力於繼往，却全無力於開來。和尙與太監，那裏能有克紹箕裘的後苗?因此，我們有了禪宗思想與舊約傳道書裏的話，也便是薩克萊在「浮華世界」最後所引的：Vanitas vanitatum（虛空的虛空，凡事都是虛空）!

這種消極、悲觀、否定的潛義，在「西洋記」的語言裏，有着充份的表現。前面已經說過，語言是意義的外型，是誠中形外的工具。一個作家懷着甚麼思想，便必然要使用某種語言。我們以常理或經驗都可知道，當我們認爲人生並無意義的時候，會有甚麼樣的反應。我們可以是斯多噶（Stoics）派，雖知命而不忘做一天和尙撞一天鐘；可以是伊璧鳩魯（Epicureans）派，或醇酒婦人，夜以續燭，或發揮情智，自求絢爛，乃至驚世駭俗，故爲新奇，如斐德（Walter Pater）或王爾德之流；也可以是犬儒（Cynics）派，冷眼觀世，嘲弄蔑視一切，把人生看作電光石火，把人類的努力看作蠻觸之爭，腐鼠之戀。「西洋記」的作者，無疑是屬於這一派的。

意義的反面是無意義，因此，羅懋登把前人心血，都看做路柳情花，任意採擷，把古聖先賢的教訓，都看做野語村言，任意戲弄。在這一過程中，他把語言的可能性，發揮盡致。他既認爲人生沒有眞正不可褻犯的神聖東西，所以他可以任性地使用排句，一再連篇累牘，不憚辭費，不怕「拗折天下人嗓子」或至少他們的容忍心。對他來說，天文、地理、宗教以及聖經賢傳，都是可以嘲弄的對象，所以他可以任性地詼諧，任意地割裂斷章取義，使用歇後語、雙關語。這一語言的締構層次，正是作者宇宙觀人生觀的最恰當的表現。於是，他不僅要在敍述的故事裏拿文字來搗亂，還要像一切原始類型的諷刺一樣，百科全書般的搬進了牛賦與蒼蠅賦。這種信仰與由信仰衍生的表現，是作者不僅要以佛家爲英雄的本源，而且以禪宗的破壞偶像的特質爲其思想的基礎。在這種情形下，聖經與海外軒渠錄結合成一體，而我們既否定了這個世界，下一步只好是涅槃了。因此，「西洋記」雖與聖經同樣地希望尋求人生的意義，其結論則異，因而它是以聖經開始，而以「海外軒渠錄」結束的。

這肯定與否定兩種宇宙觀的並立，正是近人反對以作者的意圖爲批評依據的原因。作者在自序裏要表現肯定，而其實際所表現的却是否定，而他是不必知道的。這裏同時牽涉到前面說過的信仰的問題，因爲在文學思想上，不論希臘或希伯來乃至存在主義所示的傳統，儘管所要求於人於世的都各有其相異之點，歸結上總認爲人生縱無意義，我們既然生在世間，還是應該從無意義中尋覓意義的。卡夫卡的「審判」和「城堡」，與「約伯記」同樣感悟到人生的神秘不可知性；後者順天知命，前者不斷追求，都曾發揮了意志力量，所以仍然創造了意義。因此，消極否定如「海外軒渠錄」，常人所欣賞的只是小人國與大人國的可笑，却少人注意它的破壞意義，而在這少數人注意它的時候，便只能罵斯維夫特是厭世者，是瘋子。斯維夫特的書的意義是顯豁的，從頭到尾都是否定，所以還易領略。「西洋記」却在作者的理智與感情的衝突中，表現了很大的分裂與對立，結果作者的有意識的追求，變成了他下意識或潛意識的澈底否定。這種否定是我們的信仰不願接受的。這種否定的信仰在故事與情節裏的表現不是我們所習見的。一般讀者，縱能克服結構與語言上的困難，却仍然未必能夠領會它，能夠接受它，顯然還因爲有這兩種原因作梗。但在另一方面，我以神話的方法探求它的意義，證明這種的普遍性與永遠性，探求它的結構，說明作者一面是匠心獨具爲中國傳統小說放異彩，一面却暗合西洋現代小說的理論，或者確能是一個有趣的方法，幫助我們解答一些我們前此無法解答的問題。

薛仁貴與薛丁山

——一個中國的伊底帕斯衝突

顏元叔

在歷史上，薛仁貴確有其人；然而，一般人熟知的却是一個傳奇的薛仁貴，而傳奇的薛仁貴是中國民間想像力的產物。民間或各別作家的想像力，是探求與表現人性眞理的可靠工具；而民間想像力的作爲，由於它是長期累積與自然發生的，較之作家想像力常常更爲率眞，更能直接表現事物的核心。薛仁貴與薛丁山的故事，是民間想像力的成果；其中的一些關係顯然構成了一個伊底帕斯情結。本文試圖一方面指出民間想像力的可靠性，一方面描述這個可靠的想像力透露了一個全人類的原始類型——即是伊底帕斯情結的衝突。

根據民俗小說「薛仁貴征東」的說法，薛仁貴是白虎星投胎，生於一個富有的家庭。薛仁貴生來孔武有力；由於名師傳授，學得一身好武藝。不久，他的雙親去世，家道中落，薛仁貴便變成窮困的孤兒，潦倒度日，時而三餐不飽。爲了謀生糊口，薛仁貴外出打工，在一個建築工地施出了神奇的體力。他可以頭頂脅挾手托，同時搬運六根樑木，敵過二十人的力量。嚴冬之際，工人皆回家過年，獨有薛仁貴無家可歸，留在工地上照顧建材。一天夜晚，工地主人的女兒柳迎春發現薛仁貴在一塊木板上偃臥，睡中顯出一股異相，似是大有前途之人。柳迎春乃將自己的外袍覆蓋在薛仁貴的身上。第二天當柳迎春的父親發現女兒的外袍披在薛某身上，以爲其中有苟且行爲，想把二人同時處死；二人乃分別逃命，後來在一破廟中相遇。柳迎春向薛仁貴敍明原委，薛仁貴乃與之結爲夫妻。

薛仁貴窮困，只得以破窰爲洞房新居。終於以謀生不易，薛仁貴告別柳迎春前去從軍。此時唐朝正值東遼犯境，薛仁貴以武藝高強掛帥，平定東遼，並迫使東遼首領蓋蘇文自刎身亡。凱旋歸來的薛仁貴被策封爲平遼王。從別妻離窰到身爲王侯，一共是費時十有八載。

如今薛仁貴可以衣錦還鄉了。但是，根據另一部民間想像力的成果，卽平劇「汾河灣」（情節與「薛仁貴征東」差不多），薛仁貴脫掉了王冠，擺開隨從，居然以一個士卒的微服，出現在柳迎春的寒窰之前，而且不說明自己的身份。他的目的是考驗柳迎春的貞節。「汾河灣」的主要故事情節，便是這個考驗，其中的「性」題意是至爲明朗的。

現在讓我們把「汾河灣」的故事大致描述一番。薛仁貴歸赴寒窰途中，在一個名叫汾河灣的地點，遇着一個少年射雁。這位少年的箭藝神乎其神，他不僅可以一箭射雙雁，而且可以在雁開口叫的時候，射中喉頭，這叫做開口雁，是獵雁中最高的技藝。薛仁貴站立一傍，大爲激賞；這時一隻大虎出現，要撲殺射雁少年。薛仁貴爲了保護少年，乃立卽發出一隻袖箭，向大虎射出，大虎消失，袖箭却正中少年的咽喉，把他射死。據說，這隻老虎實際上是薛仁貴的老仇人蓋蘇文的化身；他是前來報仇的。因爲，這位少年不是別人，正是薛丁山，是薛仁貴尚未謀面的兒子。另一種傳說是，薛仁貴在汾河灣目睹少年高超的箭藝，頓時心生妬嫉，於是以一隻袖箭暗射過去；他不讓世上有箭藝超過自己的人存在。這兩個不同的說法，可以作不同的解說；但是，兩者的結果都一樣：一位神仙王禪老祖出現，運走薛丁山，療醫箭創，起死回生。王禪老祖留着薛丁山，授以武藝與法術。薛仁貴征西的時候，王禪老祖派他下山繼承乃父，完成功業。

當時在汾河灣上的薛仁貴，畢竟不知道這位少年是誰；少年旣被射死，薛仁貴繼續上路，來至柳迎春的窰口，以調侃的手法考驗乃妻的貞節。起初，他假裝只是薛仁貴的朋友，薛仁貴在賭博中欠了他的錢，拿柳迎春做了抵押；如今，他要佔有柳迎春。柳迎春是個貞節婦人，寧死不從。薛仁貴很滿意，便露出眞面目，夫妻團圓。但是，喜歡調侃的薛仁貴仍舊不說他已封王，只說在軍中看馬度日，旣沒贏得地位，更無錢財。柳迎春自嘆命苦。薛仁貴乃掏出一錠黃金，原來是平遼王的官印。柳迎春半嚮才領會這錠黃金的意義，於是喜出望外。當年她看上一個工人，委以終身，究竟沒有落空。

正當夫婦倆歡欣之際，薛仁貴突然瞥見柳迎春的床下有一雙男人的鞋子。這雙男鞋令薛仁貴當眞懷疑起來。柳迎春和他的對話，值得照原文引錄在這裏。「汾河灣」：

薛仁貴：（唱）

一見柳氏面帶春，莫非相交有情的人哪，出得窰來忙觀定，窰外並無一個人，將馬拴在柳林下，鞍轡放在了地埃塵，站在窰中觀動靜，這隻男鞋必有因。

（白）

且住，怪不得這賤人變臉變色，原來他有了外遇，柳氏啊柳氏，你漏出了馬脚了，快快與我走了出來吓。

（柳迎春上）

柳迎春：（唱）

已將後窰打掃盡，薛郎喚我為何情。

（薛仁貴拔劍砍柳，柳奪劍並咬薛手，劍落地）

薛仁貴：（白）

好賤人，你啊，你就與我死啊。

柳迎春：（白）

薛郎，為妻正在打掃後窰，將我喚出，不問青紅皂白，仗劍就砍，難道你不在家中，為妻還做甚麼醜事不成麼？

薛仁貴：（白）

啊，你自己做的事，反來問我，你，你就糊裏糊塗與我死了吧！

柳迎春：（白）

薛郎，有道是捉賊——

薛仁貴：（白）

要贓。

柳迎春：（白）

捉姦——

薛仁貴：（白）

要雙。

柳迎春：（白）

好，你拿出贓證，我立刻就死。

薛仁貴（白）

哈，哈。你還要你的贓證麼！哼！我怕你不死，你來看，這不是你的贓，這不是你的證！你啊，你就與我死啊。

柳迎春：（旁白）

我當是爲了什麼，原來爲了我那兒子那只鞋喊。嘸，待我也來氣他一氣。啊，薛郎，你可是問那穿鞋的人兒麼。
薛仁貴：（白）
我不問你穿鞋的，我還問你這穿靴子的嗎？
柳迎春：（白）
這穿鞋的人兒比你強得多啊。
就不喜歡了啊。
薛仁貴：（白）
自然比我強啊，如今我有了這個討厭的東西（大概指自己的鬍鬚——作者註），你
柳迎春：（白）
不但比你強，自從你去後，我還靠着他吃飯呢。
薛仁貴：（白）
自然哪，你要是靠着我啊，一十八載，餓也把你餓乾了。
柳迎春：（白）
薛郎，還有一件希奇的事兒呢。
薛仁貴：（白）
還有什麼希奇的事啊？

柳迎春：（白）

我與他白日一同吃飯，到了晚來，我還摟住他在一處睡覺呢。

薛仁貴：（白）

哎吓吓，眞眞的不要臉，難爲你說得出口來，好！你不死啊，待我來碰。

（「平劇戲考」二五九——二六二頁，文化圖書公司版本）

柳迎春調侃薛仁貴，幾乎要產生危機了；於是，她說明了眞象：穿這雙鞋子的人就是他倆的兒子薛丁山呀。薛仁貴離別前，柳迎春已有身孕；薛仁貴別後才生下這個兒子，算來正好十八歲，已是大人了。於是，薛仁貴急於要見到他的兒子，柳迎春說他外出在汾河灣上獵雁。薛仁貴這時才覺悟，他射死了自己的親生兒子。柳迎春聞訊暈了過去。

根據「薛丁山征西」這部民俗小說的說法，許多年之後，薛仁貴再度掛帥，率軍西征；薛丁山已經從王禪老祖處回來，官拜副帥，協助乃父西征。這一次的戰爭不像東征，薛仁貴吃了敗仗，身困白虎嶺。薛丁山率領救兵解圍，擊退敵軍。圍解之後，薛丁山來至山頭與薛仁貴相會。下面一段是「薛丁山征西」描繪父子相會時發生的事故：

再言元帥困在山頭，一日一夜，腹中飢餓，不能行走，立望救兵，心中昏悶。天色已曉，坐在拜臺上，朦朧睡去；泥丸宮透出原形，是一隻白虎。丁山一見，忙左手取弓右手搭箭；一聲響，正中虎頭。那白虎大吼一聲，回進廟中。衆人趕到廟前，下馬一看，說，呵呀不好了，白虎不見，到射死元帥了。丁山抱住父屍大哭……。再說王禪（本書作敖）老祖……借了土遁，來到山林。丁山接見，拜見師父。老祖說，當初薛元帥射死丁山，虧貧道救活。今日元帥也被其射死，無人可救，一報還一報。

（大東書局，五十二年版，八九頁）

後來，薛丁山繼承西征的事業，完成了薛仁貴的工作，這便是薛氏父子之間的全部孽緣。

從「薛仁貴征東」、「汾河灣」、與「薛丁山征西」三部民俗作品湊起來的薛氏父子及柳迎春的故事，隱隱含孕着一個伊底帕斯情結的模式。在這個模式中有兩個特別顯著的現象：父子之間的衝突；母子之間的性影射與父親的性妬嫉。父子衝突起始於薛仁貴在汾河灣上，用袖箭射殺薛丁山。無論薛仁貴是爲了保護薛丁山免爲虎傷，還是妬嫉他的射技，總之薛仁貴是射殺了他自己的兒子。當然，因妬嫉而殺薛丁山更能切合伊底帕斯情結的解說，而且如上面所引王禪老祖的話，薛仁貴有意射死薛丁山的成份居多。薛仁貴爲了救薛丁山免於虎傷，大概是比較晚出（這只是我的猜揣，我沒有證據），而是比較文明化的一種說法。如此，父子間的原始衝突，已經用一個文明的藉口遮蓋起來，讓它比較合乎倫理觀念的要求。但是，父子的衝突依舊存在，不過只是轉入到下意識裏去。在上意識裏，薛仁貴與薛丁山都是在完全錯認對方身份或完全無意的情況下，才加以射殺的。待明瞭對方身份時，薛仁貴痛悔，薛丁山擁父屍大哭。這也就是說，要探討他們倆父子的衝突，必須求之於他們的下意識，在那裏原始的伊底帕斯情結仍然活躍着。這種原始衝突不可避免，因此智者王禪老祖歸之於「命」，一報還一報。

反觀希臘悲劇莎佛克里斯的「伊底帕斯王」，要點幾乎大致與薛氏父子相同。希臘神話的預言——這可以比之爲王禪老祖——說是伊底帕斯必定殺父娶母。伊底帕斯與其父雷尤斯，正如薛仁貴與薛丁山在汾河灣上，在父不識子子不識父的情況下，伊底帕斯殺死了雷尤斯。而在此之前，薛氏父子與伊氏父子，皆有長期的離異，甚至素未謀面（伊底帕斯也是剛生下便被棄置山野），實形同路人。薛氏故事中，父殺其子；伊氏故事中，子殺其父；薛氏故事中發展到後來，也是子殺其父。所以，薛氏故事似乎更徹底地表現了父子衝突之嚴厲。王禪老祖可以救活年輕一代的薛丁山，却不能救活年老一代的薛仁貴，這裏也似乎暗示着生命交遞循環的道理。就表現這個原始類型而言，薛家的故事似乎是徹頭徹尾，而伊家的故事則在結尾上加了一個道德意識的結束——伊底帕斯自我懲罰，將眼睛挖掉，盲目自我放逐天涯；薛丁山在王禪老祖的解說下，很快忘記了弑父的事，繼續領兵西征，成就了大業。這種發展似乎比伊家的故事更接近自然的鐵則。

根據佛洛伊德的說法，父子的衝突起於對同一女人的性妬嫉，這個女人對一人而言是妻，對另一人而言是母，而後者有慾望把母變爲妻，於是和父親衝突起來。佛洛伊德認爲非常原始的人便是這樣；後來人類漸漸文明，便把這種衝突壓抑下去，壓到下意識裏；但是，它在文明人的下意識裏還不時爆發出來。薛仁貴、柳迎春、與薛丁山三人之間，正好有一個這樣的關係。當然，薛丁山是否如伊底帕斯一般，直接表現戀母的行爲，故事中了無陳述；但是，柳迎春的戀子傾向，在汾河灣中却是有意無意地顯了出來。戀母與戀子，其實就是一個銅板的兩面。法國劇作家考克圖（Jean Cocteau）寫的「地獄機器」（The Infernal Machine）——伊底帕斯故事的再處理——便是強調母戀子的傾向。柳迎春的戀子意情，在不自覺的調侃話語中，全部暴露了出來。她說，穿這雙男鞋的人，不僅白天和她同桌吃飯，晚上還和她同床：「我還摟住他在一處睡覺呢。」不知道佛氏學說的柳迎春或寫「汾河灣」的著作者，也許認爲這是無傷大雅的一句戲言；深染佛氏「邪說」的現代人一讀至此，不免心驚肉跳：柳迎春的「玩笑」，委實開得「太深刻」了。薛家的故事更有寫實的一筆——這是伊家所沒有的——那便是柳迎春說的「我還靠着他吃飯呢」。這一筆實際上把薛丁山寫成了柳迎春的「丈夫」，因爲做丈夫的也不過是讓太太「靠着吃飯」與「摟着睡覺」兩大事件而已。所以，這一筆更加強了柳迎春與薛丁山之間的依存關係。至若薛仁貴離家十八載這一事實，一方面啓開了另一男性爭奪柳迎春的愛的機會，一方面也冲淡了父子間正常的倫理情感，使父子的衝突有更大浮現的機會。「汾河灣」實在是一齣劇藝甚高的戲，不僅薛仁貴調侃柳迎春於先，柳迎春調侃薛仁貴於後，互相對立，半斤八兩，非常戲劇性；而薛仁貴的調侃始終不脫一個「性」字，柳迎春的調侃也在「性」字上打轉，這不僅在題意有統一性，而且前者預示了後者，使得父、母、子三者間的伊底帕斯情結，躍然紙上，無從消說。

柳迎春與薛仁貴的對話，還有一點值得注意。柳迎春說穿這雙鞋子的男人，比薛仁貴要強多了；而薛仁貴也自赧地說，自己年紀大了（他長了鬍鬚），柳氏當然不喜歡他了。在表面上這是戲言，但是底裏也有其眞實性。年輕一代的薛丁山，果然青出於藍，薛仁貴不能取勝的戰爭，他可以取勝。薛仁貴困在白虎嶺，需要兒子來援救。而且，困在白虎嶺的大元帥薛仁貴，的確一股龍鍾無能之態：「腹中飢餓，不能行走；立望救兵，心中昏悶。」年輕的薛丁山要取而代之，是當然與必然之事。這裏，上意識崇尙倫理的中國人，先讓薛仁貴化成白虎，再讓薛丁山射殺他；表面是誤殺，實際上與希臘神話中子弑其父的事具備完全相同的效果。希臘神話的天王王座繼承，總是以子弑其父的方式傳下來。伊底帕斯弑父娶母並繼承西布斯城的王位，完全脗合這個模式。薛丁山取代薛仁貴爲征西大元帥，也是同一格局。

我們用伊底帕斯情結來解說一個中國民間故事，絕對沒有詆毀中國倫理觀念的意圖。倫理道德屬於上意識，伊底帕斯情結屬於下意識，兩者區域有分；此外，我們更可以看出，上意識如何壓制或改變下意識——這也許是文明人努力的起點，甚至歸宿。然而，下意識還是存在的，存在於文明人的心底。了解這種下意識的活動，應該是求知與求智的活動的一部份。伊底帕斯情結既然是人類普遍的一種原始類型，我國的民俗文學，正如西洋的文學及民間神話，也隱隱地、不自覺地、確切地把握並呈現了這個原始類型；則我們的指明與解說，或足以顯示我國民俗文學的深度與智慧，及其在人性深處植下的可敬根基。

說鳥

王靖獻

愛德曼・史賓塞「仙后」（Edmund Spenser: *The Faerie Queen*）第四章的主題是友誼，該章八九兩節處理的是三種向友誼挑戰的讎敵，卽肉慾，妬嫉，和讒言。提密阿士與貝爾費比的疏離由於妬嫉；亞瑟王子，愛密利亞，和阿墨瑞特皆遭讒言之害；肉慾的出現較之其他更早，攻打了愛密利亞和阿墨瑞特。三種枝節交織而就，探索「友誼」的眞諦。此文僅就「仙后」詩中涉及提密阿士與貝爾費比的故事來討論，暫不照顧其他的枝節和人物，而同時引入「離騷」中一特殊因素，試做比較的硏究。但我不再討論肉慾、妬嫉或讒言的本質，而在觀察友誼破裂後重拾舊好的方式。易言之，此文目的在探看「鳥」的意象和托意文學（Allegory）的關係。我不蓄意無端牽涉兩首毫不相干的詩，也無意在此短文中強求中英文學歧異性或共同性的大問題；此文惟一的目的是通過一意象的描寫進而理解所謂托意文學的趣味。

在「提貝枝節」（Timias-Belphoebe episode）中現身嫦和提密阿士和他的戀人貝爾費比的鳥媒是斑鳩（英文原文做 turtle dove）。在「離騷」求女過程中屈原提到了兩種互相對比的鳥，一曰鴆，一曰鳩。兩段詩的第一層背景都是求愛，提貝兩人因斑鳩的同情和協助重拾舊歡，但屈原的求女旅程雖長雖遠，在第一層次上說來是失敗了的。屈原的失敗與鳥媒極有關係。「媒」之爲用在古代文學中非常清楚，以古代法國文學的鉅著「薔薇戀詩」（*Roman de da Rose*）爲證，詩中談到求女技巧時總不放過強調「媒介」的重要性；在中國愛情小說和戲曲中，最明顯的不外乎「西廂記」，紅娘的美學地位高過了崔鶯鶯。

「離騷」和西方許多托意文學作品的性質很相近，環繞着一種理想（可及與不可及的理想境界）的追求而發展，背景是屈原「被讒放流」（漢書卷二十八地理志）。如果我們以學術的俗語討論這首詩，我們仍應該提到「香草美人」的區分，「離騷」半爲香草的問題，半爲美人的問題，此文的重點放在後者，也就是求女部份。香草的問題引導出美人的問題。求女的動機極簡單，就是屈原要回到政府做事的「托意」；求女的過程較複雜，並且展現了許多古代文學中特別有趣的問題，這些問題是我們所不能忽略的。我們看屈原的「浮游而求女」是如何開始的；這求女的過程中一個重要的經驗是他「濟沅湘以南征兮，就重華而陳詞」一節，他南赴九疑山構成求女浮游的前奏，而且表明自己迢迢遠行的精神準備，由以他「依前聖之節中兮，喟憑心而歷玆」，他必須在古代的輝煌裏尋求失望的慰藉。

重華卽舜，應無可疑。重華果然是舜，他在「離騷」中的地位便値得我們思考，大凡「托意文學」中的人物只有兩種，一種是「托意形象」，譬如我們常說關羽是「忠義的化身」，或林黛玉爲絳珠草成人，英國中世紀文學尤多此例，不必枚擧；另外一種是德國大學者伊瑞克・歐爾巴哈（Eric Auerbach）所定義的「歷史形象」（figura），歐氏的最佳例子是但丁「神曲」中引領但丁通過地獄煉獄逐漸升天與貝爾特瑞却會和的拉丁大詩人味吉爾（Virgil）。根據歐氏之說，味吉爾不是一般人所謂「理智或詩情的化身」，而是味吉爾自己。重華是「托意形象」抑「歷史形象」呢？初看之下，重華應爲「古代理想政治」的化身，故重華爲前者無疑；如果我們認重華爲「托意形象」，則我們必須先推翻古文中岌岌建立起來的禪讓傳說，殊不容易；但如果重華是「歷史形象」，他在「離騷」中的沉默便顯得太曖昧。古人所謂「五百年必有王者與」，這五百年一出的王者就是「歷史形象」，再者我們常以爲聖賢傳統有「文武周公孔孟……」的譜系，這也是歐爾巴哈的「歷史形象」的意義。基於此，重華又成了「歷史」的而非「托意」的形象。

重華在「離騷」中的地位近似味吉爾在「神曲」中的地位；重華爲屈原的精神指標恰如味吉爾爲但丁的精神指標。「離騷」這一節求女前夕的交代點出屈原「上下求索」的眞正目標，求女只是詩中的輕紗，是屈原的托意；屈原的眞正心情見於他與重華間的傾訴。簡言之，美人卽君王此義是不可置疑的，我認爲千年來辨騷者的「香草美人」方法論大體上是不錯的。在此，我們的問題在於是否應該把「靈脩美人」一組和「宓妃佚女」一組分開。王逸離騷序主張「靈脩美人，以媿於君；宓妃佚女，以譬賢臣。」歷代許多注釋家都同意了；近人游國恩雖不一定以爲「宓妃佚女」一組的人物必爲賢臣，但也不以爲宓妃佚女卽靈脩美人。我們先要澄清這一個觀念。質言之，我以爲「靈脩美人」與「宓妃佚女」兩組的形象都同時「以媿於君」，指的都是楚懷王。這就是屈原「托意文學」交織參錯的色彩。下文意在側面說明這個假設。

屈原的求女過程大約可分四段。先是登閬風，「哀高丘之無女」；繼則「求宓妃之所在」，失望，因宓妃「雖信美而無禮」；然後見有娀之佚女，最後想到有虞之二姚——四次蓄意嘗試都歸失敗，本文所要研究的只限於他求有娀之佚女不成的原因，也就是這段追求中鳥媒的重要性。這一節中的鳥媒地位如此：

望瑤臺之偃蹇兮，見有娀之佚女。
吾令鴆爲媒兮，鴆告余以不好；
雄鳩之鳴逝兮，余猶惡其佻巧。
心猶豫而狐疑兮，欲自適而不可。
鳳凰既受詒兮，恐高辛之先我。

我的興趣主要在乎鴆鳩二鳥，鳳凰（或鳳皇，見「山海經」；實卽玄鳥，見「詩經」；或卽燕子）牽涉到另外一個大問題，是神話的問題，我只能在此文中順便一提。「有娀之佚女」，朱熹說是

「帝嚳之妃契母簡狄也」，並建議我們參讀「商頌」，可謂清楚。呂氏春秋：「有娀氏有美女：爲之高臺以飲食之」，則此女與希臘神話中女子麗達的命運極近似。簡狄吞鳳子（或燕卵），生契，成殷王室的祖先。我們可看出鳥禽在這段傳說中的重要性：帝嚳挑選了鳳凰來做爲他使簡狄受孕的使者，則視該鳥爲帝嚳的化身亦無不可。我建議的看法是，帝嚳要創造人類光輝的歷史，化身鳳鳥誘愛簡狄，後者成孕，生契，建立了中國第一個有考古材料可資信靠的大帝國。鳳鳥在此傳說中的地位可以和希臘神話中的天鵝相媲美。相傳希臘天神宙士化身爲天鵝，強姦美女麗達使受孕，後麗達生海倫，海倫卽特洛戰爭（西方人類史上最輝煌的英雄戰爭）的原因。一鳳鳥一天鵝都引導出歷史的大變動，鳥在古史神話中爲愛慾媒介之地位明矣！

有了上述神話傳說的背景，我們可以回頭再看「離騷」和「仙后」中鳥媒的特殊意義。「仙后」中藉斑鳩的協助兩個疏離的情人破鏡重圓；「離騷」中求有娀之佚女一節屈原失敗了，理由也與鳥媒的使用有些關連。根據王逸的說法「鴆，運日也，羽有毒，可殺人」；洪興祖補曰：「廣志云，其鳥大如鴞，紫綠色，有毒，食蛇蝮：以其毛歷飲巵，則殺人。」朱熹同意王逸，其他注釋者的意見亦不出此說，不必列舉。「宋史」趙遹傳論也說：「諸蠻溪峒茅瘴，非人域，鴆鼬與居。」要之，鴆之爲惡鳥絕無疑義（可參見「山海經」記鴆鳥各條）。近人鄭作新「中國鳥類系統簡說」歸鴆爲「鷹類」，稱之爲「蛇鷹」（Spilornis cheela），美國學者愛德華・謝佛在他研究唐朝文化的書「朱鳥」（Edward H. Schafer: *The Vermilion Bird*）裏強調中國人之所以相信鴆爲毒鳥大抵是因爲此鳥「食蛇蝮」的緣故。實則「鴆」訓爲「毒藥」的例子在中文裏幾乎多過訓「惡鳥」的例子，早在國語魯語中便有「使臣鴆之，不死」，晉語復有「乃置鴆於酒」的句子。「置鴆於酒」應是「擺毒藥於酒」，而不是「擺一隻鴆鳥於酒」。

我們看看「鳩」的性格，「詩經」中提到鳩的時候，往往具有雙重的暗示，一則他是愛情的表徵，如國風「關雎」詩人以雎鳩起興；但愛情之過度外露是古人所不太贊同的，所以到了「惟鵲有巢，爲鳩居之」的時候，鳩鳥變成了淫惡之鳥（姜亮夫「屈原賦校注」強調後者），但無論爲愛情爲愛慾，鳩之爲匹鳥是經籍所示，不成問題的了！這種鳥禽在現代動物學家的字典裏叫做 Streptopelia esp. S. turtur，而「詩經」和「離騷」裏的這種鳩大約不外乎 turtur orientalis Lath，是我們一般所謂的斑鳩，與西方文學裏（如「仙后」）的斑鳩相去不遠，因後者亦以善鳴求匹著稱，我們知道「提貝枝節」中鳩的出現是精心設計的。提密阿士被戀人貝爾費比所誤會，痛不欲生，躺在森林裏，日漸消瘦憔悴，等待他的戀人的歸來：「直到有一天，當他痛苦一如往常，有一隻斑鳩不意來到他的身邊，那斑鳩剛好也和她的雄鳩分離了，這分離也使她非常悲傷難過。當那斑鳩看到那青年武士的愁悒，不禁生了莫大的同情心……」於是斑鳩就與武士作伴，武士掏出他過去與貝爾費比的愛情信物（鷄心玉石和彩帶等等）一一掛在斑鳩的頸子上，以求解脫他自己的相思病。斑鳩善解人意，忽而飛離到貝爾費比的跟前，跳躍地把女子引帶到森林中去，使貝爾費比和提密阿士遽爾重逢，再度結合。

四百年來英美「仙后」註評家也一直採取類似「香草美人」的詮釋方式。譬如賈克（A. A. Jack）就說過「促使二人重拾舊愛的斑鳩實卽史賓塞本人」。他所根據的理由是史賓塞設計此段枝節旨在爲他的好友英國大航海家和學者華德・烈利爵士（Sir Walter Raleigh）開脫；烈利爵士本爲伊莉莎白女王的愛臣，英名滿天下，但他和女王的榮譽貴婢秘密結合，遂遭貶不獲錄用；十九世紀的批評家都認爲這段「提貝枝節」是詩人寫來爲好友求情的文章。但二十世紀的中世紀文家批評家路易斯（C. S. Lewis）却斷定此段文字極其平淡，一無「托意」色彩——路氏此說之主要根據想必是「提貝枝節」未含他所定義的所謂「愛情的托意文學」（allegory of love）的眞正要素所致。總之，路易斯對一般「香草美人」的詮釋看法是頗爲保守的，他尤其拒斥英國學者所津津樂道的「歷史性托意文學」（historical allegory），假如他生在中國，他就是一名標準的「疑古」學者。「疑古」固能提供新的試驗性的治學方法，但讀「仙后」此節不用「托意」眼光絕不可能；同於此理，讀「離騷」如不尊重「善鳥香草，以配忠貞；惡禽臭物，以比讒佞」的提示也無由卒章。

我們不預備爭執「仙后」中的斑鳩是否爲史賓塞本人。我要觀察的是這段詩中鳥媒的效用：斑鳩爲疏離的情人之媒介，詩中交代極明。有些批評家說此鳥爲完全不着色的沒有托意性格的眞鳥，但斑鳩在詩中唱了一支悲歌，唱悲歌的斑鳩絕非眞實的平凡的鳥。這隻鳥是一個標準的「托意形象」，他是一種思維，幻想，欲望——同時由兩個情人內心分離出來交織在一起的情愫，化身為鳥；此鳥為「愛的托意形象」！他承繼了歷代神話與文學中鳥類的特殊愛慾色調，他和宙士的天鵝相似，也和帝嚳的玄鳥具有同樣的原始型態。這隻斑鳩偶然飛進了「提貝枝節」的愛情場面中，完成了他神話遺傳性的任務，一旦貝爾賚比進入森林，瞥見愁悒的提密阿士，斑鳩即刻出場，從此由「仙后」中消逝。他「消逝」，因為他是「托意形象」而非「歷史形象」。他是愛慾的象徵，來去迅速，如此而已。

但我們可以問，為什麼史賓塞特別挑選了斑鳩來做為「提貝枝節」中的媒介？往往鳥媒的挑選包含了文學典故，神話背景，乃至於生態觀察等三種不同因素的湊合，亞普頓指出了他所相信的文字典故的出處，他說史賓塞心中必存了味吉爾「羅馬建國錄」中的鴿子意象；在「羅馬建國錄」中維納斯的鴿子引領主角英雄阿尼士（Aeneas）前往金樹枝。亞普頓（John Upton）認為此段描寫必影響了史賓塞的構思，但這類注釋意義不大，而且我們知道在味吉爾的史詩中，維納斯是阿尼士的母親，如果我們把史賓塞與味吉爾連結起來，易使人產生「戀母情節」的聯想，實非必要。也許我們應該到史賓塞自己的詩集中尋找答案。

在史賓塞的詩裏，斑鳩恒是溫存多情而帶着高度色情氣味的鳥禽。這種鳥飛鳴於史賓塞的名詩「婚後頌」（Epithalamion）和「婚前頌」（Prothalamion）裏，近乎「國風」裏的倉庚和桃紅意象。在「仙后」詩中，至少有三次史賓塞稱愛情的盲箭手邱比特為斑鳩，我們還發現斑鳩（turtle dove）和鴿子（dove）在他的詩中是幾乎不分的，往往後者只是前者的簡稱，為音韻的效果而互換二詞——「提貝枝節」便是一例，在第三節中史賓塞用全名爲「斑鳩」，到第十一節時他用簡名又成了「鴿子」，所以歷代評註家也都不嘗深究，如亞普頓，賈克，和華倫（Kate M. Warren）等人都視「斑鳩」和「鴿子」在史賓塞「仙后」中爲一物。鳩鴿不分的現象在中國古代也常發生。至少許多人是把鳩鴿自然並列的，如洛陽伽藍記有云：「修梵寺有金剛，鳩鴿不入，鳥雀不棲。」又如孟郊韓愈城南聯句：「癭頸鬧鳩鴿，蜿蜒亂蛛蝶。」

史賓塞和屈原都在他們的求愛場面中使用了斑鳩意象，而前者的詩中人物提密阿士成功，後者終究失敗了。屈原稱其鳩「佻巧」，言下十分鄙夷，拒絕接受他的合作，這是屈原失敗的原因之一。史賓塞使用斑鳩爲鳥媒，志在「提貝枝節」有一個歡樂的結局，因爲「仙后」第三四回是鼓吹婚姻幸福的部份；屈原拒斥斑鳩以爲鳥媒，却爲了斑鳩的「佻巧」。中英兩個詩人對一特殊鳥媒的看法也透露了他們個別的社會背景，一個是講究溫柔敦厚的中國社會，一個是提倡爲愛情而冒險犯難的伊麗莎白社會，其歧異亦不言可喻矣！

我深深相信屈原也同意斑鳩是能幹的不辱使命的愛情媒介，但屈原的社會不是主張爲愛情可放棄道德習見的社會；使用斑鳩會使屈原與「佻巧」之徒爲伍，實非好脩者之初衷，所以他放棄了這個機會。他未考慮斑鳩，却選擇了鴆做他的鳥媒，選擇了無人喜愛的蛇鷹。他選擇了蛇鷹，對方却無法同意這種壞名聲的媒介——這蛇鷹成了屈原一人情懷的「化身」，而不是兩造感應的化身，所以蛇鷹的使命無法完成。假如我們強調「化身」一義，史賓塞的斑鳩是愛情的化身，屈原的蛇鷹却成了社會所指責的惡物的化身。謝佛在「朱鳥」書中提到唐朝時候一般人對鴆的態度說：「每當它不意侵入具有敵意的（中國）北部，人們輒焚之以爲警惕。」

鷹在史賓塞的詩中也常是兇殘惡猛的生物，史賓塞常把鷹鷙的形象拿來形容惡人暴徒，因爲伊莉莎白時代的英國講究溫文而勇敢的節操，却不主張兇殘惡猛的性格。屈原選定了鴆，拒斥了鳩，也許因爲世人皆樂鳩而惡鴆，使得他自比爲遭嫉的蛇鷹。他的命運幾乎和鴆相似，國人皆曰可殺，他是社會的毒鳥，因爲衆人皆醉惟他獨醒，而且在「離騷」裏他也說過：「鷙鳥之不羣兮，自前世而固然。」屈原自比爲鷹鷙的情緒大約如此。他寧爲「不羣」的鷹鷙，爲社會所誤解，不願爲「佻巧」的斑鳩，取寵於天下，這是他的人格，也是他失敗的原因。崇高的人格往往因他的人格摧倒了生命，蘇格拉底亦復如是。在這段求女鳥媒的選擇猶豫間，屈原似乎和蘇格拉底一樣，高聲對着雅典的聽衆說：「來，讓我告訴你們這一連串讒言惡語是如何飛到我身上的」。（一九六八）

分析杜甫的「秋興」

——試從語言結構入手作文學批評

梅祖麟
高友工 合著・黃宣範譯

「秋興」八首是杜甫大曆元年（公元七六六年）五十四歲時在夔州以七言律詩詩體寫就的，無論從那一個角度看「秋興」在在都顯示出杜甫晚期作品的風格：單字或句子的多義性；音韻型式的運用造成節奏上的抑揚頓挫；意象的複雜與奧妙等。這詩使用的語言各層次之間結構的呼應與連繫使「秋興」寓意深遠耐人深思。本文的目的在於發掘「秋興」結構上的特色，並指出杜甫如何運用這些特色使「秋興」達到較高的文學境界。這種分析方法也許有助於我們了解杜甫成就之所在，了解他對唐代後期詩壇上之所以具有深遠影響的道理。

我們分析的方法學自標榜「細讀」一派的大家諸如I・A・李查士，C・布魯斯，尤其是新批評學者。我們除了着重新批評學派所強調的語義分析外，並注重從語法及聲韻運用兩途來研究「秋興」。「秋興」之所以值得細讀，一則是語言的結構相當複雜，二則是它是用唐代最嚴謹的七言律詩寫成。杜甫說過「語不驚人死不休」，並曾以賦詩的技巧自豪。在動手寫「秋興」之前，杜甫也嘗試過其他不同的詩體，如拗律，吳體（杜甫在拗律方面的成就，請參見葉嘉瑩「杜甫秋興八首集說」）。從這幾件事可以明白「秋興」語言文字上的技巧應該是他精心刻意之作。「秋興」是杜甫律詩作品中最長的一首，因此特別適合於從語言結構入手作詳細的分析與批評。撰寫本文之前，我們曾參考過過去對「秋興」作過研究、解說的專家的看法，使我們對「秋興」的了解不致離「詩的直覺」太遠。前人的分析也許並非盡善盡美，但時間上及對文學的看法兩方面也許近於杜甫本人，由於這一原因，如果前人對詩中某處的評論相同時，我們只就語言結構的特點去解釋見解上的一致；如果是各家衆說紛紜，我們便認爲其中寓意並不單純，有好幾種可能的解釋存在，另一方面，我們應用了現代語言學的方法與技巧加深對於該詩作的領悟，如杭士基對表層結構及深層結構的區分。本文所用的中古音係直接參考董同龢先生所擬定的音值，本文將依次討論聲韻、節奏、語法，語義及意象等方面的結構。

杜甫以善於運用聲韻型式隨心所欲改變語音的效應來控制詩行節奏上的快慢著稱。先看第三首：

ts'iɛn ka ʃæn kuak dz' jæng tɕjæu xjuəi 千家山郭靜朝暉

ȵjet ȵjet kɔng lu dz'ua ts'juei mjuei 日日江樓坐翠微

sjen sjuk ngjo njen yuan f'juɐn f'juɐn 信宿漁人還泛泛
ts'jɛng ts'ju ʔiɛn tsi kuo fjuəi fjuəi 清秋燕子故飛飛
g'juang ɣɐng k'ang ʃjo kung mjɛng b'ak 匡衡抗疏功名薄
lju xjang d'juæn kiɛng sjem dʒ'i yjuəi 劉向傳經心事違
d'ung ɣɔk ɕjæu niɛn kɐi fjuət dz'jæn 同學少年皆不賤
nguo ljəng ʔjəi ma dz'jei k'jɛng v'jəi 五陵衣馬自輕肥

第三、四兩行（向稱頷聯）聲韻型式一致，每一行最前面是雙聲，後二字是重疊語。同時「信宿」、「清秋」均屬齒上音，「泛泛」「飛飛」第一音却是唇擦音。這是雙重平行之一例：/AA/……/－RR/，A表雙聲，R表示重疊語。第二行也可以算是雙重平行，只是稍有不同：重疊語置行首；「翠微」與「飛飛」疊韻。第三行的「人」與「信」也疊韻；第四行「清」與「子」是雙聲，這些雙聲疊韻相當對稱。使第三首前半部內部的結構顯得極為緊湊。

第三首的後半部：第五行中竟有五個字以軟腭鼻音結尾，同時「匡」，「抗」，「功」都是用軟腭鼻音加上後母音加上軟腭鼻音，有規則地重複使用相同的聲韻，造成另一種新的節奏感，而與前半的節奏大相逕庭：

/R'－/R'－/R'－/對/AA/……/－RR/

第三首詩描寫江邊山居的景象，青翠縈繞着山坡樓，燕子與漁船點綴着江景，這是一幅清秋晨間的寧靜畫面，但第三行的「還」，第四行的「故」隱約流露出詩人一縷輕淺的傷悲。昨天捕魚的人，今日仍泛舟江上；時已清秋，燕子本該早已南飛，却仍然在水面飛來飛去。燕子隨時可以振翼離去，豈是外力阻攔得了的嗎？燕子留連不去只是故意揶揄羈旅他鄉的杜甫之莫能爲力而已！江上的畫面也許可愛，但日日坐在山坡樓上，凝視江流，徒增人惆悵。「日日」「泛泛」的重疊運用分明是用來刻劃詩人心情的迷茫。第三首前半寫寧靜中微帶傷感，後半描寫激動中夾雜着失望的心緒。匡衡抗疏直諫取得取名，劉向校書傳經得遂本志。這兩位都是儒家思想傳統裏饒有成就的人士，他們浮現在詩人腦海之中正暗示杜甫自嘆道德功名一事無成；而 K' ang, Kung 一類的音一再的使用明顯的寫出詩人激動的心情。第七、八兩行（向稱尾聯）寫杜甫少時的同窗如今多已有地位，有權勢；在五陵穿着輕裘乘着肥馬正自得意。

第四首跟上一首一樣可分前後兩半討論：

mjuən d'ɑu dʑ'jang ʔɑn zi̯ jɛk g'i 聞道長安似弈棊

pɐk niɛn ɕjæi dʒ'i fjuət ɕjəng pjei 百年世事不勝悲

ɣjuang yu d'iɛi dʑ'ɐk kɐi sjɛn tɕjuo 王侯第宅皆新主

mjuən mjuojɔi kuən i sjɛk zi 文武衣冠異昔時

djək pək kuan ʃæn kjem kuo tɕjen 直北關山金鼓震

tɕæng siɛi kjo ma yjuo ɕjuo dzjet 征西車馬羽書疾

ngjo ijuong dz'iɛk mak ts'ju kɔng lɐng 魚龍寂寞秋江冷

kuo kuək b'jɐng kjo yju sjo si 故國平居有所思

這裏第四行反映着前半部兩種不同的聲韻型式。「文武」彼此雙聲，並與第三行之「王侯」一樣意義上互對（文對武；王對侯）。第四行之「異昔時」與第一行之「似奕棋」各各押韻，此外，第四行之「聞」「安」與第一行之「文」，「冠」也各疊韻，這些語音上的呼應象徵着棋盤上的風雲變化與宦海的浮沈滄桑絲毫沒有兩樣。

第五行就迥然不同了：前四字的「直」與「北」「關」與「山」各各押韻；接着「金」「鼓」雙聲；最後的「震」與下一行的首字「征」再雙聲，連續雙聲疊韻的運用烘托出北方金鼓震耳之聲及西馳的車馬隆隆的快速步伐。第六行前半以聲音繪景，後半以後則以文字喻景：羽書令人聯想到疾速無聲的飛馳；「寂寞」表示前此震耳的金鼓聲已不存在，第五行聲響的黃潮逐漸轉弱，到了第七、八行寂寞完全取代了喧囂，憂思也取代了奔馳。

第五首可以看出杜甫聲韻運用與配搭工夫的洗鍊：

b'ung LAi kjung k'juet tuAi nAm ʃæn 蓬萊宮闕對南山

ʑjəng luo kjem yæng sjæu xɑn kæn 承露金莖霄漢間
siɛi mjuɑng jæu dʑ' je kɔng yjuang mu 西望瑤池降王母
tung lAi tsje k'jəi muɑn yAm kuan 東來紫氣滿函關
yjuən je d' jei mjəi k'Ai kjung cjæn 雲移雉尾開宮扇
ȵʑjet ȵʑjæu ljuong ljen ɕjək ɕjɛng ngan 日繞龍鱗識聖顏
ʑjet ngua ts'ɑng kɔng kjɛng sjuæi mjuɐn 一臥滄江驚歲晚
kjəi yuAi ts'iɛng suɑ tiem d'jæu pɑn 幾回青瑣點朝班

「山」、「間」、「關」、「顏」等押韻；「扇」與「晚」韻脚也相近。第一行之「南」，第二行之「漢」，第四行之「函」韻脚也極類似——因爲都含開口母音及鼻音。「山」、「間」、「關」、「顏」等含的是二等韻母（卽非丹唇的前低母音），而「南」、「漢」、「函」含的是一等韻母（卽非丹唇的後低母音），第五行之「宮」，「扇」，第六行之「龍」、「鱗」、「聖」、「顏」兩兩各以聲母結尾。此外雙聲的對應頗不少：「第一行之「宮闕」，第八行之「青瑣」，三行之「降」、「王」、「母」分別是k-，r-，m-，四行之「滿」、「函」、「關」反過來是m-，r-，k-。「萊」、「宮」及「露」、「金」雖各非同屬一片語之內，其聲母也呼應，但聲、韻配搭最緊湊的則是五、六兩行：第五行先以「雉尾」疊韻，「開宮」雙聲，繼之以第六行「日」與

「繞」，「龍」與「鱗」，「識」與「聖」連續三對各各雙聲，杜甫何以使用這些音聲上的呼應關係，道理似乎很明顯：前四行杜甫着意刻劃舊日京城的繁華，豐富的音聲上的呼應顯然意在摹擬舊日長安的太平盛世，第五行雲移雉尾開宮扇：如雲的雉尾宮扇移開了，引人若有所期待。第六行果然是高潮，無論是在音聲上或含意上：日繞龍鱗識聖顏（衮袍上的龍鱗在旭日下閃耀着，那是詩人初見天子的情景）。前六行雖把京朝之繁華富貴表露無遺，仍可以顯出詩人心中的不安。第三、四兩行的結構並未謹守七言律詩體式，可以當成伏筆。

西望瑤池降王母，東來紫氣滿函關。瑤池及函關都是地名，但在詩位中位置却未互應，而「王母」與「紫氣」卽不是屬同類的名詞，位置上也不呼應，這四個詞隱帶不太和諧的道教的氣氛，一起連用似乎隱隱地在譴責唐代的衰微楊貴妃擺脫不了責任：瑤池與王母都暗指貴妃其人。如此，則上述五、六兩行音聲的高度濃縮也許可以用來暗示王朝的式微。

第七首的三至六行（向稱頷聯及頸聯）音聲的結構又自不同：

3 tɕjək njo kjəi si xjo ja ngjuɐt 織女機絲虛夜月

4 ʑjɛk g'jɐng ljɛn kap d'ung ts'ju fung 石鯨鱗甲動秋風

5 pua p'jæu kuo miɛi dʑ' jəm yjuən xək 波漂菰米沉雲黑

6 luo lɐng liɛn v'juɑng dʑ'juei fjuən yung 露冷蓮房墜粉紅

第四行「鯨」、「動」、「風」以-ŋ結尾，「鱗」以-n結尾，「動」、「風」並押同韻。第三行則很特別：每一字都含有前高母音 i 或半母音 j；並且沒有一字以鼻音結尾，這在整篇詩作中是唯一的一行。第五、六兩行雙聲的結構也值得注意，第五行之「波」、「漂」、「米」押雙唇聲母；第六行之「露」、「冷」、「蓮」則押 l 聲母。五行的「沈」與六行的「墜」雙聲，「雲」與「粉」疊韻，並且「黑」與「紅」又同無爲喉擦音，前者清（x），後者濁（r）之不同耳。第六行跟第四行一樣，有三字結尾相同（冷房紅），兩字以-n結尾（蓮、粉），因此可看出在聲音結構上三、四行與五、六行有許多的對稱，互應。

語法上結構的變化也是詩中主題或重心的變換的指標。七言律詩通常是一種 4:3 的節奏（卽前四個字自成一語法單位，後稍作語調的停頓，後三字又另成一語法單位），在每首詩的三、四行與或五、六行中這種語法節奏上的控制更少例外，凡是其節奏爲 2:5 或 2::2:3（卽在第二個字後卽作語調的停頓）的有表示驚愕與緊張的效用，試看第二首：

夔府孤城落日斜，每依北斗望京華。
聽猿實下三聲淚，奉使虛隨八月槎。
畫省香爐違伏枕，山樓粉堞隱悲笳。
請看石上藤蘿月，已映洲前蘆荻花。

七行之前寫杜甫耽於冥想之中，旣憧憬昔日京華，又嘆今日流落他鄉，遠處悲傷的笳聲，陣陣襲耳，回憶前塵，恍若置身夢境，不可捉摸。可是最後一行的「請看」，似讓讀者自夢幻中驚醒突地與詩人直接面晤。「請」爲仄聲，依律詩規律應用平聲字，這也是突然。而語法的節奏又變爲2：5：請看／石上藤蘿月。此時杜甫醒自幻境，「忽」見月上藤蘿，已經映照着岸上的蘆荻花了！

如果再與第三首配合起來細讀，明月的移動正象徵着光陰的一去不再。第一首最後寫白帝高城的擣衣聲，正在暮色蒼茫中此起彼落的響着；第二首則以夔州府孤城上的落日西斜揭開序幕而以笳聲月色終，下面的第三首繼以冷靜寂寥的曙光始。這是現實的時光上的承轉，配合着客觀環境的改變。另一種時光是詩人耽於幻想中的時光、在幻想中，任想像奔馳，與現實時光不相干，也不必有合理的次序，這可從詩中察覺：第一、三、六行杜甫身在夔府，二、四、五行心在京華。日落與月升之間雖不過短短一、二小時，但冥想中的詩人已多次往返兩地了。這兩種時光永遠不可能並存，因此最後必須攤牌。第七行點出攤牌的結局：幻想的面紗已被無情的撕下：直稱法（「請看」兩字）的使用，節奏上的轉換，平仄的破壞等等都是明證。只有移動的月光是現實的，不管想像馳騁多速。明月已然從藤蘿悄然上了蘆荻，而詩人依然臥病滄江，歸不得京華。想像中的時光畢竟是虛假的。杜甫嘆歲月虛度，一事無成見之於第五首之「一臥滄江驚歲晚」，在第二首中更明言「奉使虛隨八月槎」及「畫省香爐違伏枕」，認爲自己衰病之軀與丟官有關，以月之昇移嘆光陰之虛擲。我們也許可引用 Robert Burns 的 "The white moon is setting behind the white waves/And time is setting with me, O!" 作註脚，這兩行主題是一樣的感嘆詞「O!」置句末也同樣的道出詩人的驚愕與感傷。

節奏的轉變，時光的流逝，作者的慨嘆也見之於第六首七、八行及第八首之七、八行：

> 回首可憐歌舞地，秦中自古帝王州。(6—7,8)
> 綵筆昔曾干氣象，白頭今望苦低垂。(8—7,8)

這四行節奏都是2：2：3但這兩首詩的第六行

> 錦纜牙檣起白鷗 (6—6)
> 仙侶同舟晚更移 (8—6)

的節奏則為4：3。「自古」，「昔」與「今」的對照寫時光的流逝。「可憐」與「白頭」都是詩人本身的悲嘆。跟第二首的「請看」一樣，把作者第一人稱如置眼前的手法粉碎了耽幻過去的美景。

以上我們討論的焦點放在音聲型式的運用，句子的節奏跟語詞的模擬作用三方面，以下想就每聯語法結構的對應關係加以研究。

先看第一首的五，六兩行：

叢菊兩開他日淚，孤舟一繫故園心。

這裏每一行可以看作一句，也可以看爲包括兩個不相干的獨立句。第五行如果含有二個獨立句，則分別寫叢菊花開的情景及對此落淚的反應，如果當作一獨立句，「他日淚」變成「兩開」的受詞，而描述菊花的花瓣（或者瓣上的露滴）之化爲淚水。「他日」可指過去或未來，旣道出詩人對已去兩年的悲嘆，同時對未來也無可奈何。第六行也有兩個意思：旣表示泊岸不動的孤舟與懷念故園的歸心似箭的對照；也表示某種因果關聯：孤舟不能動，詩人也就歸不得故園。本聯算是本篇第一個意義兩可的一聯，語法結構一樣，意義也對稱。

第二首的三、四行構造就不同了：

聽猿實下三聲淚，奉使虛隨八月槎

第三行引自漁者歌：巴東三峽巫峽長，猿鳴三聲淚沾裳。比較之下第三行字序與漁者歌不同，係因求合於格律而倒裝，當作「聽猿三聲實下淚」。杜甫把「實下」與「三聲」對調，「三聲」變成形容「淚」，感傷之情更濃，第四行字序正常，（譯者註：亦有作倒裝解說者）。兩行連用，成爲一種「僞聯」：詞語及字序雖然對稱，可是意義並不對稱。起句與對句構成一聯；聯可以說是詩歌結構的基本單位，也是造成多義與產生僞聯的發源地。由於今體詩的發展趨向於捨虛詞而不用，以求表達精簡，所以到了杜甫時代，幾乎每首詩都可作多種解釋，雖然不一定讀者甚至詩人本身却能察覺到多種解說的可能性，而大部分模稜兩可的詩句對整個詩的了解也不一定有積極的功用。可是在律詩中間的幾聯就不同了：中間的「聯」用語及語法本已對稱，再遇有可作多種解釋的情形所產生的整個效應便大幅度的增加。例如「他日淚」可以是「開」的受詞，因爲下一行的「故園心」很自然地可當作「繫」的受詞。但如果說詩句的某一種解釋由於外在因素而來，那種解釋便有點牽強（不然何必假諸外力？）牽強就表示僞聯的存在。換言之，由於對稱的作用，僞聯常會被解爲含有多種解釋，因而產生想像不到的新意象，如果把一個聯比爲雙筒望遠鏡，則多義聯就是有兩個焦點，僞聯是只有一個焦點的望遠鏡。

多義聯與僞聯結構上並無不同，可是在詩中所引起的作用則大有差別，純粹的多義聯很少見，因此較易引起注意。反之，僞聯遠爲普遍，因爲今體詩在遣詞用字、文法型構方面有高度的自由，相形之下，它在詩中造成的效應也就容易被忽視。當然，在有些場合之下，僞聯也能有效地、強烈地襯托出起句與對句之間的對照，達成它存在的目的。試看第六首的第二聯：

花萼夾城通御氣，芙蓉小苑入邊愁

此二句爲互文。盛時京都通御氣，衰時京都入邊愁。「御氣」與「邊愁」並用，顯爲譏諷。平聲之「通」與入聲之「入」對比更覺刺耳，像這類的場合是僞聯可以有效地發生高度作用之處。何以這是僞聯？我們必須先從語法分析。起句之「花萼夾城通御氣」語序正常。對句之「入」可作不及物、及物或使動詞用，即這一句有三意：

①芙蓉小苑邊愁入（不及物）

②邊愁入芙蓉小苑（及物）

③芙蓉小苑使邊愁入（使動）

芙蓉小苑在曲江之南，爲天子遊獵之所，此喻皇室的奢華。第③解寫芙蓉小苑使得邊防軟弱，安祿山陷亂，這個含意與全詩意旨並無不和諧之處，如果要牽就第②解，則起句之語序必須更動爲「御氣通花萼夾城」。但起句原來的語序並無不當，同時意義清楚，因此原來的字樣應予保留。結論是這一聯是僞聯：利用刺耳的對比暗示明皇遊幸曲江盛衰之變。

第六首五、六兩行可有兩種不同的解釋導至代表繁華或衰微的雙重意象：

珠簾繡柱圍黃鵠，錦纜牙檣起白鷗。

珠簾繡柱指曲江宮殿，錦纜牙檣指皇室的遊艇，跟「叢菊兩開他日淚」「孤舟一繫故園心」一樣，本聯各行也有兩個解釋，如果把每行看作一獨立句，強調的是舊日的繁華：四周是珠簾繡柱正殿，圍者池中的黃鵠，黃鵠不忍離去；舟滿其間，遊幸作樂而驚起白鷗。如果當作兩獨立句，意義便相反了：皇宮及遊艇已敗壞不堪以致黃鵠飛繞，白鷗也以之棲居起落，如入無人之境。

再看首聯：

瞿唐峽口曲江頭，萬里風烟接素秋。

瞿唐峽在夔府之東，杜甫時在夔府。曲江，池名，在長安附近，是杜甫嚮往的勝地。起句七字中除峽之外，互相構成一複雜的雙聲疊韻的關係：

g'juō d'āng --k'ú k'juok kōng d'ū.

「瞿」與「曲」押韻母，「塘」「江」押半韻，「口」「曲」「江」係雙聲，第二行之「接」意用「繫」，但在這裏「接」諷刺性地被用來影射「離散」的手段。第一首的孤舟擱淺江邊，動彈不得，以致杜甫雖懷鄉戀闕而兩地隔離。本聯的對句寫瞿唐，曲江相去萬里，而風烟相「接」，同是蕭索的清秋時候，杜甫還是無法返回長安，「風烟」喻烽烟，影射戰火，也是離散親朋的手段。過去批論此詩者多有人以爲「風烟」影射流寇爲亂，字裏行間雖未明指，也可說明杜甫巧用文字影射事物的工夫。

長安去不得，故園也歸不得。讀者也許會奢侈表示「接」「繫」的詞語將有帶給快樂的積極作用，可是下面的三、四行却帶來失望：入邊愁。五、六行也是描述離散：現在與過去的離散！

豪華的遊艇與宮殿已成渺茫的過去，現在已景象全非，只剩下黃鵠與白鷗點綴着淒涼。

第六首，從語言的結構看，不啻是杜甫運用語言及文字技巧的縮影：一、二行及五、六行的多義聯，三、四行的僞聯，七、八行的節奏上的突變等等俱見功夫。從意象上看，這一首詩意象着從繁華步向衰亡：一、二行隱帶憂傷，三、四行與亡盛衰之關頭，已見燃眉之急，五、六行去日的榮華富貴與沒落的皇室相提並論。詩人主觀的感受藉着巧妙的文字的運用避作直接的坦露。最後的七、八行以「可憐」逗出作者個人無限的感慨。這其中含蘊着對和平盛世的渴想與對當政者顢頇的悲憤。

第七首寫昆明池的荒涼衰颯，以致詩人念長安懷故居之情：

昆明池水漢時功，武帝旌旗在眼中。
織女機絲虛夜月，石鯨鱗甲動秋風。
波漂菰米沉雲黑，露冷蓮房墜粉紅。
關塞極天唯鳥道，江湖滿地一漁翁。

昆明池，今長安西南，本爲畜水戰而造，這是漢朝穿鑿之功。想像武帝海上雄風彷彿如在眼前，唐明皇的懶散相形之下見拙，成爲詩人譏諷的對象，正像第二首第四行「八月槎」影射漢代張騫奉命出使西域爲漢代一大外交戰勝利，相反的，杜甫的恩人嚴武的出使則完全失敗。第五行「畫省香爐違伏枕」寫從漢代肇始的習俗：請從僕燃香使哀袍帶上香味。第三首之匡衡與劉向是漢代名人，杜甫心儀，惜無法仿傚他們的榜樣。第五首之承露盤爲漢武帝所造。以上這些史實表明了漢代的成就，可是杜甫故意藏而不提，直到第七首「漢時」與「武帝」才點出了胸中塊壘，使漢、武之對比突地趨於強烈。杜甫認爲漢代無論在軍事、內政、建設、道德及崇古奉古的精神各方面都勝過唐代。比較漢唐之顯峯時代，已去的漢朝顯得那麼遙遠，令人懷念，它的光榮也更眩目！

三、四行的「織女機絲虛夜月，石鯨鱗甲動秋風」寓有豐富的意象。意象是藉語言利用一客觀的事物表達主觀的感受。簡單的意象，通常都用名詞代表，而語言、指稱與主觀的感受三者之間是單純的一對一的關係。語言理是意象從而產生一種感受或印象，所以簡單的意象容易釐定其範圍。較複雜的意象多用複雜的語言來塑造，來造成錯綜複雜的指稱與意象的關係。第三行的「織女」指昆明池畔的石像，也指七夕裏的織女星。按武帝鑿昆明池，于左右作牽牛織女，以象銀河，第四行之石鯨，面對織女像而立，象徵風暴的護神。秋風中飄動的鱗甲，既言刻石之巧而神，也言雷雨之將至。織女面對着銀河上的牛郎，也面對着昆明池畔的石鯨，織女既高在天河，也近在咫尺，因爲織絲與鱗甲細小，除非很接近，不然看不出來。牛郎代表織女的一線希望，可是希望多麼無助，就像織女石像行動不得；希望何等空虛，就像沒有織絲的織機一般。另一方面，希望又像已經經歷五、六百年的風暴的石像如今仍屹立不搖。我們也許可以說漫長的等待已使織女心灰意冷，精神上不過成了石像一尊而已。神話中的七夕重逢可能實現嗎？或者一如夜月那般渺茫？杜甫常遙循北斗而望長安，織女星可也看到了？八月槎再度啓航時，杜甫將何處去？想像中的銀河？或昆明池？或眞正的銀河？

第五、六兩行（波漂菰米沉雲黑，露冷蓮房墜粉紅）向來評論家看法不盡相同。歷來方家都認爲這兩行意在進一步加強主題（昆明池過去的榮華與今日的衰微）的對照，但如何達成此一對照，意見互有出入。有些認爲故事的背景是（杜甫時代的）今日長安，此時長安已甚荒涼寂寥，沒有多少人留住長安採水中的菰米與蓮蓬。有些則認爲故事的背景是舊日繁榮的長安，生活太富裕，所以不見有人費心去採菰米與蓮蓬。第一種解說似較妥切，可從語言的結構獲得佐證，我們提過這兩行有十個音節或雙聲或疊韻；第六行甚至用了五個合鼻尾韻的字。在詩歌中，過份強求音聲的配搭往往表示事情的進展有不如人意者。「紅」「黑」係強烈的顏色，暗示衰微的預兆；「漂」，「冷」，「沉」，「墜」四個字更帶荒涼衰颯之感。「漂」不僅指菰米，也指詩人無根如飄萍的生活；「冷」不僅指蓮蓬，也指詩人內心的淒涼；「沈」「墜」顯然的是影射衰落。

音聲或語義上取其相互對立者，這是杜甫晚期作品的特色如一。試比較第七首第六行與第一首之第一行：

露冷蓮房墜粉紅（7—6）

玉露凋傷楓樹林（1—1）

「露」是透明的，蓮、楓是紅的。透明的露襯托在紅色的背景中顯出一幅美的畫面，「玉」是冰冷的，「凋傷」直指衰、亡。這兩個對立的表現法充分刻劃出秋景雖美但有其陰沈的一面。第二首第五行的

畫省香爐違伏枕

「畫省香爐」寫唐代官場的奢華與享受——視覺及味覺的享受。「違伏枕」表示痛苦，不過，却不提感官方面的感受。同樣

芙蓉小苑入邊愁（6—4）

「芙蓉小苑」寫皇室着意追求安逸的情景，但「入邊愁」猛地使人不敢再浸耽享受之中。又如第八首第三、四行

香稻啄餘鸚鵡粒
碧梧棲老鳳凰枝

這裏「香稻」，「鸚鵡」，「碧梧」，「鳳凰」寫色澤鮮明、聲耳悅耳、味道芬芳及姿態優雅

——在在都訴諸感官的享受。但「老」、「餘」却喚起人年老貌衰的傷感。

在「秋興」中杜甫選字用詞求其音聲及語義上的對立是有其內在原因的，秋本來就代表着灰色、憂傷。七言律詩從盛唐開始，常爲御用詩人用之以讚歡慶朝廷良辰佳節所依據的詩體，杜甫是第一個用以表達個人感觸的詩人。因此「秋興」旣秉承律詩傳統用了許多表示國泰民安、遊幸作樂的用語，也用了不少懷鄉戀闕，羈旅感舊，嘆人世滄桑的字眼。這兩個因素使得杜甫的七言律詩深具特色，試看第七首之最後一聯：

關塞極天唯鳥道，江湖滿地一漁翁。

這一首詩意象的運用極有條理，首聯的昆明池飄揚的旌旗是大目標的東西；二聯的織機、鱗甲較小，三聯的菰米、蓮蓬更爲細小，事物越來越小，因此攝影機必須逐漸向拍攝物體逼近，這樣一來，我們似可以感覺到露滴之冷，嗅到花瓣之褪香。刹那間，所有景物一一倒退，而進入眼簾的却是天空與大地，是高山險阻，是江湖滿地。色彩已不再明朗，而嗅覺已然消失。視界一旦放大，也許相對的精神上也得到解放。可惜，剛剛好相反：關塞極天唯鳥道！正如第一首詩一樣，連繫就是離散的手段！

江間波浪兼天湧（1—3）

塞上風雲接地陰（1—4）

這二行不僅寫國勢的危殆，甚至江河地理，憑其牢固的連接，也想共謀孤立杜甫——波浪兼天，風雲接地，以至關塞極天，都企圖孤立詩人。「唯」「一」兩字更加強孤立的意味。鳥本來任其飛翔，如今如留一通道而已。「江湖滿地」寫地廣無垠，「一漁翁」極言其孤單無助。這兩行慨嘆身阻鳥道，跡比漁翁，還鄉渺茫無歸而俯仰皆愁。

舟船是通篇詩作最醒目的意象語。第一首中它首度出現，孤舟一擊杜甫的鄉愁。每次的再出現便加深悲傷。八月槎把詩人帶至目前孤苦無助的孤立狀態；皇室的遊艇曾經蕩漾在歡樂奢華中，曾幾何時，已成白鷗棲息之地。武帝的艦隊雄風仍可想像，可是也已成了歷史上的陳蹟。第七首的「漁翁」及第三首的「信宿漁人還泛泛」豈非暗示杜甫將陷於無止境的孤苦之中?!

值得注意的是第五、六、七三首合起來在結構上又另成一單位，產生一種特別的聯合效用。先看中間的幾聯：

第五首：西望瑤池降王母，東來紫氣滿函關。
雲移雉尾開宮扇，日繞龍鱗識聖顏。

第六首：花萼夾城通御氣，芙蓉小苑入邊愁。
珠簾繡柱圍黃鵠，錦纜牙檣起白鷗。

第七首：織女機絲虛夜月，石鯨鱗甲動秋風。

波漂菰米沈雲黑，露冷蓮房墜粉紅。

這裏十二行節奏都是4：1：2。後三字都是動詞接名詞。節奏上及文法上的重複有催眠作用，催眠也最易導致幻夢。同時杜甫對於雉尾、龍鱗（五首）、珠簾、繡柱、錦纜、牙檣（六首），菰米、蓮房（七首）的描述一步一步細緻，使我們對這些事物的感受越趨透徹。五首六行表示日正高照，能看到如雲的雉尾宮扇分開，初見天子，龍鱗正在旭日下閃耀着。六首二行的「萬里風煙接素秋」喻陰霾籠罩；七首的三、五兩行寫夜暮深重，而烏雲滿天。由於黑夜的來臨，心胸似有莫大的壓力：從第五首的宮廷顛峯時代的華麗，第六首國境已蒙上邊愁的陰影至第七首的棄園廢土和與之俱來的絕望，因此這三首詩寫的是從盛極步向衰微。五至七首的最後二行：

第五首：一臥滄江驚歲晚，幾回青瑣點朝班。

第六首：回首可憐歌舞地，秦中自古帝王州。

第七首：關塞極天唯鳥道，江湖滿地一漁翁。

每一首詩都用倒敍手法：第五首主題舊日皇室及京都榮華。第七行突地從夢中驚醒，回到現實，第八行寫在關上之前又重叩記憶之窗。第六首再回夢境，主題是皇客遊樂的情景，第七行以「可憐」對過去加以批判；第八行又回到自古帝王所在之秦中。第七首先寫昆明池畔的情景，寫山寫關塞，最後又回到廣大的江湖。綜觀之，這三首描寫一持續不斷的夢，企圖重演去日的光耀，可惜各在最後兩行與殘酷的現實攤牌下被赤裸裸地戳穿。

第八首寫夢幻敵不過現實的壓力：

昆吾御宿自逶迤，紫閣峯陰入渼陂。
香稻啄餘鸚鵡粒，碧梧棲老鳳凰枝。
佳人拾翠春相問，仙侶同舟晚更移。
綵筆昔曾干氣象，白頭今望苦低垂。

第一聯之昆吾、御宿、紫閣、渼陂等勝地極言懷舊之深。第二聯的結構可能是「秋興」最複雜的兩行。其深層結構有三個可能：

①香稻啄餘鸚鵡粒，碧梧棲老鳳凰枝。
②香稻鸚鵡啄餘粒，碧梧鳳凰棲老枝。
③鸚鵡啄餘香稻粒，鳳凰棲老碧梧枝。

談到意義，歷來有兩個稍異的解釋方法：主張作①或②解釋的學者認為這兩行在描寫舊日的國泰民安。有多餘的香稻表示國庫充裕。鳳凰以善擇居處著稱（隱射君子），既可以安然棲身梧桐樹上，表示國境平和安泰。如果作③解，則強調的重點稍有不同，以聲取勝的鸚鵡（就像詩人以詩取勝）可以吃得飽；如君子一般的鳳凰也找到了終身可以安居之處。下面的五、六兩行寫拾翠的佳人，當年同舟而遊的高朋都一齊進入的美夢的軌道之中，可惜這種想遺忘自己，沈醉於過去的記憶中的企圖無法得逞。因爲杜甫有意地用特殊的語法，奇特的節奏破壞了他自己的夢境。不管三、四行的深層結構是什麼，其句調還是罕見的2:2:2:1。

第八首的節奏並不和諧，與五至七首比較之下，更是明顯。在這前三首詩中，第一行的節奏爲4::1:2，第二行是4:2:1，然後三、四、五、六行都是4:1:2。一、二行不對稱；不對稱的節奏造成前進的動力。對稱的節奏則會把這動力以平穩的拍子持續下去。兩者混合配用可促進催眠，深入夢境之中而不自覺。第八首就不同了：每一聯自成一節奏單位，因此無形中使整首詩的步伐逐漸緩慢了下來，暗示詩人心力已經疲憊，一方面已經白髮蒼蒼，一方面又是窮老衰病，只能空望着漢陂興嘆。

最後我們要討論「秋興」整篇的結構作爲本文的結束。

「秋興」主要可分爲兩部分：前三首寫今日夔府，後四首寫舊日京城，而以第四首爲轉捩點。第一首自夔州秋景起興，點明時地，而隱隱逗出懷戀宮闕之心。第二首承上首末句「急暮砧」而來，以夔府暮景起興，而點出「望京華」，旣寫出了眼前之景，也道出了內心之情。第三首承二首之月映蘆荻花。而寫夔府秋日的晨景，並寓羈旅感舊，流露了事與願違的哀傷。第四首以「聞道長安似奕棋」起興，與第一首之故園、次首之京華、三首之五陵遙相呼應，而總寫朝局的變遷，邊境的紛擾。末句之「故國平居有所思」興起以下四首：第五首遙思當年盛世的蓬萊宮，第六首思曲江而傷亂世，七首自昆明池之興廢而嘆古今之盛衰，第八首藉憶渼陂勝地，而蘊念長安之情。前四首雖寫夔府，仍然涉及長安；後四首雖寫長安，仍然涉及夔府，所以長安與夔府的並存是結合「秋興」的主要脈絡，已說明了詩人始終悶悶不樂的癥結：身在夔府，心在京華。但在思念之中，又無法擺脫現實的打擊。此一現實與回憶的掙扎是「秋興」的主題，是「秋興」戲劇性成分的根本。

杜甫向被譽爲中國歷來最偉大的詩人。無疑的，本文對「秋興」所作的分析評論亦不致於動搖杜甫在文學史上的崇高地位。但杜甫之所以偉大必有其潛在的理由。有人把杜甫之偉大歸因於他的飽學，有人歸因於他的生花妙筆，或他的忠貞愛國，或他對受苦受難的同胞深切的同情心。每一種說法都具相當充分的學術證據，我們不打算在此故作吹毛求疵。但必須指出的是這些不同的論點所持的標準都與杜甫之所以爲詩聖沒什麼相干。如果說詩歌的目的在於運用語言文字造就偉大的藝術品，那麼杜甫的地位的確是獨一無二的。作者希望本文之從語言結構入手分析「秋興」提供了比較紮實的文學上的證據，讓我們深一層的了解杜甫之所以爲詩聖的根本理由。

「楊林」故事系列的原型結構

張漢良

南朝（宋）劉義慶撰「幽明錄」，其中的「楊林」故事對後世小說戲曲取材影響深遠。唐人傳奇至少有三篇以其爲藍本：沈既濟「枕中記」、李公佐「南柯太守傳」，以及任繁「櫻桃青衣」。本文試圖以心理分析、神話原型和結構主義的批評方法，討論上述四篇故事的主題與結構。筆者討論這些作品的動機和理由如下。這些故事都是同一深層結構和母題（motif）的不同處理，分別依附於其時代的宗教、政治思想格局上，其演化過程標示出一個原始題材和結構的美學價值與道德價值的轉換。然而，摒除文化背景所加諸作品的意義（尤其是說敎意義）不論，他們共有的結構與母題可溯源至上古神話儀式中的某些原型，這些原型又以類似的形象與結構，存在於人類的潛意識中，它們具有本身自足的意義，不必附會各別作品表層結構的意義。由於這些故事中的原型結構和人物超越時空，存在人類的集合潛意識中，我們除了可以把它們視作比較體（comparatum），與其他民族類似的文學作品比較外，更可以破除歷史考據（如作品的先後，作者的眞僞）的窠臼。明乎此，「楊林」故事是否來自印度，是否傳至歐洲便不算十分重要的問題了。（註一）

「楊林」等四篇故事的情節大致相同。一個年輕人，在現實世界中有所不滿，作了一場夢，夢中婚姻和功名得到滿足，醒來發覺是一場空。作爲唐人傳奇藍本的「楊林」，原載「太平廣記」卷二八三。另外「廣記」卷二七六，「太平寰宇記」卷一二六，「北堂書鈔」卷一三四皆引此故事，文字與情節固有出入，其爲同一故事之變化則殆無疑問。筆者所引爲世界書局「唐人傳奇小說」「枕中記」附錄。全文不長，抄錄如下：

宋世焦湖廟有一柏枕，或云玉枕，枕有小坼。時單父縣人楊林爲賈客，至廟祈求。廟巫謂曰：『君欲好婚否？』林曰：『幸甚。』巫即遣林近枕邊，因入坼中。遂見朱樓瓊室，有趙太尉在其中。即嫁女與林，生六子，皆爲秘書郎。歷數十年，並無思歸之志。忽如夢覺，猶在枕旁。林愴然久之。

這段敍述非常簡略，直若一長篇作品之情節摘要，但已具備了小說的某些要件：特定的時空場景、人物、行動。現實世界的時間是宋世某日（持續很短）；空間是焦湖廟；人物是主角與廟巫；事件是祈求與作夢。夢中世界的時間是數十載；空間從「朱樓瓊室」開始，以後不定；人物包括主角、趙太尉、妻、子；事件是結婚等。結婚這件事連接了兩個世界，現實世界的主角希望結婚，未能如願；夢實現了他的願望。

除了結婚這願望外，使現實和夢連接的有兩個重要因素：一個是引導他入夢的人（廟巫）；另外便是兩個世界之間的過渡——枕頭旁邊的「小坼」。進入這洞，便進入夢境。這兩個重要的因素，唐人的三篇傳奇全部保存下來，祇是形式與過程比較複雜。試比較嚮導與入口這兩個意象：

「楊林」：巫卽遣林近枕邊，因入坼中。

「枕中記」：翁乃探囊中枕以授之……。其枕青甆，而竅其兩端。生俛首就之，見竅漸大，明朗。乃舉身而入，遂至其家。

「櫻桃青衣」：見一精舍中有僧開講……。夢至精舍門，見一青衣……。盧子便隨之。過天津橋，入水南一坊。有一宅，門甚高大。盧子立門下，青衣先入。少頃，有四人出門，與盧子相見……。斯須，引入北堂。

「南柯太守傳」：生解巾就枕，昏然忽忽，髣髴若夢。見二紫衣使者……隨二使至門……出大戶，指古槐穴而去。使者卽驅入穴中……又入大城，朱門重樓……。俄見一門洞開，生降車而入。

「楊林」最簡單，僅廟巫與枕邊小洞。「枕中記」的入口與「楊林」相同，但嚮導的地位在故事佈局上相當重要，人物刻劃也比較複雜。這點我們在下面會繼續討論。楊林一入洞，就見到「朱樓瓊室」；盧生舉身入竅，「遂至其家」，這都是比較單純，直接未經斧鑿的描寫。後二篇故事則不然。「櫻桃青衣」的嚮導，先是現實界的老僧，後轉爲夢中的青衣，再轉爲門口的四位公子，最後才引導他登堂入室，出門，過橋，進巷，入宅到拜堂，拖延了許多。「南柯」的情形類似，不再辭費。有一點值得注意的是，「楊林」與「枕中記」的作者開始並未交代主角是作夢；後二篇作者則反是。這顯然是作者執意的理性化作用。至於過程與細節的由簡入繁，更顯然是文人匠心處理的結果。

爲了證明四篇故事的由簡入繁演化，我們還可以比較它們的結局，卽主人翁遽然夢覺後的情形。楊林「忽如夢覺，猶在枕旁。林愴然久之。」沒有道德教訓，也未交代主角悟出什麼道理。「枕中記」大不相同：

> 盧生欠伸而悟，見其身方偃於邸舍，呂翁坐其傍，主人蒸黍未熟，觸類如故。生蹶然而興，曰：『豈其夢寐也？』翁謂生曰：『人生之適，亦如是矣。』生憮然良久，謝曰：『夫寵辱之道，窮達之運，得喪之理，死生之情，盡知之矣。此先生所以窒吾欲也。敢不受教。』稽首再拜而去。

這一段的說教意味相當濃厚，幸而作者能藉對話的戲劇手法，與對客觀景象的寫實（「主人蒸黍米熟」）技巧，稀釋了說教作用，加深了說服力。

「櫻桃青衣」的結局最具人生的嘲諷意味，夢中的主角身居高位，顯赫一時，竟巡行到生前（睡前）到過的精舍。此番夢中聽講，「以故相之尊，處端揆居守之重，前後導從，頗極貴盛」，與第一次（夢前）聽演的潦倒情況相比，眞是不可同日而語。好笑的是，盧子

> 升殿禮佛，忽然昏醉，良久不起；耳中聞講僧唱云：『檀越何久不起？』忽然夢覺。乃見著白衫服飾如故。前後官吏，一人亦無。迴遑迷惑，徐徐出門。乃見小豎捉驢執帽，在門外立，謂盧曰：『人驢並饑，郎君何久不出？』盧訪其時，奴曰：『日向午矣。』盧子惘然歎曰：『人世榮華窮達，富貴貧賤，亦當然也。而今而後，不更求官達矣。』遂尋仙訪道，絕跡人世矣。

主角從繁華的夢中景象走出，驀然見到牽驢的僕人，回到「人驢並饑」的殘酷現實，產生了極大的嘲諷。夢中數十載，不過現實世界一夜半日。就在這一刹那，主角頓悟出人生的道理。這故事沒有一個操縱全局，主宰主角命運的外在力量（如呂翁），完全是主角自己人格的完形。讀者幾乎已不覺得作者在說教了。此外，作者寫實手法頗具功力，寫盧子出門的神態頗爲傳神。門外現實世界牽驢的小豎與門內世界（夢）的前後導從形成強烈的對比，使人覺得好笑復可悲。這是作

者比「枕中記」作者「蒸黍米熟」的寫實手法，更上層樓的地方。

「南柯太守傳」情節最爲複雜，夢中插曲太多（episodic）。主角淳于生夢醒後，「見家之僮僕擁在於庭，二客濯足於榻，斜日未隱於西垣，餘樽尙湛於東牖。夢中倏忽，若度一世矣。生感念嗟歎，遂呼二客而語之。」故事到此並未結束，淳于生與二客竟然去尋找夢中所在。作者用了明顯的寓言手法，細膩地描寫蟻穴，以諷刺人生功名利祿之虛幻。結尾時，作者甚至還加上一段後記，證明故事之眞實（這和挖蟻穴一樣，有點煞風景）；更進而直截了當的說教：「後之君子，幸以南柯爲偶然，無以名位驕於天壤間云」，「貴極祿位，權傾國都，達人視此，蟻聚何殊。」作者直接介入說教，表白其寫作動機與道德觀念，再加上駢驪句法之雜用，顯然是文人爲了加強藝術與道德價值的斧鑿作品。

筆者隨手舉出上述例子，旨在說明這些作品的演化現象。依照年代排列，「楊林」作者劉義慶（西元四〇三——四四四年）是南朝宋人，爲其餘各篇之基型（prototype）。沈旣濟爲唐德宗年間人，西元七八一年卒，據說「枕中記」是他死前一年所作。李公佐爲唐順宗年間人（約當九世紀初），「南柯太守傳」據說作於西元八四三年。「櫻桃青衣」爲「太平廣記」所引，但不載出處，有人說是「夢遊錄」作者任蕃所作，寫作年代在西元八四一到八四六年之間。本篇沒有「南柯」的富麗文字，亦非韻散合體，更無議論文字，但寫作技巧頗爲成熟，是否屬於葉慶炳教授所謂「少數年代較晚之作品，旣無詩歌，亦無議論，顯然已脫離佛經譯文及溫卷陋習之影響，而成爲純粹藝術創作之小說」，需要考據專家指點。筆者未受此等訓練，不敢妄言（註二）。

我們在本文開始說過，這四篇小說（或故事）主角的遭遇大致相同，現在我們仔細討論一下。首先，這些人在世間皆不得意，追求功名未遂（第一篇除外，楊林求婚，並未求功名，這可能和時代背景有關）。「枕中記」的盧生「顧其衣裝敝褻」而感慨：「大丈夫生世不諧，困如是也。」究其原因，乃是「吾嘗志於學，富於遊藝，自惟當年青紫可拾。今已適壯，猶勤畎畝」，不能「建功樹名，出將入相，列鼎而食，選聲而聽，使族益昌，家益肥」。「櫻桃青衣」的主人翁范陽盧子「在都應擧，頻年不第，漸窘迫」，亦是求功名未遂。「南柯太守傳」的淳于棼是遊俠，不是書生，但「嗜酒使氣，不守細行」，曾靠武藝補了一名「裨將」，却「因使酒忤帥，斥逐落魄」，祇得「縱誕飮酒爲事」。現實生活的失意，到了夢裏獲得補償，夢中的盧生娶崔氏女後，一帆風順，第二年，考取進士，一直作官到戶部尙部兼御史大夫，中間經過一些波折，最後「追爲中書令，封燕國公，恩旨殊異」。同樣地，婚後的盧子靠親戚關係連中兩榜，也作到御史大夫。至於酗酒的遊俠淳于生竟當了郡國太守。他們這種受壓抑或挫折的慾望，在夢中獲得滿足，正合弗洛伊德所謂遂願說（wish-fulfillment）。

當然，盧生三人的夢，在唐代的文化格局中有一層特別的意義。文學史家說：「唐代以詩賦取士，造成那些詞人才子熱烈地追求富貴功名的慾望。……功名利祿的觀念，是唐代讀書人的人生哲學。」（註三）小說主角的夢便反映出唐代以科擧取士的政治現象及與士族聯婚的社會現象。

出身貧寒，缺乏政治背景的青年，希望科舉進士，博取功名，或娶妻顯達，夤緣附會，以躍身龍門。這種夢想實際上是唐代社會某種階層的共同意識，是他們的「集體認同感」(collective identity)。就這意義而言，盧生的夢無異於一個部族的神話。神話學者克拉克洪(Clyde Klu-ckholn)說：「當個人的幻想〔夢〕爲一羣人所共有時，這個幻想便成爲神話了。」(註四)文學史說，「枕中記」作於沈既濟所貶時，這是很有道理的。套用弗洛伊德的話，這些小說作者以「藝術作品在排斥其慾望的現實界與實現其慾望的幻想界之間，爭得一席之地，」(註五)因此解脫了個人的情意結，也解脫了社會大衆(讀者)的情意結。

本文的重心並非在唐代文化格局中，從科舉政治或佛道宗教的層次來詮釋這幾篇小說的意義(譬如說諷刺政治或出世思想)。因爲在這些意義之下，還有一個深層結構，「枕中記」、「櫻桃青衣」和「南柯太守傳」都建立在這個結構的骨架上，加上唐代政治與宗教的血肉，而成爲生動的文學作品。正如索福克利斯的「伊迪帕斯王」，祇不過是原始的伊迪帕斯神話，或吾人潛意識中弒父烝母情意結的一個文學變形(literary transfiguration)，其美學與道德的意義，已超越了(也蒙蔽了)原始神話中宗教或儀式的意義。「枕中記」等作品的情形亦無二致。要追尋這原始結構，我們得回到最不生動，文學價值最低的「楊林」故事上去，首先找到構成「楊林」情節必要的個別成分，正如構成一個句子的必要成份——主詞和動詞一樣。「楊林」的必要成分便是主人翁、廟巫、小坼、夢、結婚、夢醒等。接着我們要找出這些個別成分之間，最簡單的關係，換句話說，就是把這些成分組成一個句子，我們可以得到下面的句子：主人翁受一使者（通常是仙道）引導，經過一扇門，與一位地位很高的女性結婚，退出門檻，得到某種人生的知識。這便是「楊林」等故事的深層結構。根據這個結構，可以導出無數「楊林」故事的表層結構，每個時代（甚至每種文化）都不斷出現具有新的表層意義的此類故事：「枕中記」、「南柯太守傳」、「櫻桃青衣」、「黃粱夢」、「邯鄲記」、「續黃粱」……。跨越時空與文化的鴻溝，我們更發現，從上古神話開始，敍述文學中有無數類似的例子，幾乎所有遊地獄的神話都具有這個深層結構。神話或口述文學之所以有不斷的複本出現，其作用便是使這深層結構明顯。結構主義大師李維史特勞斯（Claude Levi-Strauss）說得好：「神話以螺旋形狀不斷旋轉下去，直到產生這神話的智慧衡力枯竭。它的生長過程不斷，但其結構却永遠不變。」（註六）

那麼，隱藏在這些故事中的，永遠不變的結構到底有什麼意義呢？也許我們的工作便是解夢。「夢的解析」家弗洛伊德認爲夢的語言特性甚爲古老，它代表朝向最原始的思想模式的退回。（註七）這句話與容（C. G. Jung）的觀念實可相互發明，容在「原型與集合下意識」一書中說：「夢中有無數的關連，吾人祇能在神話中找到相似者。」（註八）容不斷研究夢、幻象及神話，找出許多類型，或爲人物，或爲情況，這些不斷重複的類型，彼此意義相通，容稱之爲母題。原型以某些固定的形式存在於吾人靈魂（Psyche）中，其內容與行爲模式幾乎到處相同，人皆有之，這便是容所謂的集合潛意識。構成集合潛意識的原型人物包括影子、智慧老人、兒童、母親和相等的少女。夢中的主角在邂逅上面這些人物的途中，往往經歷一段變形與更新的過程，容稱之爲「變形與救贖原型」。事實上，這是一個從死亡到再生的「生命超越」過程。夢中人的變形過程同樣表現在神話儀式中，便是追求（Quest）與啓蒙（Initiation）的原型，在前者中，主角經歷一段長的旅程，克服了不少艱鉅的困難，創下了豐功偉業，成爲國家的救星，最後作了國王的駙馬，在後者中，主人公由蒙昧無知，經過一些考驗而成熟，而領悟出人生的某種眞相。主角與公主（或其他女性）的結合象徵着物質慾望的實踐。主角經歷出發、變形與回歸三個階段的啓蒙與洗禮過程，顯示出由無知到睿智的人格成熟。「楊林」與「枕中記」等三篇傳奇的基本結構，便是由這兩個原型（archetypal patterns）熔合而成的過程，主角在過程中遭遇的人物，如呂翁，金枝公主，都是構成啓蒙或追求過程中的原型人物（archetypal figures）。下面我們來分析一下。

「楊林」這篇基型故事，已具備了這原型結構的大部份條件。主角到廟裏祈求。廟巫便是一個「智慧老者」，同時也是一個父親形象，透過他的嚮導，楊林穿過進入潛意識深淵（夢）的洞口（小坼——這是個母體意象）。這是出發階段，包括一、赴冒險的召喚（The Call to Adventure），二、超自然的幫助（Supernatural Aid），三、跨越門檻（The Crossing of the Threshold）與四、鯨魚之腹（The Belly of the Wheel）（讀者也許注意到每篇故事夢中的第一件事便是進房子。）（註九）楊林進入室中，見到趙太尉（父親形象），結婚、生子，是變形階段；楊林找到了

Libido 或慾望深淵中的自我，因此我們也可以借弗洛伊德的觀念說這是遂願階段。洗禮階段包括邂逅女神（The Meeting with the Goddess）（趙太尉之女，也是個母親形象）、與父親之補償（Atonement with the Father）（爲其啓蒙的廟巫實際是個父親形象，趙太尉與楊林，楊林與六子，皆爲父子的補償認同關係。）從「歷數十年」到故事結束，是第三階段：回歸，包括拒絕回歸（Refusal of the Return）（楊林「歷數十年，並無思歸之志」），跨越回歸門檻（The Crossing of the Return Threshold）（「忽如夢覺，猶在枕旁。」）至於楊林最後是否經生歷死後，統御兩世界（Master of the Two Worlds），超脫的生活（Freedom to Live），文中沒有明言。但「愴然久之」卻是一句耐人尋味的話。身爲「工商賤民」的楊林，在小坼（潛意識、夢境、母體、陰間、死亡，與再生之地）與太尉之女結婚生子，解除了他情慾與功名的情意結，事實上，他已然經歷了現實與夢、生與死，兩個世界。出洞這個動作暗示出主角的再生，他的生命已經更新到較高的一個層次。「曾經滄海難爲水」，以後的楊林，想來是能充滿睿智地生活，這便是他的「神化」（Apotheosis），也是他帶回現實界的「最後恩賜」（The Ultimate Boon）（Elixir）。坎貝爾（Joseph Campbell）說：「從超越的深淵帶回的恩賜，一到人間便被理性化爲烏有。」（註一〇）楊林的「愴然」也許應該如此解釋。

「枕中記」完全出自「楊林」的深層結構。但這個新的表層結構有它的貢獻，由於道士呂翁的地位相對的提高，它使得智慧老人的原型，益發顯得突出。爲了瞭解呂翁的作用，我們需要再度引述容的理論。「原型與集合潛意識」的第二章，討論神話故事中精神（the Spirit）的現象。容認爲神話、民間文學與夢中的精神因素，通常是由一個智慧老人（the Wise Old Man）代表。「夢中的他，可能扮成巫師、醫生、僧侶、老師、祖父，或其他任何有權威的人。每當主角面臨絕境，除非靠睿智與機運無法脫困時，這位老人便出現。主角往往由於內在或外在的原因，力有未逮，智慧便會以人的化身下來幫助他。」「這位老人，一方面象徵着知識、深思、卓見、睿智、聰敏與直覺，另一方面也象徵着道德意義，諸如善意和助人等美德，這些特點使得他的『精神』性格清楚顯現。」（註一一）文學作品中有無數這樣的例子，尤其當主角遊地獄或夢遊時，指點他的都是這位老人。奧德賽下降地獄，求敎於先知泰瑞西亞斯（Tiresias）；他的兒子尋父遭遇困難，智慧女神雅典娜化身爲老師，指點其迷津；伊尼亞斯（Aeneas）受敎先知赫倫納（Helenus），赴陰間尋賢女西碧兒（Sibyl）；但丁迷失在人生的中道，他的老師維吉爾出現，引導他遊地獄。

智慧老人這個原型人物在「楊林」等四篇故事皆有出現，「楊林」中是廟巫，「枕中記」是道士，「南柯太守傳」是使者，「櫻桃青衣」是僧。（註一二）他們在故事中的作用，性質相同，但程度上有異。「楊林」的廟巫引導主角入坼後，便不再出現。「南柯太守傳」的二紫衣使者僅爲引導的精神因素。「櫻桃青衣」的僧作用很小，作者根本沒有塑造他是一個平面人物。主角盧子祇是隨衆聽講而入睡，和僧沒有明顯的接觸，讀者幾乎感覺不出這位　舍門中講道的和尚有任何意義，直到結尾時，盧子「耳中聞講僧唱云：『檀越何久不起？』忽然夢覺。」我們才看出僧的作用。事實上，「櫻桃青衣」中的精神因素，很快就從僧轉移到青衣身上，使得原型女性更突出，這點我們下面會繼續討論。

「枕中記」的呂翁則不然，這篇戲中戲結構的小說，完全是他導演的。故事開場的說解 (exposition) 顯然是以他為主角，後來才談到盧生，甚至盧生的上場，都是從呂翁的觀點描寫的。作為智慧老人的道士呂翁，除了推動故事的進展，操縱着主角的命運外，在主角的潛意識裏，還有一層作用，他是一個父親形象。這點我們分析「楊林」的廟巫時已經提過。在主角的意識裏，這位指點人生迷津的智者，無異他在現實世界追求功名的絆脚石（盧生對呂翁說：「先生窒吾欲」）。這種關係形成了主角與呂翁在故事開始的衝突。我們可以說主角盧生和呂翁是 protagonist 與 antagonist 的關係。衝突隨着呂翁與父親形象的認同而加深，因為在潛意識裏，父親是他情慾的敵人。隱藏在個人潛意識裏的功名情意結和隱藏在集合潛意識裏的情慾情意結，在夢裏的變形階段獲得解決。盧生「娶清河崔氏女。女容甚麗，生資愈厚，生大悅」，官也愈作愈大，父親形象轉化到皇帝身上，成為「救贖的父親」(redeemed father)。潛意識中情意結的解決，引導出醒後盧生與呂翁，少年與智慧老人，兒子與父親的和解，衝突最後以盧生的醒悟獲得解決。「生撫然良久，謝曰：『夫寵辱之道，窮達之運，得喪之理，死生之情，盡知之矣。此先生所以窒吾欲也。敢不受敎。』稽首再拜而去。」

盧生夢寐中的各種經歷，除了保存「楊林」中的基型外，實爲主角追求與啓蒙過程中的考驗(ordeals)，有成功，也有失敗。「鑿河八十里，以濟不通。邦人利之，刻石紀德」與「大破戎虜，斬首七千級，開地九百里，築三大城以遮要害。邊人立石於居延正以頌之」皆爲追求英雄(通常是救世主，如后羿)必創的豐功偉業；「爲時宰所忌，以飛語中之，貶爲端州刺史」與「同列害之，復誣與邊將交結，所圖不軌。制下獄」又爲洗禮英雄必經的痛苦考驗。夢中最後盧生的上疏與帝的下詔，正是「與父親之補償」。本篇最令人尋味的地方是盧生夢醒回歸的階段，亦即「戲中戲」結束之處。「是夕，薨。盧生欠伸而悟，見其身方偃於邸舍。」主角在夢中死去，却跨過了兩個世界之間的門檻，在現實世界醒來。這暗示出「生兮死所伏，死兮生所伏」(Death-in-life and Life-in-death) 的另一原型觀念。

楊林等人夢中遂願的第一件事——潛意識中最重要的一件事，便是與一位身份高出自己許多的美麗女子成親(趙太尉女、清河崔氏女、鄭氏女、金枝公主)。在「楊林」與「枕中記」的表層結構中，這位女性的作用不很明顯，經過心理分析，我們才發覺她是主角追求的目標。但是她在「櫻桃青衣」中，披上仙道的外衣，盛裝出現，甚至取代了「枕中記」呂翁在結構上的重要地位。與啓蒙英雄結合的原型女性，融合了夢中所有的女性，包括作嚮導的青衣少女。她往往以兩種身份出現：母親與少女 (Koé=Maiden=Persephone)，母親是太初之母 (Primordial Mother) 或大地之母 (Earth Mother)，象徵着生育、溫暖保護、豐饒、生長、富足，那不知名的少女是靈魂的伴侶（Soul-Mate），象徵着精神的實現與滿足。這位原型女性，根據坎貝爾的描寫，代表「美的極致，一切慾望的滿足，英雄在兩個世界中追求的福祉目標。在睡眠的深淵裏，她是母親、姊妹、情人與新娘……。她是圓滿承諾的化身。」（註一三）小孩與母親的關係，演化爲成年人與物質世界的關係。啓蒙英雄與少女的神聖結合，也象徵了肉體與物質的滿足。（註一四）因此，范陽盧子進入姑宅，等於回到母體，得到庇護與富足。「姑云：『聘財函信禮席，兒並莫憂，吾悉與處置。』」與鄭女的結合，「事事華盛，殆非人間。」拜席畢入一院，「院中屏帷牀席，皆極珍異」。以後功名利祿俱之而來。

這偉大的原型女性，統攝着故事中的一切女性意象，她的精神因素灌注到青衣使女身上，取代了呂翁的嚮導地位，故事的標題「櫻桃青衣」便題示出強調的方向不同。青衣兼了老人，使者，乃至誘惑者的作用。至於櫻桃很可能是西王母神話仙桃的變形。細察作者對盧子姑及宅內景象的描寫，吾人會發現它與後期西王母故事諸多類似，至少，神仙色彩相當濃厚（按，西王母即一原型女性）。

盧子的啓蒙過程，出發階段相當遲緩，這點我們一開始便談到，其原因可能是戀母的情意結受到超我的道德意識箝制。和楊林與盧生入洞的簡單過程大相逕庭。我們來看，主角進入母親的過程：首先出精舍門，見一青衣，與其同食櫻桃，這已有足夠的性暗示。下面一段對話尤可看出青衣具有妖女（Siren）神秘的誘導作用，是一個誘惑者（Seducer）。

> 盧子訪其誰家，因與青衣同食櫻桃。青衣云：『娘子姓盧，嫁崔家。今孀居在城。』因訪近屬，即盧子再從姑也。青衣白：『豈有阿姑同在一都，郎君不往起居？』

顯然，再從姑是一個母親的化身。接着隨着青衣過天津橋，入水南一坊，過河是洗禮儀式——進入潛意識——幾乎不可避免的過程，神話與文學作品中屢見不鮮。入水南一坊暗示着已開始進入母體（坊爲女性象徵）。到了一座大戶人家門前，青衣先入報信，盧子的進行受到阻撓，過了一會兒，有四個美少年出來，等於坎貝爾所謂的「門檻守衞」（Threshold guardian）（註一五）四人「皆姑之子……形貌甚美。相見言敍，頗極歡暢。」他們實際是主角的影子，盧子很快就與這四人認同了。在會見再從姑以前，故事的節奏緩慢，表示主角躊躇的狀態。潛意識裏的焦慮直到拜見姑媽仍然存在：「姑衣紫衣，年可六十許，言詞高明，威嚴甚肅。盧子畏懼，莫敢仰視。」到了主角與「世界的神仙母親」（Goddess-mother of the world）結合，他才獲得勝利，此地的母親形象變成少女，「年可十四五，容色美麗，宛若神仙。」主角終於解除了戀母的情意結。

在本文中，作者指出了楊林故事系列的深層結構，即存在於吾人集合潛意識中的追求與啓蒙原型。主角從懵懂無知，處身黑暗深淵的少年，經歷一番追求和洗禮，重新回到現實世界，變得成熟睿智，認識了人生的眞相。作者也證明了「楊林」、「枕中記」、「櫻桃青衣」和「南柯太守傳」皆導源於這基本原型結構，由於文學家的潤飾及其時代思想的灌注，這些作品分別以生動繁複的表層結構出現，因而增加了文學與道德的新意義；或宏揚佛道出世思想，或諷刺社會政治體制（如「櫻桃青衣」的姻親政治）。但這些外在的意義，必須和故事主角所經歷的追求洗禮、啓蒙、再生原型經驗結合，才能超越時空，具有普遍性。楊林故事系列不斷地重複，主人翁不斷地以不同的方式重複其經驗，使得構成這深層結構的許多必要成分，隨着創作螺旋的轉動，逐漸清晰地浮現上來，爲吾人認知。「枕中記」的創作，浮現了呂翁這個智慧老人原型；「櫻桃青衣」的創作，浮現了盧姑這個母親原型；「南柯太守傳」的創作，浮現了金枝公主這個少女原型……。這條旋轉曲線會繼續下去，保持着同樣的原型結構，直到「產生這〔原型〕的心理枯竭。」

註一 裴普賢教授在「中印文學研究」（臺北，一九六八年）中說「幽明錄」裏的「楊林」取材自印度「大莊嚴論經」與「雜寶藏經」中的「迦旃延」與「娑羅那」。David R. Knechtges 認爲唐人傳奇「可能」經由大食人之手，傳到西班牙，影響到 *El Conde Lucanor* 的創作。（見 *Tamkang Review*, IV, 2, p. 115）事實上，歷史淵源並不是很重要的問題。神話學者（Géza Rôheim）考察澳洲中部土著的創世紀神話，發覺這些從未與外界接觸過的民族，其神話竟與舊約的創世紀極爲相似。（見「神話與民間故事」"Myth and Folktale" 一文。民間文學多源出於神話，原型結構與人物屢見不鮮，可以流傳，但不必然是流傳的結果。

註二 本文所用年代皆根據葉慶炳着「中國文學史」與 David R. knechtges 之 "Dream Adventure

Stories in Europe and Tang China."

註 三 劉大杰，「中國文學發達史」，臺北，一九七一，頁三四六。

註 四 見 Dorothy Eggan, "The Personal Use of Myth in Dreams," in Thomas A. Sebeok ed. *Myth: A Symposium*(Bloomington, 1965), p.110.

註 五 Ernest Jones, *The Life and Work of Sigmund Freud*, vol. II (New York, 1955), p.217.

註 六 Claude Levi-Strauss, "The Structural Study of Myth," in *Myth: A Symposium*, p.105.

註 七 Jones, vol. II, p.312.

註 八 Carl Gustav Jung, *The Archetypes and the Collective Unconscious* (Princeton, 1969), p.152.

註 九 啓蒙過程的討論取材自 Joseph Campbell 的 *The Hero with a Thousand Faces* (Princeton, 1949), pp.49-238.

註一〇 Campbell, p.218.

註一一 Jung, pp.215-218, 406.

註一二 有時精神因素是眞正的鬼魂或死者，指點「哈姆雷特」迷津的便是他父親的鬼魂；或者是小人及人言禽獸，「李仙大夢」中的精神是矮人，「西陽雜俎」中的「守宮」是小人，「格林童話」中的「蛙王」是青蛙，「艾麗思夢遊仙境」是兔子。

註一三 Campbell, p.110.

註一四 *Ibid*, p.113.

註一五 *Ibid*, p.79.

電影技巧在中國現代詩裏的運用

溫任平

中國現代詩的技巧是相當繁富和複雜的，原因是這些技巧不單源自中國傳統詩學，同時也借自西方的各種主義與流派。這種技巧上的多元性是造成現代詩之所以難懂的一個重要因素。關於此點，非本文討論能及，不預備在此詳述，這篇文章的用意在於研討一下電影技巧——作爲現代詩的許多技巧之一——在現代詩的運用，以及可能運用的幅度。當然，我們也同時注意到這種技巧在詩中所達到的效果及所帶來的影響。

有一點使我們頗感驚異，早在電影被發明之前，中國的古典詩的不少作品就是利用類似電影技巧的手法從事創作的。就我所知，葉維廉先生似乎是第一位對這種表現感到興趣且進行討論的學者。他曾引杜甫及李白的詩來說明他的觀點，他認爲杜甫的詩行：

國破山河在

「國破」與「山河在」乃是『兩個鏡頭的同時呈現……兩個經驗面，彷似兩錐光，同時交射在一起。讀者追隨着水銀燈的活動，毋需外界的說明，便能感到畫面的對比和張力。』（註一）他也把李白的「鳳去臺空江自流」就電影的角度解析如下：

鳳去（鏡頭一）

臺空（鏡頭二）

江自流（鏡頭三）

認爲『純粹的行動與獨態用這種電影手法來呈現，而沒有插入任何知性的說明，使這些精短的中國舊詩既繁富又簡單。這些狀態和行動的並置的呈露，使讀者因這一刻的顯露而進入了宇宙之律動和時間之流裏，不用文字的說明與解說，而感受到江山長在，人事變遷的悲哀。』（註二）

當然，杜甫與李白寫作上述詩作時不可能意識到他們正用着電影的手法來寫詩，但是在有了電影的今天，我們却發覺這些詩中呈現的純粹經驗正是賴電影技巧的運用而臻至的。其實杜甫的「國破　山河在」只是五言詩的上二下三的基本句型，而「鳳去　臺空　江自流」的結構也只是「二二三」的規式。由於文言本身的簡鍊以及詩行字數的硬性限制，「國破」與「山河在」之間，「鳳去」、「臺空」、「江自流」之間，並不需要也不可能加上任何連續性的媒介語。它們之間的連繫需要依靠讀者的想像力來完成：把它們拉在一起來比較來領會，並且覺出它們間的關係。譬如「國破」與「山河在」的關係是對比（contrast）、「破敗」與「完整」的強烈對比；而「鳳去」「臺空」是緊接着的兩個「並置事物」（juxtaposed objects）或「並置情境」（juxtaposed situations），它們的基本性質有一個非常重要的共同點；它們都意味着因爲變遷與逝去所產生的空虛（emptiness）。這兩項事物（「鳳去」、「臺空」）與末項「江自流」的長存不滅剛好成了明顯的對照，所以「鳳去」與「臺空」的姻緣是密切的、相對的、並行不悖的，根據我們的聯想，「鳳去」幾乎還是「臺空」之所以臺空的前因呢；而「鳳去」「臺空」與「江自流」的關係却是相反的、逆對的。雖然唐代並沒有關於「對比」、「並置」及其他類似的文學技巧正式被提出來討論（註三），但在實際創作上，詩作者顯然已意味到「對比」與「並置」是詩創作的兩門要訣（註四），我們可在其他舊詩中所常見的「對比」與「並置」方法的運用找到不少例證，足以說明當時的詩人對這些技巧並不陌生，我們甚至可以說他們對這些技巧的運用還是相當嫻熟的呢。當然，無論如何，當時的詩作者絕無可能獲知他們這種手法，加上文言的特性以及連接詞語的省略，在表現上已非常接近二十世紀才興起的一門新穎多姿的藝術：電影了。

我們現在似乎面臨一個問題：以白話作爲語言媒介的現代詩能否達到以文言作爲語言媒介的舊詩所表現的那種水銀燈效果呢？把問題擴大，白話文中那一大串無法避免的連接詞、介系詞、前置詞、副詞使它與文言的精簡深鍊迥異，白話作爲詩的語言會不會是一種比文言粗劣的工具呢？這曾經是一個頗令人疑慮不安的問題（註五），但時迄今日，這項疑問已大致獲得滿意的解答了。這十年來現代文學的收穫以及作爲現代文學最純粹的一門的現代詩其語言試驗所到達的藝術成就都足以證明白話除了有它的實用價値、普及教育的功用，同時也有足夠的條件擔負起文學的重任。由於白話文是一種「『雅俗兼收，古今並包，中西合璧』的文體」（註六），作爲一種語文它顯然較諸文言有更大的伸縮性，比文言更爲靈活。白話的許多新詞新字是文言所沒有的，再兼現代詩不受固定形式的限囿，在表現上更形多樣化。以文言爲媒介的舊詩固然可以電影手法入詩，但那只限於鏡頭的運用加上蒙太奇的效果，而以白話爲寫作工具的現代詩則不但可用不同鏡頭分攝不同景物獲得蒙太奇效果，更可利用白話文本身的特性、現代詩的「無固定形式」之形式達到藝術上的新成就。

先談鏡頭的分攝。馬來亞華僑文壇賴瑞和的「沙漠六變奏」可以說提供了一個很好的實例。這首詩一共有六節，每節兩行，而每一節所呈現的是一個獨立的鏡頭：

一個面裹白紗的白衣人
跪在沙地上哭了
無能懷孕的母親
把臉埋在他的胸臆

拜月野狼高舉前蹄
向悲寒的月悲嗥
駱駝馱負一具死
伴星光趕路
軍隊是兩排移動的植物
一株株枯萎
迷路的旅者
向太陽高舉六弦琴

跪在沙地上哭泣的白衣人、把臉伏在胸臆間無能懷孕的母親、向月悲嗥的野狼、星光下馱負着死屍趕路的駱駝、移動的馬來亞軍隊，迷路的旅者，這些畫面是「從一個選擇了的位置紀錄某事件的一個選擇了的片斷」(註七)，這些畫面本身固然是一個個自身具足的意象，它們被安排在一起，便造成了蒙太奇的呈現效果。「沙漠六變奏」裏的一個個畫面正如名電影理論家 Béla Balazs (1886-1952) 所說的是「被攝影下來毫無秩序和意圖的斷片，經過蒙太奇的剪輯，它們連接在導演意圖下，產生有系統的效果。」在上述詩中，作爲導演的作者底意圖是什麼呢？詩中的意象

（表現為不同的鏡頭）是否完全沒有絲毫連繫，四下迸射的呢？——這首詩的詩題一開始便告訴我們這六節詩是六個變奏（variation），主調是沙漠，「沙漠」便是艾略特所說詩中「明亮的中心之靈氣」（註八），也是作者的意圖所在。這些意象所呈露的畫面雖然不同，它們的指向則一，無論是「哭泣着的白衣人」抑是「在星光下馱着屍首走着的駱駝」，這些事件都發生在沙漠上，換言之，沙漠是這一連串事件發生的場景，這些意象或鏡頭畫面都與沙漠有關係，這便是它們唯一的也是不可或缺的連繫。畫面的出現次序非事件發生的先後次序，「從一個鏡頭到另一個鏡頭，時間是完全自由的。也就是說從一個鏡頭到另一個鏡頭的時間關係是可以從任何時制（過去、現在、未來）到任何時制（未來、現在、過去）的。」（註九）。而每個鏡頭本身的時制可以是過去式、也可以是現在式或未來式的。所以時間並非是它們的重要維繫，這首詩的結構亦非前因後果式的「邏輯結構」，但它却是有中心焦點的，所有的意象都投落在「沙漠」這表現的焦點上，讀者必須在聯想上努力，他「必須在那時毫不置疑地任由意象連續地落入記憶，最后，一個完全效果才會產生。」“The reader has to allow the images to fall into his memory successively without questioning the reasonableness of each at the moment; so that, at the end, a total effect is produced”）（註一〇）。從這些鏡頭所呈現的景，讀者可以捕捉到籠罩着全詩的祭禮式的氣氛。這首詩的後記中有一段話：「Antonioni's Zabriskie Point 裏的沙漠，silent, sterile, ritualistic, ...」這首詩大概是賴瑞和看了安東尼奧尼的「死亡點」之後寫的，因此他在這首詩裏運用到電影手法，無論是故意爲之抑是下意識的創作都是很自然的事。在這一段後記中也可看出作者的意圖正是要表現沙漠的靜寂、荒蕪不毛以及那種祭禮式的氛圍。我個人以爲，這首詩在表現祭禮式的氛圍上最爲成功，在表現荒蕪不毛感這點次之（「無能懷孕」暗示了荒蕪不毛），而在表現「沙漠的靜寂」這點最弱，因爲詩中的白衣人底哭聲，狼的悲嗥已經完全破壞了沙漠那種難忍的死寂。但本文無意在這方面作進一步的申論，我要說明的是：這首詩從一個高俯角度分攝沙漠上的不同畫面，讓它們呈現在讀者面前。這其間沒有知性的分析也無需邏輯的構成，可是我們却在這些表面的景象中，覺出了存在於文字意義之外一些隱約的新事物，而有了新的感知。

研究電影鏡頭必然牽涉到攝影機的運用問題。攝影機是活動的，可以自由調度的，但在需要時它也可以靜止在一個位置與角度上，由人物單方面去動作。由於攝影機的固定不移，銀幕上的人物便在一個定型的框式（framing）裏移動。攝影機本身的靜止、框式的沒有變易，這兩項條件是非常有利於單調的、憂傷的、枯燥的或者是靜寂氣氛底經營的。文愷的「拾荒者」，

他哼着一首誰也學不會的歌
拾起自己
一個銹了的鐵罐

他慢慢地抖落
無數生活的沙塵
他踱着
踱着
踱着
踱
着
遠了

詩中那個拾荒者在一個固定的場景框式中，背向着攝影機慢慢走遠、走遠。攝影機始終沒有運轉過、移動過，由於這種全然的靜止，觀衆愈發感到那種單調與傷感的氣氛，而人物的體積在一個固定的框式中由大而小（人物慢慢去遠了），也使觀衆感到周圍（environment）壓力的巨大與人物的無助渺小，及至最終，人物在銀幕上由細小而至完全看不見，周圍終於吞沒了「個人」的身影，也含有了悲劇的意味，激起觀衆（讀者）的同情。

但正如前面說過的，攝影機在一般的情況下是作多方面的運動的，上述的靜止不移是在謀求某種特殊的效果（special effects）。它是可以追隨着人物的行動也可緩緩移轉逐步介紹景物。從

林煥彰的「貴陽街二段」首節

開始是紙行、印刷廠
祖師廟，過去是
窰子
沒掛招牌的
一直到淡水河邊

我們可以覺察出攝影機正在不斷地推移，從紙行到印刷廠，從印刷廠到祖師廟，然後再轉去攝取那家沒掛招牌的窰子和再過去一些的淡水河。鏡頭的移動並不突然，而是平穩緩慢的。管管的「三個罈子」也作了近似的鏡頭運動：

門前的棗樹
棗樹上的冥山
棗樹下的白馬
馬前的雲烟
馬后的酒店
酒店的后院

后院的酒罈

但是攝影機的移動卻與前者有些不同。前詩的拍攝手法是層層遞進的，而「三個罈子」的鏡頭運用雖也逐步介紹景物，可是却往往在同一景物作上下左右的移轉。「棗樹上的羣山」拍的是樹頂，「棗樹下的白馬」角度從上而下拍取樹幹與地上之間的那匹白馬；馬前的雲烟如果出現在銀幕的左方，則馬後的酒店則在右方無疑。觀衆（讀者）在看到酒店之後，便又被攝影機帶到酒店的後院去，最後是後院的那個酒罈的大特寫（close-up）一下子搶入了觀衆的眼簾。

前面我曾提及攝影機角度的上下運轉。但這種移動只是仰拍與俯拍之別而已，換句話說，當攝影機在拍攝「棗樹上的羣山」與「棗樹下的白馬」這兩個映象時，它只是在它原來的位置上調動鏡頭的俯仰角度罷了。主流詩刊第二期有一首詩却讓我們看到攝影機在它原來的位置上作了一個一百八十度的轉身：

上一次坡回一次頭
山下的影子逐漸消瘦了下去
艱苦的我看不見自己的肥壯
却爲山頂的臃腫而害怕

——郭成義：上山的路

第一、二行，攝影機的鏡頭對着山下，然後攝影機向後倒退，於是出現在銀幕上的山下底「影子」（山下的影子可能是人的影子也可能不是。「影子」也可以泛指由於距離遙遠而呈現模糊的景物）便「逐漸消瘦下去」。「逐漸」是兩個很重要的字眼，因爲它告訴我們攝影機正不疾不緩地在後退中。接下去的兩行，形勢突然一變，攝影機的鏡頭本來是朝着山下映攝的，現在却作了一個一百八十度的轉移，改向山上拍攝。由於山頂的接近，出現在觀衆眼前的山頂是一個巨大（臃腫）的形象。

必須在此指出的是，文愷、林煥彰、管管、郭成義四位詩人在他們各自的詩作中所用的電影手法雖不盡同、鏡頭的處理與調度也各有變化，但有一點是相同的：攝影機所拍攝的景象也正是主角眼瞳裏所看見的景象。這種主觀鏡頭的運用在電影中可說俯拾卽是，譬如影片中的一個醉漢正在蹣跚而行，攝影機就會拍攝一連串他身旁搖晃不定的景物，這景物正是透過他的模糊醉眼中所看見的。又譬如一個病人，他剛剛從昏迷中蘇醒過來，他睜開眼，看見床沿親友們模糊而漸趨清晰的臉，這主觀鏡頭運用正足說明人物的意識逐漸清明，視力逐漸恢復的那一刻的過程。所以鏡頭的作用猶似影片中人物的眼睛。在這裏我們有必要討論一個純粹屬於技術的問題，就是人、景或物件離開眼瞳的距離以及它投落在網膜（retina）上的映象大小的關係。常識告訴我們，物件離開人的眼瞳愈遠其映象也成正比例地愈小，根據粗略的計算，一個離開二十尺之遠的人，其映象應該四倍小於另一個離開我們十尺遠的人。如物件是在四十尺之外，則其映象就比例的推算，應該小過離開我們十尺遠的物件十六倍那麼多。但在實際經驗上，我們是否眞的如此呢？當然，離開我們四十尺遠的物件是比後者小了許多，但終不致於小了十六倍，我們的腦子會自動把這種巨大的差異減少，使離開我們四十尺遠的物件縮小了四倍而已（而非十六倍），使本來甚小的映象有一個對我們的習慣與經驗而言「比較合理的積量」（reasonable size），攝影機的鏡頭所攝取的映象亦與視覺神經（optic nerve）所傳達給網膜的作用相仿，但攝影機却是純客觀的（objective），沒有心智所作之改動（mental correction），換言之，離開鏡頭四十尺與十尺遙的兩種物件就會出現十六倍之距差（註一一）。所以如果從高空去拍攝一座二十層的長方形建築物，我們在沖洗出來的照片上看到的是一座倒懸的金字塔，建築物的最底層是尖尖的塔尖（apex）。上述這一段技術的討論，非隨意蔓延，它與我們的討論是有關係的，龍族詩刊第七期有一首周夢蝶的詩，其最後一節如下：

莊周夢裏的蝴蝶？蝴蝶夢裏的莊周？
當時序未多而記憶已朽
是誰的冷冷的手冷冷的探過來
冷冷的扼着我的咽喉

最後二行使我們仿若看到一隻魔掌自攝影機前面伸來，大得恐怖。而這種令人不寒而慄底感覺的產生，原因有二：一來是由於疊詞「冷冷」的一再複用，其本身字義所透露的（註一二）；二來是由於在讀到詩行的瞬間，一隻大手「探過來」在我們腦中所引起的恐怖聯想。因爲一般讀者對影片（或照片上）上的大手、大手後面逐漸瘦小的臂膀、以及那個畸形的小頭顱之映象並不陌生，因此很自然地我們的聯想就會與這種個人所看過的攝影機所拍攝出來的畸象之實際經驗呼應，而驟然感受到利那間恐怖的撞擊。

唯是那隻冷冷的手之「巨大」，在詩行中並無明顯之指明，讀者的腦海會浮現一個巨大無朋的手的形象，乃是讀者本人的聯想。無疑地，這種聯想是順乎思維的脈胳的，它由我們日常經驗（對攝影機所拍攝的映象的熟悉）觸發的。但無論如何這只是聯想，眞正用到主觀鏡頭的詩乃是溫瑞安的一首實驗意圖甚濃的詩作「蛙」。「蛙」是純粹就一隻蛙的立場來看牠周遭發生的事件的。詩中的「我」卽是蛙的自稱。牠並沒有介入事件裏，牠站在牠自己的位置看到、聽到或感到事件進行底過程：一個男人緊抓住一個長髮的女子（在蛙的限中那是一個「長長頭髮的人」），把她推倒。牠聽到那個女的尖聲慘叫，牠覺得這慘叫聲比牠與蛙羣的合唱更尖厲。然後是兩個人在滾動，牠聽見他們的喘息聲；那個女的在哭泣，使牠嚇了一跳。就在這時，牠看見那個裸體的男子握着一柄明亮的利刄一連刺了許多下，利刄揚起時晃着一片紅光。女子的尖叫聲停止，牠覺得有些奇怪，最後牠看到那個緩緩站起身來的男子：

頭雖小得可憐但卻有一雙大大的腿

這個形象正是那隻矮矮的蹲坐在地上的蛙向上仰望時所看見的。青蛙的眼瞳卽是攝影機的鏡頭，筆者不知青蛙的眼睛是否與人類的眼睛構造相似，都能對事物遠近作某種心智上的改動（mental correction）以符合視覺的習慣。但這點生物學的知識對於作者而言並不重要，因爲溫瑞安要在詩中點出的並非是某項生物學的事實（biological fact），而是一隻蛙眼中的人類底畸形體貌。這首詩的場景是池塘與塘傍，強姦兇殺就在塘傍發生，一隻塘裏的青蛙恰巧看到聽到了這一切，詩中處理的是兇殺未發生前、和兇殺發生時蛙所目擊的情景，純粹是蛙自身的經驗。而蛙作爲一種動物的智力（mentality）實無可能對事件與人物作任何知性的判斷，換言之，蛙本身並不知道這事件（強姦與殺人）是否有違法紀，是一種罪惡的行徑，牠也不知道行兇者是好人抑或是壞人。這首詩的任何一部份如果沾上一點上述的道德判斷（moral judgement），那將都是作者自身的判斷，而蛙本身的純粹經驗就會由於作者個人見解的介入而被破壞無遺。溫瑞安是顯然了解這點技巧上的陷阱的，所以他把他自己對事件的知性的道德批判完全抽離，不在字面上透露一點訊息。但這首詩是否就是一首純屬記述事件的，別無創意，內容貧弱的詩呢？這首詩如果沒有最後一行，我想它縱不近亦不遠矣，可是最後一行卻挽狂瀾於既倒，使我們改變了先前的初步印變。我把這行詩再抄下來以便作進一步之研討。

　　頭雖小得可憐但却有一雙大大的腿

首先，我們發覺這一行詩的「內容」(content) 與「形式」(form) 之完全配合無間。我不用韋立克 (Rene Wellek) 的「材料」(materials) 與「結構」(structure) 而寧取「內容」與「形式」這兩個文學術語（註一三），因爲個人覺得後者，最少就中文的意義來看，意涵範域較清晰易辨，較適宜於我們正在研討着的論點的闡明。這行詩的內容是：頭小而腿大；形式是

形式孕育了內容，內容亦包含了形式，它們之間的關係似水乳交融，不可劃分。且「形式」「內容」都共同指明一個上端細小下端巨大的形狀。但這嚴格說來只是詩中某一詩行視覺效果的成功及「內容」「形式」之完美融成，僅具備此項優點，「蛙」詩仍不過是記述事件，其詩行的成功經營固屬可喜，就詩的整體表現則仍難免貧薄之譏。這首詩的藝術成就建基在一個非常隱約，故意爲作者掩藏着的「暗示」(implication) 或「餘弦」(naunce) 上面。這首詩中的世界是人與

蛙的動物世界。人是高等動物，是萬物之靈；青蛙是水陸兩棲的動物，較諸人類應該被稱爲低等動物。在比例上，人是高大的，青蛙是矮小的，這是一個顯明的「對比」(contrast)，而「凡文字表現的藝術品中的對比必然具備一個感覺以外的意義」(註一四)，這「感覺以外的意義」是什麼呢？人類是秉有高度智慧的，却幹着姦殺之愚行，所以人的形象在蛙的眼中會如此畸形，頭顱會那麼出奇地細小。「頭」字安排在最上端成爲整行詩中最小的字眼顯然是作者的匠心獨運。「頭」代表理性，它是人類智慧所在，可是它却那麼畸形地細小，爲整個軀幹最小的部份（從蛙的眼中所看到的），這其間不是蘊含了一個極爲深刻，極爲可怕的嘲弄（irony）嗎？人的理性（智慧）的萎縮細小，竟是一隻「智能低劣」的青蛙對人所持的看法，我們便頓然感受到詩中的尖銳諷刺（mockery）。使我們驚悟整個平淡的事件原來是有意佈下的「輕描淡寫」(understatement)，所有的張力與撞擊力都密聚在最後的顯著的詩行中，而在一刹那間迸爆開來。「蛙」一詩由於這項沈重有力的，隱伏在文字的柵欄後面的弦外之音，使它原本甚淺薄貧乏的題旨變得寓意深遠，而是項重要的成功的安排有賴於攝影機的特殊性能給予作者的靈機。

關於主觀鏡頭的運用，前面筆者曾提及一個醉漢眼中所見到的搖晃不定的景物以資說明。這種搖晃不定的感覺是由於「搖鏡」——搖晃擺動着鏡頭——而達至的，在黃昏星的一首近作「傷鳥」中，一隻鳥受傷從高空迅速墜下，在牠眼中便出現：

山已傾斜
樹們向我猛猛地撞來
所有的雲都顫抖

的異常景象。這反常的外象乃是由於受傷的鳥本身知覺之混亂以及牠身體正迅速墜落時所產生的「錯覺」，那情形有些像我們駕着車子前行時會錯覺到路旁的景物向後飛快移動一樣。樹木仍留在它們的位置上，可是由於迅速墜落時所產生的錯覺，傷鳥看到是樹木向牠「猛猛地撞來」，而不是牠向樹木撞去。至於出現在鳥的眼瞳的傾斜的山，顫抖的雲，都是由於迅速墜落時在震盪紊亂中所看到的實景。而這種動盪不安的感覺是用搖攝手法臻全的。

「搖鏡」比起前面所討論過的攝影機的推、拉、仰、俯顯然是一種較劇烈的「運動」。這種鏡頭的急劇運動也可以表現為 zoom in 或 zoom out。在溫瑞安的「武林」第二節中。

算命底相士一直搖着
銅鈴，白色底幡旗
走近時始發現他是雙目慘白的
瞎子

開始出現在讀者（觀衆）眼簾的是一個中遠景：一個相士搖着銅鈴，拿着一支白色的幡旗走着，我們只看到他的身影，而看不到他的面孔，開麥拉突然迅速移近——利用可任意改換焦距之擴縮鏡（zoom lens）——我們看到的是向我們急速地衝近的那個相士慘白的瞳仁底大特寫，而感到刹那間的心魂震動。zoom in 的技巧在現代電影中不難找到例子。狄・西嘉(de Sica) 的 Umberto D中一個垂暮的老人正望向窗外，他看到行人道上那一大堆石塊，出現在銀幕上的是行人道的石塊迅急地向他撞來，觀衆這時卽感受到老人心裏的一個可怕意念——一種自殺的瞬間衝動。

Zoom out 的作用與 zoom in 正好相反，唯亦如 zoom in，這種違反了我們的視覺習慣，也超越了我們的正常視覺能力的技巧，如運用得宜，是能傳達出特殊的效果，或暗示某種特殊意義的。在柏圖路西（Bertolucci）的 Prima della rivoluzione 中，一個婦人與她的姪兒有着不尋常底戀情，後來她決定離開以中止這種曖昧的關係，等到她回來之後發覺她的姪兒已與一位富有的貴族少女訂婚。開麥拉拍攝的是她在劇院前排的座椅上，目光轉動在尋找着坐在廂位上的姪兒與未婚妻。當她與姪兒目光相遇時，擴縮鏡迅速拉後，強烈地顯示出兩人見面時的愕然與情緒之遽變。藍啓元的「事件」就是利用類似 zoom out 的方法使他的詩更形壓縮的：

怒鷹撕裂着鐵嘴，盤旋撲下
絨黃的小鷄哀嘶

風驟起。母鷄於哀鳴中
仰首
藍藍的夾着白雲的天空
一黑點

怒鷹撲下，雛雞哀嘶，「風驟起」明寫風的突然揚動，暗寫的却是猛禽抓住弱小的雛雞、雛雞的掙扎以及怒鷹重新振翅飛起那一刻短暫的過程。等到母雞仰首向天空望去時，老鷹已帶着牠的獵物飛得很高了。第三行「風驟起」之後，作者是站在母雞的位置上，拍攝那迅快地移高的鷹，出現在銀幕上的是 zoom out 的迅速變小的「黑點」。那「黑點」也就是母雞眼中所看到的牠的孩子的最後一瞬，所有的傷痛與哀惋都在字裏行間埋伏着，並沒有直接指述出來。正如 Prima della rivoluzione 片中的女人與其姪子並沒有在別後重逢時說過什麼話，有過什麼行動那樣，無言的傷痛是最大的傷痛，任何敍述性的說明性的文字都不可能模狀這種無言的、巨大的傷痛於萬一。那一瞬間，開麥拉的迅速移後，正可以把這種複雜難言的傷痛、難以平伏的情緒震盪微妙地透露了出來，而這不是比文字或語言說白式地敍述着哀傷，更具力道，更足以撼人嗎？何況「情緒」本身就十分複雜，十分幽微和難以捉摸的，大量堆積形容詞企圖繪出情緒在那一刻間的形態反而不如「不涉理路，不落言詮」（嚴羽語）的處理事半功倍，人物的情緒由於文字、形式與表現手法之巧妙安排，自動地呈現在讀者或觀衆的腦海中，讓我們感受到作者原先欲透露的訊息。

有些電影技巧主要是黑房技術的安排與調整，就以「淡入」（fade in），「淡出」（fade out），溶接（dissolve）與疊攝（double exposure）而論，底片在送去沖洗室時，是需要一番加工的，需要加工的地方都以一種特殊的符號劃在菲林上，使沖印的人員易於辨認。圖左是一些常見的光學效果符號：

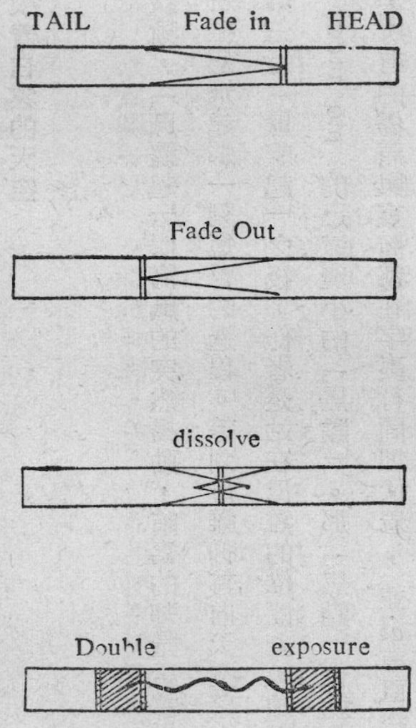

現代詩當然不用送去黑房沖洗，不過上述數項關乎到黑房技術的技巧，對於現代詩的表現與題旨的傳達却不無幫助。陳慧樺的「祭十八歲」最後一節正用到了這種「淡入」「淡出」手法：

他一愣背後就被蒼茫吞噬
四方魍魎都紛紛離去
龍門顫巍巍地昇起

銀幕（假想中的銀幕）先出現一個人錯愕的神情，然後畫面由明亮漸漸轉暗，蒼茫終於吞噬了他的身影，畫面於是陷入一片黑暗中。這是「淡出」。至於第二行詩，如果要拍成電影片的一個片斷，一個低能的導演可能會望文生義，讓一些臨記戴着鬼面壳僵直地自人物身旁蹦跳着走遠，以示魍魎的「紛紛離去」。然則四方魍魎眞的是一羣羣的鬼嗎？這豈非是另一部神怪片子裏面的一個 episode ？個人覺得所謂四方魍魎並非指詩中的「他」附近眞的有羣鬼密聚，後來才紛紛離開（雖然字面的意義確然如此），魍魎的出現毋寧是象徵人物內心的夢魘式底不安與紊亂的。如果我的看法是對的話，導演倒不如讓畫面仍留在黑暗中，同時安排一陣陣令人悚然的鬼哭神號（利用電子音樂的音響效果）的逐漸微弱以暗示「幽靈」的去遠。從第二行到第三行是「淡入」的過渡，畫面漸趨明亮，龍門就在逐漸明亮的背景中顫巍巍地昇起來。這三行詩結合了「淡出」「淡入」兩種手法，從第一行詩畫面的漸呈陰暗，到第二行的畫面全黑，然後是第三行畫面的轉入清晰，龍門在光線的逐漸增強中昇起，這暗示了龍門昇起過程的艱難，故此龍門的最終脫穎而出，形象是非常突出的。

至於「溶接」(dissolve)，梅淑貞的「花之灣」提供了一個很好的實例：

把滿頭青絲浸入水中
我的劉海開遍了浪與水的花花
把已放逐的往事收回
旭陽照在滴翠的青山
你我在水中　數海底的沉沙
落日鎭守於凌峰絕頂
你我痴坐於椰子樹下
苦候星辰欲曙與眉月初昇
而後而後　你拂袖遠去
我撲倒於那棵瀟瀟的椰子樹下

詩中的女主角把滿頭青絲浸入水中，髮絲盪動了水，水花泛動搖晃，人物注目着「浪與水的花花」，很自然地便回想到「已放逐的往事」，「浪與水的花花」的畫面逐漸消失，另一畫面「旭陽照在滴翠的青山」漸漸出現，終於取代了前者。在一段短促的時間內，這兩個畫面是重叠在一起的(superimposed on the screen)，這便是「溶接」手法。我預備在此進一步指出的是：詩中第二行到第四行所呈現的先後兩個畫面並非是直接取代的，這兩個畫面交替的過程也不似「淡入」或「淡出」有一段時間陷入全黑中。第二行的畫面「浪與水的花花」開始清晰，然後利用 soft focus 使畫面逐漸模糊，第四行的畫面「旭陽照在滴翠的青山」與第一個畫面複疊在一起，然後焦點逐漸集中，畫面漸趨清晰，這種安排可以消除畫面在瞬間交疊、取代的突兀感。愛森斯坦（Eisenstein）在「統一戰線」有一個鏡頭是這樣的：一個農夫把一個舊式的乳脂分離器防塵蓋闔上，分離器漸漸模糊，當畫面再度清晰時，出現在觀衆眼簾的是一個新式的分離器，焦距的改變暗示了時間的過去，而且不致引起觀衆太大的詫異，在梅淑貞這首詩中，焦距的改變暗示了時空的更易，使一段過去了的、發生在不同場景的情節得以很自然地引入。第四行開始全是屬於過往的事件。這節詩最大的敗筆是第三行「把已放逐的往事收回」的插入解釋，就作者而言是怕讀者不了解人物正在回憶，所以挺身而出予以說明，然而這段不必要的知性的申述却嚴重地斲傷了整首詩的純粹美感經驗，這段回憶或者回敍本身就 dramatically alive，任何作者的介入闡明都會是 cumbersome 和 disconcerting 的。

「疊攝」（double exposure）在現代詩中不算常見。這大概由於疊攝技巧很難運用得宜的原故吧。余光中的一首頗爲膾炙人口的詩「如果遠方有戰爭」顯然是以疊攝手法來捕捉那種眞與幻的感受，內心的衝突以及潛意識中蘊藏着的不安與哀痛的。玆節錄該詩部份於後，以便討論：

如果遠方有戰爭，我應該掩耳
或是該坐起來，慚愧地傾聽？
應該掩鼻，或應該深呼吸
難聞的焦味？ 我的耳朵應該
聽你喘息着愛情或是聽榴彈
…………
如果一個尼姑在火葬自己
寡慾的脂肪炙響一個絕望
燒曲的四肢抱住涅槃
爲了一種無效的手勢
…………
我們在床上，他們在戰場
在鐵絲網上搖種着和平
我應該惶恐，或是該慶幸
…………
是你的裸體在臂中，不是敵人

詩中的「我」正在床上歡愛，這是眞實的，可是在極度的歡樂中（ecstasy）他的腦海中却不斷閃過在戰場上進行着的另一種完全不同方式，眞正慘烈的肉搏。這個幻覺一直纏繞着他，使他在歡愛時作出一連串的內心獨白（interior monologue）：「我的耳朶應該／聽你喘息着愛情或是聽榴彈」「……是你的裸體在臂中，不是敵人」。在遠方進行着的人類慘劇不斷衝進人物的內心世界裏，並且激起人物（一個現代人）的愧怍甚至反躬自責。他臂中的裸體底姿態使他自然而然聯想到在越南自焚的尼姑彎曲底肢體，幻象與實象一直互爲交射，一直疊攝在一起。正如瑪基麗特·杜蘭絲（Marguerite Duras）在她編寫的「廣島之戀」（Hiroshima Mon Amour）那段有關一個日本男人與一個法國女人的兩情繾綣的片斷。他們在撫愛中談起廣島的轟炸的慘狀，在細膩的充滿情慾的動作中，醫院，被放射能殘傷了的畸形軀體，以及其他不忍卒睹的恐怖景象不斷穿插、幻疊。在「廣島之戀」中兩重世界的疊攝交揉了兩個不同的時空，其用意仍是「回敍」的；「如果遠方有戰爭」兩重世界的複疊則是實境與幻覺的交併，揉合了相同時間不同空間的事件。而瑪基麗特·杜蘭絲與余光中所處理的主題有一最大相同點，那是：性愛與戰爭，以及現代人在戰爭所造成的虛無感，失落感中「企圖從裸體的擁抱行爲裏，獲得一股具象的實存感覺」（註一六）的事實。

電影有它的節奏與韻律，一般來說它的節奏必然受到鏡頭的長度、場景的交替，鏡頭的運用以及剪接的速度、人物的動作、音樂與色彩的氛圍所影響。有時電影中也用到快動作（accelerated motion）與慢動作（slow motion），甚至凍結動作（frozen motion）使節奏增快或減慢甚至純然靜止。這些技巧的運用是爲了加強某種特殊效果而引入的。譬如快動作在卡通片或笑劇中最爲常用，是爲了強調滑稽的趣味，快動作也可用來渲染一個熱鬧的場面，車輛移動的擁擠，或者某種激昂的情緒（諸如暴怒、狂喜、熱誠……），且看休止符的「趕」：

驀地從床上彈起
他跳躍到椅上，拉開的抽屜搶出
一疊白紙，迅速在桌上拚命地接受
疾動的筆尖劃過劃過啊劃過
匆匆從攤開的書籍
跑出來的字跡
飛掠的筆尖匆匆地
由左至右由上而下，閃躍
一張兩張更多張的飽和後
馬上飛跌在一旁在一旁不動彈
匆匆地把桌上的空白塡掉也等於把整個夜塡掉

這首詩處理的是「匆忙」，它的快速律動是不是會使我們聯想到差利·卓別靈片子中常用到的快速跳動的鏡頭呢？

慢動作的運用往往是爲了抒情的，它可以加強悲劇的沈痛感，也可以使一個夢境更覺美幻，在實用價值上，它可以紀錄動作的細節（譬如一個運動員正在跳高）使觀衆能夠仔細看到動作進行的姿態與過程；在美學價值上，它同時也使到那個本來是急速粗野的動作由於緩慢化而變得富有詩意。拜燈詩刊第一期蕭蕭的天淨沙（其二）便是利用慢速鏡頭模狀了外在的景象，而獲得頗佳的效果的：

過了正午，臉才開始
上昇——
上昇又成一堆
緩
緩
慢
慢
的

黑
雲
　流
　連
　　復
　　　流
　　　連

「緩緩慢慢的黑雲」不以直行組合，而被拆開爲一行一字來排列，顯然是別有用心的。就詩的音樂性而言，直排與橫排在節奏上絕不相同（雖然字義並無改變），直排比橫排是快了許多。橫排由於是一行一字，在朗誦的時候，每個字在跳到另一行的另一個字之前需要作較長的頓挫，而不似「緩緩慢慢的黑雲」那樣暢行無阻，一吟到底。這種安排是把詩句的原先節奏減慢，那種每字一頓的姿勢與電影中的慢動作是非常相近的。正如「流連復流連」的改成三行來排列，它們同是使詩的律動轉緩的一種形式與內涵互爲調配後的試驗。「流連復流連」從一行改成三行，在保持了它的字義之外，還增強「流連」的意思，更使讀者有「流連再三」那種直覺的感受（把此句用一行及三行的方式吟誦，自能有所領悟）。「流連復流連」是正常的速度，「流連／復／流連」則是慢速度，雖然就速率來比較，分成六行來排的「緩緩慢慢的黑雲」是比前者更爲舒緩出神，動作更慢。

接下去要討論的是「凍結動作」(frozen motion)或「停止動作」(stopped motion)，凍結動作在影片中是選擇人物表情或動作最特異時「譬如目瞪口呆，或手足無措……」突然靜止，這種呆照鏡頭是很具戲劇性效能的。玆錄筆者的一首詩「變遷」以便申論：

燭火燃了又熄
熄了又燃
踏在雪地上的足印
悄悄隱沒
寒冷的鐘聲
有秩序地敲打每一個黃昏
大合唱突然中止
指揮的手僵住
汗出如漿的馬
頹然倒下

河水輕輕流動
滿山的猿吟依舊

全詩乃是以蒙太奇剪輯而成，前面五節用到並置蒙太奇，與聲音蒙太奇，最後一節則爲對比蒙太奇，人、事與物的變更與末節大自然的恒常不易形成強烈的對比，不過筆者引錄此首詩並非爲了複述蒙太奇在現代詩的運用，此點我在前面引錄賴瑞和的「沙漠六變奏」時已經研討過了，茲不

大合唱突然中止
指揮的手僵住

贅述。我要指出的是第四節；用到的正是「凍結動作」。開始是指揮的手在揮動，大合唱正在進行，然後是大合唱的突然中止，指揮的手在空中僵住的純粹靜止底畫面，我沒有在詩中寫出爲何指揮的手會僵住，大合唱何以會中止，而讓一切的可能留給讀者去想像。但是我們知道大合唱的中止與指揮的手的僵住是關連的：某項突發的事件闖入了合唱的進行並且破壞了它，而那究竟是什麼突變呢？是合唱團中有人突然倒斃嗎？還是指揮突然暴卒？這些可能都沒有形諸文字，我只抓住那劇變的瞬間，把最富戲劇性的一刻描繪下來。這種靜止所獲得的效果猶似德伏夏克(Anton Dvorak）的新世界交響曲第二樂章及貝多芬合唱交響曲的終樂章的長段靜止，是能引起欣賞者

大量底懸慮與注意的。

電影中情節的交替與鏡頭的剪輯有時需仰賴一些基本的轉位法 (transition) 使其自然流暢、乾淨俐落，而不致引起突兀感。這些轉位法方式繁多，有所謂劃過轉位 (wipe transition)，細述轉位 (detailed transition)，對話轉位 (dialogue transition)，溶化轉位 (match-dissolve transition)，招牌轉位 (sign-insert transition)，標記鏡頭轉位 (stock-shot transition)，字幕轉位 (title-card transition)，相似形狀轉位 (similar visual transition)，衝過轉位 (run-through transition)，音響效果轉位 (so-undeffect transition)，相似音響轉位 (parallel-sound transition)，音畫轉位 (sound and visual transition)，形聲轉位 (visual and sound transition)，音樂轉位 (music transition)，信件轉位 (letter transition)，淡入與淡出轉位 (fade-in fade-out transition)，單純轉位 (simple deviceless transition)……等等（註一七）。現代詩行與行之間，意象與意象之間，甚至詩節與詩節之間也有不少例子是用到類似的轉位法來連繫與轉接。葉維廉的「醒之邊緣」第一、二節如下：

鋑鍊戛戛
停住
又開始

停住
洗碼頭工人的談論
沒入霧裏
熱烈的爭執
爆發
又沒入霧裏

鈸鍊所發出的斷斷續續的聲響轉接到洗碼頭工人的斷斷續續的爭論，鈸鍊的尖銳聲與爭執時的叫囂聲同樣是噪耳的，它們有着某種相似性，正如日本導演岡本喜八在「待」一片那一段開始的場面，以雨傘張開的誇飾強音，轉接武士拔刀出鞘的嗆啷聲響，同屬相似音響的轉位。

而瘂弘的「秋歌」其中一節：

馬蹄留下踏殘的落花
在南國小小的山徑
歌人留下破碎的情韻
在北方幽幽的寺院

「馬蹄留下踏殘的落花」是形，「歌人留下破碎的情韻」是聲，它們的共通處在於：「踏殘」與

「破碎」同爲凋零、破敗，而從踏殘的落花轉接破碎的琴韻是形聲轉位，它成功地啣接了兩個相隔甚爲遼遠的空間：南國與北方。再來看張默的「髮與檣桅」的首二行：

衆山毛櫸聳立，在我們的眼裏
衆廟堂聳立，在我們的眼裏

鏡頭從衆山毛櫸的聳立「形狀」跳接（jump cut）到衆廟堂的聳立「形狀」，從甲物的聳立之姿聯想到乙物的聳立之姿同在一個想像的結構裏的，是一種「想像的聯想」，在影片中則表現爲相似形狀的轉位。

由於篇幅所限，本文實無可能舉出每一種轉位技巧在現代詩的運用及其例證，而把此項工作留給關心現代詩的作者與讀者在創作上或閱讀上去發掘與體會。有些轉位法在現代詩中也許是非常罕見的甚至還沒有人嘗試過的，但這並不等於說這種轉位技巧在現代詩中是絕無可能用作借鏡，相反的，由於一些轉位方式的未經應用，現代詩人因此擁有更多的空間去從事他們的技巧實驗，或許可以嘗試到前人未曾嘗試過的成果也是大有可能的。蒙太奇在現代詩中的運用亦然。蒙太奇的種類甚多，普杜夫斯金（Pudovskin）及愛森斯坦（Eisenstein）各自把蒙太奇分成：對照的、平行的、象徵的、並置的、節奏的、氣氛的、陪調的、心智的、色彩的、音響的、尺度的……等類別，本文在前面所論及的蒙太奇，只是泛論性質，而不着重在指出那是什麼蒙太奇，也沒有爲各種蒙太奇在現代詩的運用列下各類例證，因爲本文的用意只能「擧一隅」，而把「反三」的職責讓現代詩的讀者、作者去深思。應該在此再強調的是：無論轉位技巧或蒙太奇它們在詩中之被引用目的都是爲了剪輯（editing）的便利：詩行與詩行之間的、意象與意象之間的，甚或是詩節（stanza）與詩節之間的「關聯性的組成」，當然這種組成是根據詩中意念發展程序連結在一起的。轉位技巧與蒙太奇的運用使剪輯乾淨俐落，明快簡潔而無半點廢墨，筆者在「林的象喻」中的兩行詩也許可爲上述論點略作闡明：

一隻偶過的松鼠
地上幾粒破敗的菓實

開始鏡頭拍攝的是樹上的一隻松鼠，然後鏡頭跳接到樹下幾粒破敗的菓子的畫面上。這種轉位是根據蒙太奇的原理而把兩組鏡頭連接在一道的。這首詩並無說明菓子是松鼠在樹梢咬嚼時不小心掉落地上的，沒有一個映象告訴我們松鼠在嚼吃着菓實，也沒有一個畫面映攝菓實從樹上墜下的情景，從樹上的松鼠轉接到樹下的爛破菓子有一段「過程的空白」，由讀者的聯想去把它塡滿。由於蒙太奇的運用，那段過程的描寫卽可避免，我不敢說這就是「不著一字，盡得風流」，不過如果我說這是成功的「省略法」（ellipsis）的運用當不爲過吧。

本文詳論了電影技巧在中國現代詩的運用，極易引起的誤會有三：㈠以爲凡寫現代詩必先懂得電影技巧，不懂電影技巧或對電影的攝製沒有心得的人不宜寫詩。㈡凡有運用到電影技巧的現代詩才是好詩，沒有用到電影手法的詩是劣詩。㈢筆者屢屢提及技巧，是一個技巧至上主義者。我有必要與責任澄清上述三項可能發生的誤解。

第一項可能的誤解或擔慮是完全不必要的。凡現代人，除了極少數的例外（如僧尼），都會或多或少與電影有接觸的，換句話，他們都曾看過影片（多寡不論），只要他們看過影片，對其中技巧、手法的運用變化自然有些領悟，不一定是要讀過大學電影系才算對電影技巧有認識與了解的（雖然大學電影系那種 formal education 提供了更系統化與步驟化的 conscious learning），一個普通人在看過一部片子之後，同樣會從中獲得不少心得。就憑這些心得，如果善爲利用，足可提供不少技巧上的靈感。作者對電影的接觸認識與電影技巧在詩——或是廣泛地說：一切文學作品——的運用固然有關，但它並非是絕對的、必然的先決條件。一個熟悉電影各項訣竅的作者當然更能駕輕就熟地在文學上運用他這方面的知識，但他也可能完全沒有考慮到電影的某些技巧可用爲文學的表現；相反的，一個對電影認識膚淺、甚至毫無認識的作者也可能在實際的創作上無意中用到電影的一些手法，譬如莎士比亞就是很好的例子，在他的戲劇「善有善報」(Measure for Measure）裏，安哲婁（Angelo）欲趁人之危奪取伊薩貝拉（Isabella）的貞操（伊薩貝拉的弟弟克勞底歐 Claudio 犯死罪，伊薩貝拉向代理政事的安哲婁求情，安哲婁爲伊薩貝拉美貌所動，乘機要脅），可是一方面又爲良知所責備，在屋子裏自說自話起來：

安……這是怎麼回事？這是怎麼回事？是她的錯還是我的錯？誘人者或被誘者，誰的罪過大些？哈！不是她的錯；她並沒有誘惑我；是我的錯，恰似香花與死屍同在陽光育煦之下，花兒芳香可愛，我却像死屍一般變得腐臭不堪。……（註一八）這段充滿自責的 soliloquy 有提到香花與死屍，爲什麼他會提到與事件毫不相干的香花與死屍呢？約翰．韋恩（John Wain）認爲：「很明顯的，這是安哲婁自省到自身的罪愆時腦中浮現的映象。這些映象的引入並未經過解釋，亦無須解釋。今日的電影導演是相當熟悉這種技巧的。在故事的一段行文中呈露了某些強烈的情緒後，開麥拉即移攝某一物件——牆上的壁虎、垂懸在線上晃打着的破衣——這物件是象徵那種特殊情緒的視覺映象。莎士比亞用的正是同樣的電影手法。」（註一九）莎士比亞時代並無活動電影（motion picture），電影是本世紀的產物，可是莎士比亞却能在他的戲劇中用到電影手法來處理劇中的情節（Muthos）、場面（Opsis）、人物的性格（Ethos）及思想（Dianoia），正足以證明不諳影藝的人一樣可以在作品中運用到這門藝術的技巧的，對電影無心得的作者們儘可以放心。

是否在現代詩中運用到電影手法當然不是評判一首詩優劣的條件。時至今日，現代詩的技巧已非當年五四的平鋪直敍，或每行的開端與結束加幾個啊呵嘿噢可以比擬的；現代詩的技巧無疑是多方面的，大概來說，它是横的移植也是縱的繼承，且許多跡象都顯示它曾向並正向其他藝術，諸如音樂、繪畫……汲取不少養料與意念，以圖更大的蛻變與更強壯的生長。一首沒有用到電影技巧的詩，却用到別的技巧，這技巧也許是更適宜來表現某種題材的，譬如白萩的「流浪者」以圖象來暗示一個流浪者在一望無際的地平線底廣漠中的孤單位置，在表現效果上便甚爲卓越（註二〇）。就現代詩而言，電影技巧當非技巧之全部，而是技巧之部份。一直沒有運用到電影技巧的詩當然可以、也絕對可能是一首好詩。

筆者不是技巧至上主義者，討論技巧問題足以顯示我對這個問題的重視，但我並非技巧的「一事狂」（monomaniac），同時亦深知無論現代詩也好，其他文學形式也好，捨內容即無技巧可言。同樣的，如果內容沒有技巧去作有效的表現，本身只是一堆乾燥的材料而已。內容附麗技巧的安排然後在美學的基礎上站起來，其間過程便是藝術處理的過程。有些人認爲「平易」即是不用講求技巧，其實「『平易』也是一種技巧，而且還是一種很『高深』的技巧。」（註二一）。技巧的應該重視、值得重視是毋庸置疑的。英國現代大詩人奧登（W. H. Auden）在「十九世紀英國次要詩人選集」的序文中曾舉出作爲一個大詩人（major poet）的五種條件，其中之一便是「在技巧上，他必須是一個 virtuoso」，現代詩（其他文學形式亦然）處理的題材日漸紛繁，大至對家國的懷想、對戰爭的控訴、對時代的反映；小至生活中的白日夢，一時的感興，某種飄忽的情緒亦一網包羅，眞可謂「上窮碧落下黃泉」，處理這許許多多不同的題材，應運而生的即是多樣的技巧以求駕馭自如。故此，在發掘更能表現民族心靈與精神的內容之同時，追求表現這種內容的技巧應該是必需的、也是必然的相輔並行的工作。本文無法把技巧與內容放在一起來詳論，並不意味個人對內容的忽視，而是本文用意在舉例說明電影技巧給予現代詩的啓示，而不在於討論內容與技巧相互間的關係。這方面的研討只好俟諸來日。

在解釋了讀者可能提出來的三項疑問後，我幾乎漏了一項最基本的質難：把電影與現代詩扯在一起，是不是一種標新立異的邪說？我的答案是堅定的「不」。何瑞士（Horace）在他的「詩的藝術」（*Arts Poetica*）第三百六十一行提出了 Ut pictura poesis，後人評王維的詩：「詩中有畫，畫中有詩」都把詩與畫相提並論。把詩與音樂並列在一起，更是由來以久。中國最早的詩經本身就是一種歌謠形式。而愛森斯坦在他論及狄更斯（Dickens）與克里弗（D.W. Griffith）的著名文章裏曾坦率地透露「電影曾向小說學到不少技巧；但在另一主要方向上，電影亦影響了現代小說家的許多創作手法」（註二二），馬紹爾・麥努漢（Marshall Mcluhan）亦指出：「在現代文學中，最有名的手法大概莫過於意識流與內心的獨白……意識流實在是電影技巧的活用在文章上。」（"In modern literature there is probably no more celebrated technique than that of the stream of consciousness or interior monologue……The stream of consciousness is really managed by the transfer of film technique to the printed page."）（註二三）。這樣看來，電影與文學的影響與啓示不是單方面的，而是雙方面的，它們各自從對方的領域中擷取到不少方法學的菓實。然則，電影與文學（詩）的相提並論豈能妄言是一種標新立異的邪說？梁實秋曾說：「現代的文學藝術最顯著之象徵就是『型類的混雜』」（註二四），「混雜」是一個不大好聽的詞語，它似乎含有一種「紊亂」的 negative sense。梁先生這句話的本意乃是指文學藝術與別門藝術的融合以至於貫通，從別門藝術中獲取某種有利於本體的茁長的質素。這樣看來，現代詩在技巧的蛻變中向電影甚至向其他藝術形式借鏡，應該是一件很順乎自然的事。

在結束本文之前，我得趕緊聲明一下：電影是電影，詩是詩，詩可以借用電影技巧，但詩不等於電影，寫詩不等於創作電影脚本，正如「詩和音樂在屬於音樂的範疇中競技，將會遭受到空前的敗績」（註二五），詩要和電影在影藝的領域中較力，亦註定是弄巧成拙的。在撰寫這篇文章之前，筆者曾零星地讀過葉維廉、翱翱、蕭蕭的文章中對電影技巧在現代詩的運用的某些片斷。他們提出了蒙太奇，劃出（wipe out）與劃入（wipe in）、心理時間（psychological time）、淡入與淡出等例子，但葉先生的興趣似乎在古典詩，翱翱、蕭蕭兩位先生雖也在文章中討論到現代詩的電影技巧之應用，可惜原文的討論中心並不在此，只是附帶一提，但也由於他們的文章，激起我專文討論此問題之決心，理應一併在這兒向他們道謝。

脫稿於一九七三年四月八日

註一　引自葉維廉著「秩序的生長」（新潮叢書之八，臺北志文出版社），書內「中國現代詩的語言問題」一文，頁一六九——一七〇。

註二　同前書，見頁一七〇——一七一。所引語句爲了行文的方便，在先後秩序上曾略加改動，唯保存原作者的本意。

註三　雖然唐代也曾出現一些頗有見地的詩論家如殷璠、戴叔倫、高叔武、元結、白居易、元稹諸人，然而前三者的論見傾向「爲藝術而藝術」，後三人則偏於「爲人生而藝術」，他們的見解往往只是對文學（詩）的態度之基本看法而已，持論往往流於迂濶，所用術語更乏精確。及至唐末司空表聖提出「不著一字，盡得風流」「采采流水，蓬蓬遠香」等境界，偏於佛老虛談，亦嫌空泛、不着邊際，其他詩家如韓愈、杜甫、陸龜蒙偶亦論詩，卻並無特殊文學批評之價值。

註四　這兒不論比、與、鍊字以及起承轉合等其他寫詩技巧，以免遠涉題外，就某一程度上來看，詩的「對偶」與文內所述「對比」無論在方法與效用上都有其相通處的；至於古典詩常用之「襯托」法亦與前述的「並置」法有許多相似的地方。

註五　十五年前，梁文星、周棄子以及夏濟安三位先生在他們先後發表在「文學雜誌」的文章裏都曾對白話能否作爲一種「美」的文字，能否成爲「文學的文字」作爲「將來整個傳統的奠基石」感到疑慮。當時正值現代詩的發軔時期，作品的稚嫩、語言的粗糙固不待言，他們對當時的詩（十五年前臺灣的新詩）感到不滿意是難免的，但是他們並無斥責現代詩是胡湊之作，且他們三人都共同認爲古文不合現時代的需求，不足表現這時代的風貌精神，在理論上完全贊同、支持現代人應該放棄舊詩而從事現代詩的創作。

註六　引自夏濟安著「夏濟安選集」（新潮叢書之六，臺北志文出版社），頁七十八。

註七　參見V.F. Perkins, *Film as Film: Understanding and Judging Movies* (Penguin Books, 1972), p.98.

註　八　引自T.S. Eliot 論 Andrew Marvel 一文。

註　九　引自幼獅文藝二一七期（電影專號第一輯）門覺譯「論電影的時間」一文，頁五十。

註一〇　引自 *Anabasis: A Poem by St. John Perse* (London: Faber & Faber, 1959), trans. by T.S. Eliot, p. 10 (Preface).

註一一　關於鏡頭離人物之遠近，與形體之大小之間的關係，請參閱 Ralph Stephenson and J.R. Debrix, *The Cinema as Art* (Penguin Books, 1970) pp. 44-48.

註一二　周夢蝶的詩集「還魂草」（香港文藝書屋）中不少詩作都用到「冷」或「冷冷」多次，照筆者看來，「冷冷」已不是一個普通的形容詞或名詞，而是詩人自己的一種象徵，一種境界。

註一三　蘇俄的一些評論者早在四十多年前便反對「形式」與「內容」的劃分法，他們認爲把一件藝術品硬生生地分爲兩部份：一爲粗糙的內容，一爲外加的形式，是錯誤的。參閱 Jan Mukařovský, *Introduction to Māchův* (prague, 1928), pp. IV VI. 而 René Wellek 則認爲形式亦含有內容的因素，內容亦具形式的特質，所以他提出「材料」(materials) 與「結構」(structure) 以取代上述兩項術語，見 René Wellek and Austin Warren, *Theory of Literature* (Peregrine Books, 3rd edition, 1970), pp. 139-141.

註一四　引自姚一葦著「藝術的奧秘」（臺灣開明書局，一九七一）書中第七章「論對比」，頁一九一。

註一五　根據唐固存編「現代電影攝製藝術與技巧」（臺北，五洲出版社），頁一六六。

註一六　引自魯稚子著「現代電影藝術」（臺北，中國電影文學出版社）「新電影與反文學」一文，頁一四三。

註一七　有關各種轉位的方法與例子，可參考 Ernest Lindgren 原著由劉藝與史紀新編譯的「電影藝術」(*The Art of the Film*)「導演方法」一文，頁二〇四——二一〇。

註一八　根據William Shakespeare 原著 *Measure for measure* 梁實秋譯的「善有善報」(臺北，遠東圖書公司)，頁五十六——五十七。

註一九　摘自 John Wain, *The Living World of Shakespeare: A Playgoer's Guide* (Harmondsworth, Middlesex: Pelican Books, 1966), pp. 17-18.

註二〇　見白萩著「白萩詩選」(臺北，三民書局)，頁六十二——六十四。

註二一　引自一九七二年六月十五日臺北中華日報中華副刊詩專號內刊余光中著「大詩人的條件」一文。

註二二　見 *Film Makers on Film Making* (Harmondsworth, Middlesex: Pelican Books, 1967), edited by Harry M. Geduld, p. 30.

註二三　Ibid.

註二四　引自梁實秋著「浪漫的與古典的」(香港，文藝書屋)「詩與圖畫」一文，頁四十一。

註二五　引自拙文「論詩的音樂性及其局限」，香港「純文學」月刊第六十期(一九七二年三月號)，頁三十三。

中國文學對韓國文學的影響

全奎泰著
李永平譯

我這篇論文的主題是：直至一八九四年的「甲午更張」(甲午改革運動)爲止，中國文學對韓國文學之影響。

我以爲，研討中國文學對韓國文學之影響，最好分成三個部分：傳說、小說和詩歌。

一、傳說

高度發展的中國文化傳入毗鄰的朝鮮半島是一件很自然的事。在這文化的輸入當中，韓國一直處在消極的地位。遠在漢代，中國的神話和傳說就傳入了韓國。韓國民族因此落後地把中國民族的神話和傳說翻譯過來或加以模擬，而最終予以韓國化。吾人討論韓國神話和傳說之前，必須先研討中國神話和傳說，以探尋出中國在這一方面對韓國之影響。

我以爲，任何國家的傳說故事都是從社區發源和傳布開來的。因此，卽使在不同的區域，不論地方大小，具有相似內容的傳說故事是十分普遍的，而大部份傳說的起源、作者以及創作時間都隱晦不明。比如，韓國的典型傳說文學「沈淸傳」，在情節內容上可與日本的「小夜姬」比較，類似的傳說在印度的「專童子」和「法妙童子」中也可以發現到。

「蛤蟆」的故事在韓國是源自佛經，而「興夫」的故事則源自蒙古的傳說「收割甜瓜的女郞」。韓國把這些傳說輸入，加以韓國化，成爲韓國的故事。原來的傳說情節和人物都很簡單，韓國人給予它韓國的人物、韓國的背景以及韓國的習俗，因此這些傳說便加上了韓國本土的色彩以及特有的諷刺和幽默。傳說如此而越過了國界，在不同的民族之間流傳。韓國傳說負欠中國傳說最多，遠超過其他國家的傳說。自從第二世紀，不，甚至更遠之前，中國傳說輸入韓國的影響就可以發現到。只要舉出一個例子便能證明這一點。在「太平御覽」中，我們發現：

武昌新縣北山有望夫石狀若人立者，相傳云，昔有貞婦，其夫從役，遠赴國難，婦携幼子餞送此山，立望而形化爲石。

這是中國望夫石的傳說，和韓國一然氏所編「三國遺事」中的「朴堤上傳」十分相似。

「朴堤上傳」的故事是這樣的：

新羅國第十八任國君實聖王以前王二子質於高句麗國和日本。後二王子之兄訥祗卽位爲第十九任國君，派遣朴堤上至高句麗國說其君送還受質之福浩王子，事成，訥祇君復遣朴堤上至日本求釋其另一弟。朴爲王愛弟之情所感，匆匆束裝東渡，無暇返回慶州家中辭別妻子。其妻趕赴海邊道別，朴已身在舟中矣，唯揮舞其手回應妻子之呼喚。朴航抵日本，喬裝爲流亡之政客，得日本國君之寵信，終日與受質之新羅王子遊獵於海濱。一日，朴與王子潛航出海，謀返新羅，未成，爲日人所執。日本國君願以朴效忠日本王室爲條件釋之，爲朴所峻拒，蓋朴不欲爲國人所唾棄也。朴終被焚死於日本杵島。

朴妻携三女攀登濱海之鵄述山，翹首企盼其夫之歸來，終亦死於山上。

二、傳奇和小說

韓國古代的小說受中國小說的影響至深。唐時，中國神怪小說傳入韓國，直接和間接地影響了韓國的模倣小說，如金時習的「金鰲新話」。宋時，中國神怪小說繼續影響韓國文學。一二七九年元承宋祚，中國白話小說大盛。「水滸傳」對韓國洪碧初的「林巨正傳」具有頗深之影響。

如果說在中國和日本「水滸傳」的影響最爲深遠，是一點也不過分的，至少在近代是如此。然而，在韓國「三國志演義」比「水滸傳」流傳更廣，因爲韓國人認爲「水滸傳」的一百零八條好漢不過是些打家刼舍的強徒，而中國的白話文也非一般韓國讀者所能接受。據說，這部小說在一五五二年前後就傳入了韓國。

韓國的三國小說有：「夢澤楚漢訟」、「馬武傳」、「諸馬武傳」及「三國志演義」諸部，內容大體相似，但在李朝的五百年中，三國人名經過一再的轉訛，譬如，「司馬貌」被轉訛成「諸馬武」，又被轉訛成「楚漢訟」。

羅貫中的「三國志演義」在韓國流傳極廣，特別是在李朝時代韓國遭受日本侵略之後，韓國人建立關岳廟，奉祀關羽。許多作品模倣這部中國小說，如：「華容道」、「山陽大戰」、「赤壁大戰」、「劉忠烈傳」、「姜維實傳」、「玉人記」以及「魏王別傳」。經過七年的戰爭（一五九二年——一五九八年），韓國被日本擊敗，戰爭小說驟然與起。這些小說描寫韓軍在陸上節節勝利，以安撫沮喪的民心。根據歷史的記載，韓國水師統領李舜臣雖然在海戰中重創日本水師，但韓國陸軍並不曾給予日本侵略軍隊任何打擊，反而迭遭敗績。我們注意到，這些戰爭小說中所描寫的戰術，和「三國志演義」中的相似。

在十六世紀日本侵略戰爭中失敗之後，韓國社會充滿派系主義，風紀鬆弛，官吏橫行，漁肉百姓。在這種情況之下，改革的要求一時高張，「洪吉童傳」就在此時應運而生，其主人翁爲一俠義之士，刼富濟貧，替天行道，顯然受到「水滸傳」的影響。

明時，中國的人情小說傳入韓國，「金瓶梅」在韓國文壇掀起一陣愛情小說的熱潮。肅宗朝（一〇五四年——一一〇五年）期間，軟性文學極盛，產生了李朝小說的傑作「九雲夢」。這部小說融合儒道釋三敎的精神，表現東方思想的特色。蓋爾氏（James S. Gale）曾翻譯成英文，史谷脫氏（Elspet Scot）在序文中說：「讀者若欲獲取閱讀此書之樂趣，須將西方道德觀擱置一旁。本書背景係光輝之中國唐朝，約當西曆八四〇年前後，爲世界文學史上難得一見之多妻情史。」

雖然大部份韓國小說是中國小說的模倣品，「九雲夢」却具有本身之獨創性。韓國文壇上有許多小說以中國的「夢」字爲書名，顯然深受「紅樓夢」這部描寫人情的偉大著作的影響。「九雲夢」中主人翁與八名女郎的愛情，不僅僅是一個在當時禮教支配下男女關係的故事，並且是當時人們情感、願望和思想的一個記錄，使我們得以窺視中國心靈的最深處。「九雲夢」表露東方人對宇宙奧秘的感受和冥想，能促進我們對遠東世界的瞭解。

李朝的小說通常以中國爲背景，原因有如下數端：在李朝，中國文化籠罩整個韓國，韓國人盲目地崇拜中國，以爲中國就是烏托邦，這一點韓國人自我批評爲「事大思想」，此其一。韓國讀者並不熟悉中國事物，雖然部份作品的中國背景極爲荒誕，讀者也不易察覺，此其二。對一般讀者來說，異國的事物究竟比本國事物更有趣，此其三。許多作品描寫宮庭生活，以中國宮庭爲背景，可免直接批評韓國的王室和貴族，此其四。

韓國古代小說具有民族文化遺產的價值。然而，它們的優點和缺點必須經過嚴格的批判後才能確定。我們的古代小說受中國小說的影響至深且鉅，其價值應該由模倣的程度來決定。中國小說傳入的途徑、韓國作家模擬的過程以及文體風格在在都是比較文學的極佳論題。下面是受中國文學影響的韓國小說的一覽表：

中國作品：	韓國作品：
西廂記	春香傳
琵琶記	沈清傳
水滸傳	洪吉童傳、林巨正傳
紅樓夢	玉樓夢、玉麟夢、玉蓮夢
金瓶梅	洪允成傳
今古奇觀（六回「李謫仙醉草嚇蠻書」）	酒中奇仙李太白實記
今古奇觀（三五回「玉嬌鸞百年長恨」）	彩鳳感別曲
兩漢演義	楚漢傳、鴻門宴、張子房實記
東周列國志	蘇秦張儀傳、秦始皇傳
包龍圖公案	朴文秀傳
唐書衍義	郭衍陽傳
簫雲傳、玉簫傳	陰陽玉指環、江陵秋月
趙氏孤兒	明沙十里
三國志演義	夢澤楚漢訟、華容道實記、赤壁大戰、山陽大

戰、劉忠烈傳、趙雄傳、林慶業傳

兎子傳

龜兎之說

三、詩　歌

公元前一〇八年，中國漢朝在朝鮮半島西北一隅建立了一個殖民地。我們可以很容易地猜測，在這極早的時期中，半島上的土民就已經和中國文化發生了相當程度的接觸。這個早期的接觸把中國文字和文學介紹給韓國人民。一個明顯的證據就是公元前第一世紀樹立在韓國的「念祭碑」，上面鐫刻着優美的中國古文。

高句麗王國的地理位置使她得於極早時期接觸外國文字和文學。公元前一七年被認爲是琉璃王創作「黃鳥歌」的年代，雖然其確實性仍然存疑，但類似「黃鳥歌」的抒情歌謠已經存在於早期的韓國，應該是可能的。「黃鳥歌」是以中國古典詩形式寫成：

翩翩黃鳥
雌雄相依
念我之獨
誰具與歸

相傳琉璃王有二妃。某日，王狩獵於原野，二妃忽起勃谿，其中國妃子雉姬憤而出走。王遍覓之，未獲，乃作此歌。（這個傳說是根據「三國史記」第一卷所記載的故事。）

然而，這首以中國古典詩形式寫成的詩歌是否眞爲琉璃王或其同時代的韓國人的作品，實在是値得懷疑的。我們的唯一感覺是：這首歌並不是民衆的共同產物，而是個人的作品；不是宗敎的，而是純粹抒情的。

根據歷史的記載，公元三五〇年時，高興氏撰成百濟朝歷史一部。公元四一三年，高句麗朝期間，在中國東北的齊安（譯音）地方樹立了一面廣開王的墓碑，上面鐫刻着銘文。高興氏的百濟史傳說是用「漢文」寫成的。這部史書和廣開王墓碑的銘文同被認爲是優秀的作品。新羅王國因位於朝鮮半島南端，與中國文化的接觸受到高句麗和百濟兩敵對鄰國所阻隔，直到五四五年，才開始編撰一部本國史。這些「漢文」的成就證明當時韓國人能夠使用中國文字表達思想情感，而沒有顯著的困難。

但韓國人使用漢字終究還是有困難的：本族語言與中國文字之間存在着幾乎無法克服的障礙。面對這個困境，韓國人試圖設計一種新的文體，一方面能適應本族的語言，一方面能使用中國的文字。韓國人終於獲致一個權宜的解決辦法，留傳給子孫。這種新文體保留在一種稱爲「鄉歌」的詩體中。

「鄉歌」這一有名的詩體留存在「三國遺事」這部書中，同時在高句麗極早的一位高僧的行狀「均如傳」中也可以發現到。這兩部書中的「鄉歌」都是用漢字寫成的，但字的組合方式却與所謂「漢文」這種古典中國文體截然不同。這種「鄉歌」的特殊文體通常稱爲「吏讀」——這是韓國人試圖應用外來的文字，作適應本國語言的組合的產物。譬如：

來　如　（【我們】來了）
O　da

至遲在八世紀中葉之前，這種「吏讀」文體似乎已經確立爲一種特殊的書寫方式了。我們相信這種新文體是經歷許多年的演進，最後才深深地植根於韓國的文化中，因此不可能明確地指出某人爲「吏讀」的創始者，所謂薛聰此人創造「吏讀」不過是傳說罷了。根據現存的文件可證明在薛聰之前的第七世紀下半期，「吏讀」的使用已經相當熟練了。

這裏所說的「吏讀」和李朝晚期官方文件所使用的「吏讀」並不相同。有一些參考書可協助我們閱讀李朝的文件，但對閱讀新羅的「吏讀」文章却不會有多大幫助。這裏所提到的「吏讀」是指新羅人所使用的書寫方式，以中國文字代表新羅語言的音，其組合的方式對新羅人本身而言也是極其怪異的。

新羅人在「吏讀」文體中，一方面使用漢字原有的意義，一方面使用漢字朝鮮化的意義和發音。這些漢字的組合，通常與中國古文不同。譬如，第六世紀末或第七世紀初兩名青年「花郎」

（武士）所撰寫的「壬辰誓碑」，文體便與中國古文的句法大相逕庭。

「吏讀」文體後來傳入日本稱爲「萬葉假名」，應用於「萬葉集」、「古事記」及「日本書記」諸書中。確實，在文化的各方面，包括介紹中國文字，韓國人打開了日本人的眼睛。只要略加察閱，我們就能發現新羅的「吏讀」文體，實是日本「萬葉假名」的先驅。我們希望，通過科學的比較研究，在不久的將來，韓國「吏讀」文體和日本「萬葉假名」文體之間的關係得以水落石出。

值得我們注意的是：「吏讀」文體創始於新羅王國而非百濟或高句麗。百濟與高句麗和中國接壤，地理上的鄰近使這兩個王國直接和高度發展的中國文化發生接觸。新羅王國缺乏這種優勢，長期以來和中國文化阻隔開來。這種情勢也許激勵了新羅的領導人在書寫方式方面採取本身的行動，而不一味求取中國的直接協助和指導。正當百濟和高句麗兩國不斷受着中國文化的支配時，新羅人似乎已將他們的劣勢轉變爲一種熱誠，追求實現以自己的方式詮釋中國文字，使之適應本國語言的特質。「鄉歌」這種詩體雖然以中國文字寫成，實際上是韓國民族的產品，因爲所使用的漢字都能依從韓國語言的本質。因此，頭一遭韓國詩歌在一種明確的體式中確立了起來。

根據歷史記載，公元八八八年一名朝庭尙書魏洪和一名佛敎僧人泰古聯合編集了大量鄉歌，題名爲「三代目」。遺憾的是，這部歌集並沒有保存下來。然而，僧人一然（一二〇六年——一二八九年）在他的著作「三國遺事」中似乎引用了「三代目」的鄉歌。在這部書中，我們發現十四首鄉歌；另有十一首在一〇七五年學者邢然中所撰的「均如傳」中發現到。這二十五首詩是用「吏讀」文體寫成，爲現今所僅存者。這些作品時間上蓋括了三個世紀，從第六世紀後期（眞平王時代）到高麗朝的前期。其中甚多是由佛敎僧人和「花郎」（靑年武士）所撰作的。除他們之外，作者還包括其他各階層的人民，給我們遺留下這些優美的作品。因此，可以說「鄉歌」這種詩體是經歷如此漫長時期的鑄造，最後才成爲新羅朝百姓最歡迎的詩體。「三代目」的失傳對研究「鄉歌」的學人而言實是一大悲劇。

現在我們所面對的問題是：這些流傳下來的少數作品，我們應如何正確地加以閱讀。正如前文所述，有一些參考書可協助我們閱讀李朝時代的「吏讀文」，但却不足以協助我們尋覓出新羅時代的「吏讀文」的合理詮釋。由於文字應用的演變，依賴李朝資料的協助閱讀新羅時代的「吏讀文」是極端危險的。新羅時代與李朝之間，有一段五百年的間隔；關於這五百年，我們所知極少。一直到第十五世紀韓國字母使用後，我們才有明確的歷史記錄。但我的意思並不是說，這二十五首鄉歌全然不可解；某種透視無疑是可以達到的。不過，依據目前的知識，若以爲這二十五首鄉歌的詮釋問題能夠即時獲得解決，就未免過於冒昧了。鄉歌的正確詮釋，應通過學人的誠懇合作在不久的將來予以完成。在目前，我們無法對這種詩體作一個詳細冗長的討論。

「鄉歌」詩體儘管有上面所述的種種困難，在韓國文學史中仍然據有獨特的地位。「三國遺事」中最近發現的十四首鄉歌，時間上包含了從眞平王（五七九年——六三二年）到洪強王（八七五年——八八六年）這段時期。另外十一首保留在「均如傳」中的，爲高麗時代前期的作品，但並不是說這十一首不是新羅鄉歌的一部份，因爲作者僧人均如大半生居住在新羅。鄉歌證明了新羅時代詩體的一次無與倫比的結晶。

韓詩中，每句音節的數目以及每節或每首詩句的數目支配詩的形式。在目前，我們很難確定一首鄉歌中每句音節的數目，但一首鄉歌中句的數目可以通過漢文詩稿加以斷定。我們可以推論，「鄉歌」可能是如此分句的：

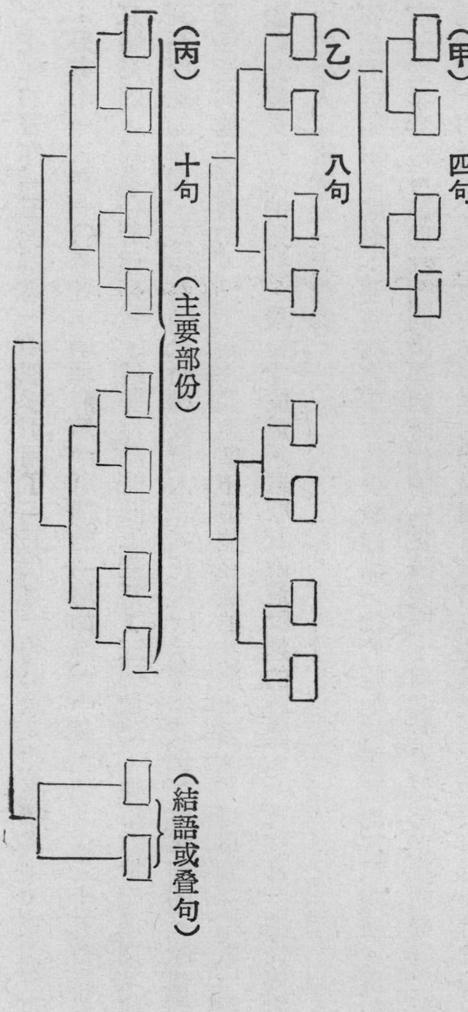

十句的形式在「鄉歌」作品中應用最多。這種形式也許引發了日本人在「琴歌譜」、「古事記」和「日本書記」諸書中所表現的對「新羅歌謠」十句形式的興趣。公元五五四年、六一二年、六六一年及六八四年，韓國樂師東渡日本，把一種喚為「伽耶琴」的十二絃樂器帶到這東瀛之國，並且在日本宮庭舞樂中建立獨立的朝鮮音樂部門，因此可能激勵了日本詩人應用這種從新羅傳入的新十句詩體撰作詩歌，和着朝鮮——特別是新羅——音樂吟唱。不論如何，新羅時代這一系列高度演進的詩體顯示，新羅人經過一段相當長時期的口頭吟唱和流傳之後，最後確立了這樣的一種「分句詩體」。在這些詩體的使用上，宗潭、蔚明、沈從及其他詩人表現了他們的才華。

新羅王國後來冒險請求中國大唐王朝的協助，滅其敵對的高句麗與百濟兩國，企圖完成韓國歷史上第一次武力的統一。但藉外力獲取的統一並沒有給韓國帶來完全的獨立。事實上，與野心勃勃的強鄰結盟歷經血戰而達到的統一，唯有使這個國家在文化上完全歸順中國，新羅的年輕而未成熟的文化使她終於變成朝鮮半島上的「小唐國」。公元第十世紀，高麗王朝崛起，韓國對中國文化的歸順更進一步。

對文化的傾慕和嚮往，高麗王朝和新羅王朝並沒有多大的差別。通過公立學堂以及其他方式，高麗開始貪婪地吸收大唐文化的滋養。她對中國文學的仰慕遠超過對本身文學的欣賞。統治階層的人們毫無困難地應用中國文字和正統句法表情達意，因此，高麗作家用漢文撰寫的作品可和中國本部的文學媲美，高麗人就不願意再使用「鄉歌」的「吏讀體」了。在新朝的前期，鄉歌文學逐漸失去民衆的喜愛。我們發現的最後一首鄉歌是一一二〇年高麗君睿宗悼念二陣亡將軍的輓歌。

高麗王朝創立後，傳說曾產生許多優美詩歌，由於缺乏朝鮮文字，無法記錄和保存下來。一如先前，韓國人創作詩歌不是應用中國正統方式，卽是應用本國語言，口口相傳。當然，有一部份口口相傳的韓國詩歌後來被翻譯成漢文而保存了下來，其中許多收集在成宗王（一四七〇——九四年）所勅編的詩集「樂學軌範」中。

「時用鄉樂譜」是十五世紀末編撰的，「樂章歌辭」則在十六世紀初。這些詩集所收錄的詩歌雖爲數不多，但仍可看出「十句詩體」的應用。「十句詩體」由新羅傳下來，極可能是高麗人最喜愛的詩體。這些高麗詩歌通常稱爲「古俗歌」，一部份無名氏的作品還留傳至今，如「動動歌」、「西京別曲」、「處容歌」、「滿庭春」、「離傷曲」、「鄭石歌」、「雙花店」、「思慕曲」、「不如歸」以及其他用漢文翻譯的高麗歌謠。這些所謂「古俗歌」是由若干詩節組成，每一詩節之後跟隨着疊句，韓國人稱之爲「長歌」。當然，我們不能說今天所見到的「長歌」就是它們的本來面目，也許用漢文記錄下來之前，已經過某種程度的變化，特別是那些「土產」情歌，必然遭受道學的採集者相當程度的刪改。儘管如此，這些優美的詩歌至今仍能觸動我們的心弦。

「長歌」之外，我們發現高麗詩歌創作的另一種形式。「長歌」是從老百姓的心懷中自然抒發出來的產品，而這另一種詩體却是屬於統治階級和知識階級的。在這種稱爲「警句體」的詩體中，每一詩節之後跟隨着的奇異疊句，往往只是悅耳的音調，沒有甚麼意義，既不是一個詩節主題的結語，也不是全詩主題的總結。「警句體」的詩歌，最早的作品是「翰林別曲」；在這首詩歌中，我們注意到一種完全不同的表現形式。我們發現，每一個詩節表現本身單獨的主題，實可脫離全詩而獨立，然而各詩節之間却仍然具有某種關連，頗類似日本詩歌中的「連歌」。許多有學問的詩人採用這種詩體，譬如安促氏（一二八二年——一三八八年）所作的「關東別曲」和「竹溪別曲」，歌詠關東和竹溪的美景。簡言之，雖然「警句體」詩歌的主題通常都是表現儒家的倫理道德觀，但仍能保存朝鮮民族的特殊色彩。

根據現存的「長歌」和「警句詩」，我們能夠斷定這類詩體每一句中音節的數目——音節組成句，句組成行，行組成節，節組成篇。高麗詩歌每一句中音節的數目和中國及日本詩體大不相同，組成高麗詩篇基本單位的音節數目並不是固定不變的，即使在極早期。在決定不同詩體的音節數目時，高麗詩人顯然並不奴性地仿照他們寫作純中國式詩歌時的嚴厲格律。我們也許可以說，高麗詩人對詩歌創作具有兩種不同的態度，由所選擇的媒介——朝鮮詩體或中國詩體——來決定。意識或無意識地，當高麗詩人用本族的語言創作詩歌時，他們似乎就應用另一種不同於中國式詩歌的表現方法。似乎朝鮮語言的特質給予詩人比中國嚴格的傳統詩體更大的自由，可隨意選擇詩句中音節的數目，而產生最強烈的效果。這種促使詩句音節數目彈性化的趨向，在整個韓國詩歌創作史上一直持續不斷。但這並不意味着高麗詩歌中沒有明顯的格律。在高麗詩人的作品中，三——四音節的組合最爲普遍，而四——四及三——三音節的組合也用得不少。

無論如何，「警句體」詩歌扮演了過渡的角色，推進從「長歌」演化成比較短的詩體的趨勢。在這詩體的發展中，我們便看到一種稱爲「時調」的新詩體的興起，最後支配了整個韓國詩壇。

（譯者附註：文中部份譯名因缺乏參考資料，可能與原名略有出入，請作者全奎泰先生及讀者鑒諒。）

滄海叢刊已刊行書目(七)

書名	作者	類別
色彩基礎	何耀宗	美術
水彩技巧與創作	劉其偉	美術
繪畫隨筆	陳景容	美術
素描的技法	陳景容	美術
人體工學與安全	劉其偉	美術
立體造形基本設計	張長傑	美術
工藝材料	李鈞棫	美術
石膏工藝	李鈞棫	美術
裝飾工藝	張長傑	美術
都市計劃概論	王紀鯤	建築
建築設計方法	陳政雄	建築
建築基本畫	陳榮美 楊麗黛	建築
中國的建築藝術	張紹載	建築
室內環境設計	李琬琬	建築
現代工藝概論	張長傑	雕刻
藤竹工	張長傑	雕刻
戲劇藝術之發展及其原理	趙如琳	戲劇
戲劇編寫法	方寸	戲劇

滄海叢刊已刊行書目（六）

書名	作者	類別
記號詩學	古添洪	比較文學
中美文學因緣	鄭樹森編	比較文學
韓非子析論	謝雲飛	中國文學
陶淵明評論	李辰冬	中國文學
中國文學論叢	錢穆	中國文學
文學新論	李辰冬	中國文學
分析文學	陳啓佑	中國文學
離騷九歌九章淺釋	繆天華	中國文學
苕華詞與人間詞話述評	王宗樂	中國文學
杜甫作品繫年	李辰冬	中國文學
元曲六大家	應裕康 王忠林	中國文學
詩經研讀指導	裴普賢	中國文學
迦陵談詩二集	葉嘉瑩	中國文學
莊子及其文學	黃錦鋐	中國文學
歐陽修詩本義研究	裴普賢	中國文學
清眞詞研究	王支洪	中國文學
宋儒風範	董金裕	中國文學
紅樓夢的文學價值	羅盤	中國文學
中國文學鑑賞舉隅	黃慶萱 許家鸞	中國文學
牛李黨爭與唐代文學	傅錫壬	中國文學
浮士德研究	李辰冬譯	西洋文學
蘇忍尼辛選集	劉安雲譯	西洋文學
文學欣賞的靈魂	劉述先	西洋文學
西洋兒童文學史	葉詠琍	西洋文學
現代藝術哲學	孫旗譯	藝術
音樂人生	黃友棣	音樂
音樂與我	趙琴	音樂
音樂伴我遊	趙琴	音樂
爐邊閒話	李抱忱	音樂
琴臺碎語	黃友棣	音樂
音樂隨筆	趙琴	音樂
樂林蓽露	黃友棣	音樂
樂谷鳴泉	黃友棣	音樂
樂韻飄香	黃友棣	音樂

滄海叢刊已刊行書目（五）

書名	作者	類別
青囊夜燈	許振江	文學
我永遠年輕	唐文標	文學
思想起	陌上塵	文學
心酸記	李喬	文學
離訣	林蒼鬱	文學
孤獨園	林蒼鬱	文學
托塔少年	林文欽編	文學
北美情逅	卜貴美	文學
女兵自傳	謝冰瑩	文學
抗戰日記	謝冰瑩	文學
我在日本	謝冰瑩	文學
給青年朋友的信（上）（下）	謝冰瑩	文學
孤寂中的廻響	洛夫	文學
火天使	趙衛民	文學
無塵的鏡子	張默	文學
大漢心聲	張起鈞	文學
回首叫雲飛起	羊令野	文學
康莊有待	向陽	文學
情愛與文學	周伯乃	文學
文學邊緣	周玉山	文學
大陸文藝新探	周玉山	文學
累廬聲氣集	姜超嶽	文學
實用文纂	姜超嶽	文學
林下生涯	姜超嶽	文學
材與不材之間	王邦雄	文學
人生小語	何秀煌	文學
印度文學歷代名著選（上）（下）	糜文開	文學
寒山子研究	陳慧劍	文學
孟學的現代意義	王支洪	文學
比較詩學	葉維廉	比較文學
結構主義與中國文學	周英雄	比較文學
主題學研究論文集	陳鵬翔主編	比較文學
中國小說比較研究	侯健	比較文學
現象學與文學批評	鄭樹森編	比較文學

滄海叢刊已刊行書目 (四)

書名	作者	類別
還鄉夢的幻滅	賴景瑚	文學
葫蘆•再見	鄭明娳	文學
大地之歌	大地詩社	文學
青春	葉蟬貞	文學
比較文學的墾拓在臺灣	古添洪 陳慧樺	文學
從比較神話到文學	古添洪 陳慧樺	文學
牧場的情思	張媛媛	文學
萍踪憶語	賴景瑚	文學
讀書與生活	琦君	文學
中西文學關係研究	王潤華	文學
文開隨筆	糜文開	文學
知識之劍	陳鼎環	文學
野草詞	韋瀚章	文學
現代散文欣賞	鄭明娳	文學
現代文學評論	亞菁	文學
當代台灣作家論	何欣	文學
藍天白雲集	梁容若	文學
思齊集	鄭彥棻	文學
寫作是藝術	張秀亞	文學
孟武自選文集	薩孟武	文學
小說創作論	羅盤	文學
往日旋律	幼柏	文學
現實的探索	陳銘磻編	文學
金排附	鍾延豪	文學
放鷹	吳錦發	文學
黃巢殺人八百萬	宋澤萊	文學
燈下燈	蕭蕭	文學
陽關千唱	陳煌	文學
種籽	向陽	文學
泥土的香味	彭瑞金	文學
無緣廟	陳艷秋	文學
鄉事	林清玄	文學
余忠雄的春天	鍾鐵民	文學
卡薩爾斯之琴	葉石濤	文學